KB066249

소년과 개

소년과 개

하세 세이슈 소설
손예리 옮김

| 한국어 출간을 축하하며 |

내가 개와 함께 산 지도 어느새 25년의 세월이 훌쩍 넘었다. 지금까지 세 마리의 개를 떠나보냈고, 현재는 두 마리 개와 함께 살고 있다. 다섯 마리 모두 버니즈 마운틴 독이라는 대형견이다.

죽음, 이별은 가슴이 찢기는 슬픔을 동반한다. 결코 익숙해지지 않는다. 그럼에도 나는 개와 함께 사는 삶을 선택했고, 여기에 후회는 없다. 개는 내 가족이며 스승이기 때문이다. 그들은 과거의 일에 연연해하지도 않고, 다가올 미래를 고민하지도 않는다. 오로지 현재를 살아갈 뿐이다. 그리고 가족에게 무조건적인 사랑을 쏟는다.

젊은 시절 나는 아무렇게나 살았다. 오만했다. 이 세상이 나를 중심으로 돌아가야 했고, 모든 것이 내 발 아래 있다고 생각했다. 그런 나를 조금씩 바꿔 준 고마운 존재가 바로 개들인 것이다.

오늘날 많은 사람들이 개와 함께 살아가고 있다. 그러나 개에게 배우며 개와 살아가는 사람은 극히 적은 것 같다. 오히려 불행한 사람과 불행한 개가 산책하는 모습을 여기저기서 마주칠 때가 많다. 너무나 안타깝다.

그래서 뭔가 내가 할 수 있을 만한 일이 없을까 생각하다가 결국 소설을 쓰게 되었다. 나는 소설가이니까. 아니, 소설 쓰는 일밖에 못 하는 사람이니까 말이다. 그렇게 바람직한 사람과 개의 모습을 소설에 담으려 노력했다.

40대 중반이 되면서부터 나는 사람과 개와 관련한 소설을 쓰기 시작했다. 그전까지는 누아르 소설을 쓰는 소설가로 알려져 있었다. 암흑가를 무대로 폭력과 배신이 난무하는 소설을 여러 작품 써 왔다. 그 때문인지 내가 쓴 개에 대한 소설은 그다지 인기를 끌지 못했다. 그래도 나는 집필을 멈추지 않았다. 사람과 함께하는 삶을 선택한 개라는 생명체에 대해 내가 할 수 있는 일은 쓰는 것밖에 없었기 때문이다.

『소년과 개』는 문예지에 부정기적으로 게재하다가 책으로 출간한 작품이다. 신종 코로나 바이러스가 전 세계를 휩쓸며 내일이 보이지 않는 힘든 상황 속에서 출간된 것이다.

현재 사람들 간의 이동이 제한되고, 경제 활동이 멈춰져 많은 사람들이 힘들어하고 있다. 이런 상황 속에서 『소년과 개』가 고통 받는 이들에게 조금이라도 위로가 될 수 있기를 바란다. 개와 마찬가지로 사람도 지금 이 순간을 살아갈 수 있다면, 힘든 코로나 바이러스 상황에서도 견뎌낼 수 있는 힘을 얻을 수 있지 않을까 싶기 때문이다.

개는 우리에게 늘 가르쳐 준다. 무엇보다 중요한 것은 사랑이며, 인간적인 계산이 없는 무조건적인 사랑이야말로 모든 것을 이길 수 있다고. 영혼과 영혼의 소통이야말로 인류라는 어리석은 종을 구원해 줄 것이라고.

이 책으로 '나오키 상'의 영예를 안았다. '나오키 상 수상작'이라는 것이 화제가 되어 많은 사람들이 이 책을 통해 힘을 얻을 수 있기를 소망해 본다. 실제로 한국뿐 아니라 전 세계에서 출간 의뢰가 들어오고 있는데, 사랑이 전부라는 개의 가르침을 많은 이들이 깨닫게 된다면 저자로서 더없이 기쁠 것이다.

하세 세이슈 馳星周

남자와
개

1

주차장 구석에 개 한 마리가 있었다. 목걸이는 있는 것 같은데 목줄이 없다. 장 보러 온 주인을 기다리는 걸까. 영리해 보이는데 상당히 야위었다.

이재민의 개인가—그런 생각을 하며 나카가키 가즈마사는 차를 세웠다.

대지진 이후 6개월이 지났다. 지진과 쓰나미로 집을 잃은 사람들은 여전히 대피소 생활을 하고 있었다. 대피소에는 반려동물을 동반할 수 없어 차에서 함께 먹고 자며 생활하는 이재민도 있다고 들었다.

편의점에 들어가 커피와 빵, 그리고 담배를 샀다. 셀프서비스로 커피를 내리고 밖으로 나와 재떨이 옆에서 담배에 불을 붙였다. 빵 봉지를 뜯어 담배를 피우는 중간중간 먹었다.

개는 아직 그 자리에 머물러 있었다. 물끄러미 가즈마사를 쳐다보며.

“가만있어 봐…….”

가즈마사는 고개를 갸웃했다. 편의점 안에 다른 손님은 없었다. 주차장에 주차된 차도 가즈마사의 차량뿐이었다.

“네 주인은 화장실 갔니?”

가즈마사가 말을 걸었다. 그 목소리에 반응해 개가 가까이 다가온다.

셰퍼드와 비슷해 보이는데 몸집이 좀 작고 귀도 코끝도 길다. 셰퍼드와 다른 종이 섞인 잡종인 것 같다.

개는 가즈마사의 코앞까지 와서 멈춰 섰다. 코를 치켜들고서 냄새를 맡으려는 듯 킁킁댔다. 담배 냄새를 맡으려는 것은 아니었다.

“이거?”

가즈마사가 빵을 내밀었다. 개 입에서 군침이 흘러나온다.

“배고프구나?”

빵 한쪽을 떼어 손바닥에 올리고 개에게 내밀었다. 개가 냄새를 맡고 빵을 천천히 먹는다.

“배가 많이 고팠구나. 잠깐만 기다려.”

가즈마사는 담배를 끄고 커피가 든 종이컵을 재떨이 위에 둔 채 편의점으로 돌아갔다. 남은 빵을 한꺼번에 입에 쑤셔 넣으며.

닭 가슴살 육포라고 적힌 개 먹이용 간식을 샀다. 개는 유리창 너머에서 가즈마사의 모습을 눈으로 좇고 있다.

"저 개 주인 어디 갔어요?"

계산대 점원에게 물어보았다. 점원이 흘깃 밖을 내다보고는 이내 관심 없다는 표정을 지었다.

"글쎄요. 아침부터 저러고 있어요. 이따 보건소에 전화하려고요."

"아, 그래요……."

육포를 받아들고 가게를 나와 다시 재떨이 쪽으로 갔다. 개가 꼬리를 살랑살랑 흔든다.

"자, 먹어라."

포장을 뜯어 육포 한 개를 주었다. 개는 순식간에 다 먹어 치웠다. 하나 더, 또 하나, 마지막 하나까지.

육포를 다 먹는 데 5분도 안 걸렸다.

"너 진짜 배고팠구나."

가즈마사는 손을 뻗어 머리를 쓰다듬었다. 개는 경계하지도, 애교를 부리지도 않고 그저 가즈마사가 하는 행동을 응시했다.

"좀 보여 줄래?"

가즈마사는 목걸이에 손을 뻗었다. 가죽이었다. 이름표가 붙어 있었고 뭔가 적혀 있었다.

"다몬(多聞)? 너 이름이 다몬이구나. 특이한 이름이네."

주인의 집 주소나 전화번호가 적혀 있으면 했는데 이름밖에 없었다.

담배를 새로 꺼내 불을 붙이고 커피를 마셨다. 다몬은 계속 옆에 있었다. 음식을 달라고 보채지도 않고 애교를 부리지도 않고 그저 가즈마사의 옆에 있다.

육포를 받았으니 그렇게 하는 것이 예의라고 여기는 듯하다.

"이제 간다."

담배를 다 피우고 다몬에게 말했다. 일하는 도중 살짝 허기가 져서 편의점에 들른 참이었다. 그전까지 일했던 수산물 가공회사는 재해로 파산했다. 지금 하는 일도 얼마 없는 모아 놓은 돈으로 연명하며 겨우 찾은 일거리였다. 잘릴 수 없었다.

차에 올라타 컵 홀더에 커피 컵을 건다. 시동을 걸고 뒤로 기어를 넣는다.

다몬은 재떨이 근처에서 가만히 가즈마사를 응시하고 있었다.

나중에 보건소에 전화하려고요—점원의 목소리가 귓가를 맴돌았다.

보건소에서 데리고 가면 저 개는 어떻게 되는 걸까.

그런 생각이 들자 가즈마사는 조수석 쪽으로 몸을 기울여 문을 열었다.

"타."

다몬에게 말했다. 다몬이 달려와 조수석에 올라탔다.

"얌전히 있어. 쉬하면 안 된다."

다몬은 마치 오래전부터 그 자리에 있었다는 표정으로 시트 위에 웅크리고 앉았다.

* * *

"뭐야, 저 개는?"

누마구치가 돈을 세면서 탁한 눈으로 차 조수석을 흘깃 보았다. 다몬이 가즈마사를 보고 있었다.

"새로 키우는 개예요."

가즈마사가 대답했다.

"개도 키울 만큼 여유 있냐?"

누마구치는 돈을 봉투에 넣고는 담배를 물었다. 가즈마사는 재빨리 라이터를 꺼냈다.

누마구치는 고등학교 선배다. 학교 때부터 행실 좋지 않기로 유명했고 졸업 후에도 제대로 된 일자리를 못 구해 센다이의 암흑계를 떠돌아다니고 있었다. 술잔을 받고 조직에 정식 입단한 건 아니지만 거의 그들과 다름없이 행동했다.

지금은 장물 매매에 손을 대고 있었다.

가즈마사는 모아 둔 돈이 바닥을 드러내자 누마구치에게 울다시피 애원해 배달 일을 받았다.

"여러 사정이 생겨서……."

말끝을 흐렸다. 배달 도중에 주워왔다고 자칫 말실수라도 하면 주먹이 날아올 거였다.

"뭐, 아직 6개월밖에 안 지났으니까. 개를 키울 수 없게 된 친척이나 지인이 있어도 이상할 것도 없지."

누마구치는 연기를 내뿜으며 고개를 돌렸다. 그들이 있는 곳은 센다이 공항에서 멀지 않은 창고 거리 한편이었다. 동쪽을 바라보면 태평양이 보였다. 재해 이전에는 크고 작은 건물들이 늘어서 있었지만 쓰나미가 모든 것을 휩쓸고 갔다.

"이 일대도 6개월 전과 비교하면 꽤 나아졌지만 복구되려면 한참 멀었어."

일그러지고 함몰되고 잔해 더미였던 도로는 그런대로 정비되었지만 건물 복구는 아직 더뎠다. 누마구치가 빌린 이 창고도 예전에는 운송회사가 소유하고 있었다. 일거리가 없어 곤란하던 차에 누마구치가 이야기를 잘해 싼 가격에 빌렸다고 들었다.

"좀새가 근처에 오면 짖도록 훈련시켜."

누마구치가 말했다.

"그게 가능해요?"

"가능하지. 개들이 말이야, 상당히 영리하다잖아."

"그럼 가르쳐 볼게요."

"그래. 그리고 하나 부탁할 게 있는데 말이야."

"뭔데요?"

"좀 더 돈 될 만한 일을 해 보는 게 어때? 너, 예전에 SUGO 서킷에 나간 적도 있다고 했지?"

"어릴 때 얘기예요."

가즈마사가 대답했다. 중학교 때까지는 주말마다 SUGO 서킷이 치러지는 전용도로에서 카트를 탔다. 언젠가 FI 레이서가 되는 것이 꿈이었다. 그러나 자신에게 특출한 재능이 없다는 것을 깨닫고 그만두었다. 중학교 3학년 여름이었다. 그때 이후 카트 운전대는 잡지 않았다.

"그 실력이 어디 가겠냐. 스즈키가 얼마 전에 놀랐다던데. 조수석에 태운 적 있지?"

"네."

스즈키는 누마구치의 부하 같은 남자다. 2주 전쯤, 이 창고에서 센다이 역까지 태워 준 적이 있었다.

"엑셀링, 코너링이 부드러워서 똥차가 롤스로이스처럼 느껴졌대."

가즈마사는 뭐라 답해야 할지 몰라 머리를 긁적였다.

"카트 아니라도 운전 잘하잖아."

"뭐, 보통 사람보단 잘하는 것 같긴 한데……."

"그 운전 기술 좀 쓰자."

"무슨 말씀이세요?"

누마구치는 짧아진 담배를 손으로 튕겨 바닥에 버렸다.

"외국인 절도단을 도와주라는 얘기가 있어서 말이야. 거절

할 수가 있어야지."

"절도단이요?"

"목소리가 너무 크잖아, 인마."

머리를 한 대 맞은 가즈마사가 소리를 낮췄다.

"걔네들이 일 끝낸 후에 거처까지 태워다 줬으면 해서 말이야."

가즈마사는 입술에 침을 발랐다. 장물 배달과 대금 수령뿐이라면 아무것도 모르고 했다고 핑계를 댈 수도 있지만, 범행 직후 도둑과 같은 차를 타고 이동하는 것은 얘기가 다르다. 잡히면 공범이 되고 만다.

"보수는 확 뛸 거야."

누마구치는 오른손 검지와 엄지로 동그라미를 만들었다. 그 동그라미 너머로 어머니와 누나 얼굴이 보이는 듯했다.

"조금 생각해 봐도 되겠습니까?"

"응. 근데 너무 길게 끌면 곤란해. 이번 주 안으로 답 줘."

"알겠습니다."

가즈마사는 누마구치에서 자동차로 시선을 옮겼다. 다몬이 조각상처럼 미동도 않고 가즈마사를 물끄러미 쳐다보고 있었다.

2

생활용품점에서 사온 개 사료를 라멘 그릇에 담아 다몬 앞에 놓았다. 다몬이 소리를 내며 먹기 시작했다.

"진짜 배고팠나 보네. 너무 깡말랐어."

가즈마사는 다다미 위에 양반다리를 하고 앉아 담배를 피우면서 다몬이 먹는 모습을 지켜봤다. 자동차 조수석을 차지한 다몬을, 신호 대기에서 차가 멈출 때마다 쓰다듬어 주었다. 털로 덮여 있어 알기 힘들지만 다몬은 야위었다. 갈비뼈가 앙상하게 튀어나와 있었고, 여기저기 딱지 같은 것이 앉아 있었다.

"도대체 너 어디에서 왔니?"

사료를 다 먹은 다몬이 입 주위를 핥으며 다다미 위에 앉았다.

"이리 와."

가즈마사가 손짓을 하자 다몬이 가까이 왔다. 머리와 가슴팍을 쓰다듬어 주자 흡족하다는 듯 눈을 가늘게 떴다.

개를 키운 적도 없고 키워 보고 싶었던 적도 없지만 이것도 나름대로 나쁘지 않았다.

스마트폰 전화벨이 울렸다. 누나 마유미에게서 걸려 온 전화였다.

"무슨 일이야?"

가즈마사가 전화를 받았다.

"뭐 별일은 아니고, 너 뭐 하나 궁금해서."

마유미는 거짓말을 하면 금세 드러난다. 어머니 병간호로 지친 것이다. 불평을 늘어놓고 싶어 전화했으면서 가즈마사 목소리를 듣자 마음을 돌린 게 빤했다.

"엄마한테 뭔 일 있어?"

"뭐 별거 없는데……."

마유미 목소리에서 서서히 힘이 빠지고 마지막에는 한숨처럼 변한다.

어머니가 치매 징조를 보인 것은 작년 봄이었다. 비교적 가벼운 증상이 오래 이어졌는데 재해 발생 후 한동안 대피소 생활을 할 수밖에 없었던 그쯤부터 증상이 악화되었다. 익숙한 집을 떠나 여러 사람과 공동생활을 하는 것이 상당한 스트레스였던 모양이다.

마유미는 쇠약해진 어머니를 그냥 둘 수 없어 살던 집을 처분하고 친정으로 왔다. 청소를 하고 고칠 곳을 손본 후 어머니와 함께 살기 시작했다. 재해가 발생하고 두 달이 지났을 때였다. 그 후 계속해서 신경 쓸 일이 많았던지 마유미도 점차 야위어 갔다.

이제 막 서른 문턱에 들어선 한창 나이인데 문득문득 비치는 지친 옆얼굴은 중년 여성의 모습이었다.

"미안해, 누나. 내가 좀 여유라도 있어 돈이라도 보태면 누나가 덜 힘들 텐데."

"이런 시국에 무슨, 괜히 신경 쓸 것 없어."

"그래도…… 맞다, 나 개 주웠어."

"개?"

"재해로 아마 주인을 잃은 것 같아. 얌전하고 영리해서 키워 보려고. 이번에 데리고 갈게. 어디서 들었는데 말이야. 세라피독이라나 뭐라나, 병이나 치매 걸린 노인도 개랑 같이 있으면 마음이 편안해진다네."

"어. 나도 들은 적 있어. 데려와. 엄마가 좋아하실 거야. 예전부터 강아지 키우고 싶어 하셨잖아."

"엄마가 개를 키우고 싶어 하셨다고?"

"어. 어릴 때 외할머니 댁에서 키우셨나 봐. 근데 아빠가 동물은 절대 안 된다고 반대하셨대."

"처음 듣는 얘기네."

"네가 태어나기 전 일이니까. 엄마가 많이 속상해 하셨던 모양이야. 그러고 나서 바로 네가 들어선 걸 아셨고 개에 대한 건 잊으셨겠지."

"그렇구나."

"그 개, 이름이 뭐야?"

"다몬."

가즈마사가 대답했다. 개 이야기를 하면서 마유미 목소리에 생기가 도는 것이 기뻤다.

"뭐야, 이름 진짜 특이하네."

"목걸이에 이름표가 있었는데, 거기에 다몬이라고 적혀 있더라고. 다몬천(多聞天, 사천왕 중 하나인 다문천 – 옮긴이)의 다몬."

"알겠고. 어쨌든 되도록 빨리 그 아이 데려와. 엄마 웃는 모습 몇 달째 못 본 거 같아."

"응, 알았어."

"전화하니 좋네. 오랜만에 기분 좋아졌어. 역시 가족밖에 없네."

마유미는 그렇게 말하고 전화를 끊었다.

다몬이 가즈마사 허벅지에 턱을 얹고 자고 있었다. 잠든 평온한 얼굴과 리드미컬하게 움직이는 등이 가즈마사에 대한 믿음을 말하는 것 같았다.

다몬을 깨우지 않으려고 등에 살짝 손을 올렸다.

다몬의 체온이 전해진다.

마음이 따뜻해진다.

3

인터넷 검색을 통해 다몬에 대해 알아봤다.

다몬, 개, 수컷, 셰퍼드, 잡종, 행방불명, 재해—머릿속에 떠오르는 단어들을 넣어 봤는데 아무것도 나오지 않았다.

그러니까 다몬을 찾는 사람이 없다는 말이다. 주인이 재해로 피해를 입어 개 키울 여건이 안 되거나 죽었던가.

여하튼 이제 아무도 신경 쓰지 않고 다몬을 키울 수 있게 되었다.

가즈마사는 다몬을 차에 태우고 출발했다.

다몬을 데리고 어머니에게 갈 것이다.

말 나온 지 얼마 되지 않았지만 쇠뿔도 단김에 빼라고 하지 않던가.

어머니와 마유미가 사는 집은 나토리 강 남쪽의 주택가에 자리한 단독주택이다.

누나가 태어난 직후 대출을 끼고 산 집인데 아버지 생명보험금으로 남아 있던 빚을 모두 갚았다.

어머니 치매가 악화돼 시설에 들어가게 되면 이 집도 팔자고 마유미와 얘기했지만 재해로 그것도 무산되었다.

좁은 부지에 차 한 대 들어갈 주차 공간과 조그마한 화단 하나 크기의 정원이 있다. 가즈마사는 마유미의 경차 앞에 차를 댔다. 집 밖으로 조금 튀어나왔지만 아무도 뭐라 하진 않았다.

"가자, 다몬. 예의 바르게 잘해."

개 사료와 함께 구매한 새 목걸이와 목줄을 다몬에게 묶고 가즈마사는 차에서 내렸다.

"누나, 다몬 데리고 왔어."

문을 열고 집 안으로 들어가며 말했다. 한 박자 늦게 대답이 들렸다.

"가즈마사니? 개 데리고 왔다고?"

"응."

가즈마사는 갖고 온 젖은 수건으로 다몬의 발바닥을 닦고 집 안으로 들였다. 마유미가 욕실에서 나왔다.

"빨래야?"

가즈마사의 물음에 마유미 표정이 희미하게 어두워졌다.

"엄마가 실수하셔서."

마유미 표정을 보니 실수하신 게 소변이 아닌 게 분명했다.

"고생했네……."

가즈마사가 말했다. 마유미에겐 고개를 숙일 수밖에 없다.

"뒤처리야 워낙 익숙해져서 괜찮은데…… 엄마 기분이 안 좋아져서. 당연히 민망하시겠지—어머, 안녕, 다몬아."

마유미는 허리를 낮춰 다몬에게 손을 내밀었다. 다몬이 당당한 자세로 마유미 손가락 냄새를 맡고 혀끝으로 핥았다.

"똑똑해 보이네."

마유미가 다몬의 머리를 쓰다듬었다.

"착하지?"

"온순해 보이고 말이야. 이 아이, 엄마도 맘에 들어 하실 거야. 데리고 와 볼래?"

"응."

마유미가 앞장서자 가즈마사는 다몬을 데리고 복도를 걸었다. 어머니 방은 1층 가장 안쪽 다다미방이다. 가장 넓고 볕이 잘 드는.

"엄마, 가즈마사 왔어. 들어갈게요."

대답은 없었지만 마유미는 문을 열었다. 소독액 냄새가 풍겼다. 가즈마사는 목줄을 고쳐 잡고 다몬과 함께 방으로 들어갔다.

"엄마, 몸은 좀 어때?"

어머니는 이부자리에 누운 채로 고개만 돌려 창밖 화단을 바라보고 있었다.

“엄마?”

다시 한 번 말하자, 어머니가 고개를 돌렸다.

“누구세요?”

어머니 말에 충격을 받은 가즈마사는 입술을 깨물었다. 증상이 조금씩 악화되고 있는 것은 알았지만 아들인 자신도 알아보지 못하는 건 처음이었다.

“무슨 말이야, 엄마. 가즈마사잖아. 엄마 아들 가즈마사.”

마유미가 수습하려는 듯 웃었다. 그러나 부자연스럽게 미소 짓는 옆모습은 마유미도 적잖이 충격을 받았다는 걸 말해주었다.

“아, 가즈마사냐. 많이 컸구나.”

어머니 말에 뭐라 답해야 할지 몰라 멍하니 멈춰 서 있는데 다몬이 어머니 곁으로 다가갔다. 누운 어머니 얼굴 위로 코를 가까이 대고 냄새를 맡는다.

“어머, 개 아니냐…… 너, 설마 가이토냐?”

엄마가 팔을 내밀어 다몬의 앞다리를 쓰다듬었다.

“가이토구나. 가이토 맞구나. 여태 어디 갔었던 거야?”

엄마가 소녀 같은 목소리로 놀라워했다.

“가이토라니?”

가즈마사가 마유미에게 물었다.

“글쎄. 엄마가 어릴 때 길렀던 개 이름 아닐까?”

“가이토, 가이토.”

다몬을 쓰다듬는 엄마는 목소리뿐만 아니라 마음도 소녀 시절로 돌아간 듯했다.

"언제부터 이렇게 나빠지신 거야?"

가즈마사는 엄마를 물끄러미 바라보았다.

"2, 3주쯤 전부터인가. 가끔 나도 못 알아보셔."

"말해 주지 그랬어."

"네가 걱정할까 봐…… 언젠가 말해야지 했지."

마유미가 시선을 떨궜다.

"얘."

어머니가 몸을 일으켜 세웠다.

"가이토 산책 좀 시켜야겠다."

"그러네. 다 같이 산책 가자."

가즈마사는 재빨리 그렇게 대답했다.

* * *

가즈마사는 목줄을 잡고 기쁜 듯이 다몬과 걷는 어머니 뒷모습을 조마조마하게 지켜봤다. 마유미도 같은 심정으로 보였다. 긴장한 옆모습이 눈에 띄었다.

두 사람의 걱정과 달리 어머니는 들떠 있었다. 다몬에게 끊임없이 말을 걸다가 멈춰 서서 허리를 숙여 다몬을 쓰다듬었다.

"엄마가 아이로 돌아간 것 같네."

마유미가 말했다.

"응."

가즈마사가 끄덕였다. 젊어졌다기보다 아이로 돌아간 것 같았다. 그 모습을 보고 있으니 엄마가 엉뚱한 행동을 하지 않을까 불안감이 더했다.

오직 믿을 건 다몬이었다. 처음 걷는 곳인데 두려운 기색도 없이 당당한 자세로 엄마와 걷고 있다.

무슨 일이 생기면 다몬이 엄마를 지켜 줄 것이다—다몬에겐 그런 생각이 들게 만드는 뭔가가 있었다.

"가즈마사, 뭘 그렇게 느긋하게 걷니. 빨리빨리 와."

어머니가 뒤돌아보며 손짓했다. 가즈마사를 기억해 낸 것이다.

"엄마가 너무 빨리 걷는 거야."

가즈마사가 걸음걸이를 빨리해 어머니 옆으로 갔다.

"똑똑하지, 가이토. 잡아끌거나 하는 법이 없어. 나한테 맞춰 걷는다니까."

어머니는 목소리뿐만 아니라 말투도 젊어지셨다.

"응. 가이토 똑똑하네."

가즈마사는 감사의 마음을 담아 다몬의 머리를 쓰다듬었다.

"어릴 때부터 똑똑했다니까."

마유미 말대로 어머니는 예전에 키웠던 개와 다몬을 혼동

하고 있었다. 목소리와 몸짓이 젊어졌다고 병이 나은 건 아니었다.

나토리 강이 보였다. 하천 부지에 밭이 펼쳐져 있었다.

신호도 횡단보도도 없는 곳에서 어머니가 길을 건너려고 했다.

위험해—목구멍까지 나온 말을, 가즈마사는 도로 삼켰다.

다몬이 멈춰 섰고 목줄이 당겨져 어머니도 걸음을 멈췄기 때문이다.

"왜 그래, 가이토?"

의아하단 듯이 다몬에게 묻는 어머니 옆으로 대형 트럭이 빠르게 지나갔다.

"갑자기 그렇게 길을 건너면 위험하잖아, 엄마."

마유미의 안색이 바뀌었다.

"괜찮아. 가이토가 따라와 주잖니."

어머니는 천진난만하게 웃었다.

가즈마사는 마유미와 눈을 마주쳤다. 가을을 알리는 건조한 바람이 스쳐 지나갔다.

* * *

"오늘 덕분에 살았어, 다몬."

가즈마사가 조수석에 팔을 뻗어 다몬의 앞다리를 쓰다듬

었다.

"너, 엄마가 길에 뛰어드는 것을 멈춰 세웠잖아. 수호신 같다고 누나도 그러더라."

가즈마사가 다몬을 쓰다듬는 동안 다몬은 정면을 바라봤다.

한 시간 정도의 산책에서 돌아오자 어머니는 피곤하다며 바닥에 주저앉았다. 산책은 물론이거니와 외출하는 것도 오랜만이었던 듯했다.

가즈마사는 곤히 잠든 어머니 얼굴에 작별 인사를 하고 집을 나왔다.

신호가 바뀌었다. 가즈마사는 양손으로 운전대를 잡고 액셀을 밟았다.

재해가 일어나기 전에는 수동차를 몰았다. 오토 같은 건 차가 아니라고 생각했다. 그러나 재해로 무너진 콘크리트 벽에 차가 깔리며 폐차를 해야 됐다. 새 차를 살 돈은 없었고, 일하는 데 필요해 누마구치에게서 받은 것이 바로 운전대를 잡고 있는 이 차였다. 마찬가지로 그냥 똥차라 고장도 잦고 연비가 엄청나게 안 좋았다. 차 유지비용에만 상당한 돈이 나갔다.

"새 차 사고 싶다."

가즈마사가 혼잣말을 했다. 다몬이 가즈마사를 쳐다봤다.

"누나한테도 돈 좀 보태고 싶고."

다몬이 다시 정면으로 얼굴을 돌렸다.

"돈이 필요해."

다몬이 하품을 했다.

다세대주택 근처 갓길에 차를 세웠다. 주정차 금지 구역이지만 위반 딱지를 떼인 적은 없다. 재해가 일어난 후 경찰은 정신없이 바쁘다. 그래도, 언젠가는 모든 것이 제자리로 돌아올 것이다. 그렇게 되면 주차장을 확보해야겠지.

돈이 필요하다. 어쨌든 돈이 필요하다.

집으로 돌아와 다몬에게 사료를 주었다. 가즈마사의 저녁은 컵라면이었다.

"네가 더 좋은 걸 먹네."

우걱우걱 먹는 다몬을 바라보며 가즈마사가 말했다. 그런 말을 내뱉는 자신에게 화가 나서 거칠게 담배 한 개비를 물었다.

스마트폰으로 전화가 걸려왔다. 마유미였다.

"무슨 일이야?"

가즈마사가 전화를 받았다.

"엄마가 일어나셨는데 가이토 어디 갔냐고 난리셔."

"또 데리고 갈게."

"걔가 오면 엄마가 힘을 내셔서 좋긴 한데 좀 걱정이야. 오늘도 애처럼 떼를 썼다니까. 그리고 가이토는 네가 데려왔다고 말했는데 또 까먹으셨어."

"나를?"

대답 대신 한숨이 들렸다.

"조만간 시설에 보내드려야 하나……."

가즈마사가 말했다.

"그럴 돈이 어디에 있는데?"

집 대출을 다 갚은 후 남은 아버지의 생명보험금은 쥐꼬리만큼 적었다. 마유미는 그 돈과 자신이 모은 얼마 안 되는 돈으로 어머니를 돌보고 있다. 쌀과 채소 등은 농사를 짓는 외가 쪽 친척이 보내 주셔서 겨우겨우 살고 있는 실정이다.

"미안해, 누나."

"미안해하지 마. 가족이니까."

전화를 끊고 담배를 재떨이에 비볐다.

"다몬, 나 해 보려고."

다몬에게 말했다. 다몬은 사료를 다 먹고 가즈마사 옆에 웅크리고 있었다.

"누마구치 선배가 말했던 일. 지금보다 훨씬 위험한 일이지만, 돈이 될 거야. 게다가 네가 지켜 줄 것 같거든. 오늘, 엄마를 지켜 준 것처럼."

다몬은 눈을 감고 있었지만 가즈마사가 말할 때마다 귀를 조금씩 움직였다.

"네 사료 값도 벌어야 하고, 할 거야, 나."

다몬이 눈을 뜨고 가즈마사를 쳐다봤다.

좋은 것 같아—그렇게 말하는 듯했다.

4

아파트에서 세 명의 남자들이 나왔다. 세 명 모두 작은 체구에 피부가 거무스름했다.

한 명이 다가와 운전석 창문을 두드렸다. 가즈마사가 창문을 열었다.

"기무라 씨?"

남자가 가즈마사의 가명을 댔다.

"그런데요?"

"미겔입니다."

남자가 말했다. 유창한 일본어였다.

"그리고 호세와 리키입니다."

가즈마사가 끄덕였다. 어차피 다 가명이었다.

"타세요."

미겔이 다른 두 사람을 재촉했다. 호세라는 남자가 조수석에, 미겔과 리키는 뒷좌석에 올라탔다.

미겔이 무언가 말했다. 차 트렁크에 다몬이 있는 걸 눈치 챈 것이다. 다몬은 가즈마사가 준비한 케이지 안에 있었다.

"개가 왜 있어요?"

미겔이 입을 열었다.

"잰 저의 수호신이에요. 무슨 말인지 알아요?"

미겔이 고개를 가웃했다.

"가디언 엔젤."

가즈마사가 영어로 말했다.

"아, 그렇군요."

미겔이 끄덕였고 다른 두 사람에게 빠른 말로 무언가를 계속 떠들었다.

"짖거나 난리 치지 않아요."

"가디언 엔젤은 우리에게도 필요해요. 일본어로 뭐라고 했죠?"

"수호신이요."

미겔은 수호신이라는 말을 입안에서 두세 번 반복했다.

"그럼, 갑시다."

미겔이 말했다. 가즈마사는 사이드 브레이크를 풀었다.

누마구치가 마련해 준 차는 세세한 부분까지 잘 정비된 스바루 레거시였다. 이른바 세미 오토매틱 차로 수동차처럼 운전할 수 있다.

"곧바로 고쿠분초(国分町)로 갈까요?"

가즈마사가 번화가 이름을 댔다. 미겔이 끄덕였다.

시각은 새벽 2시 30분. 주변에 인기척은 없었다.

N시스템(차량번호 자동판독기-옮긴이)을 피하면서 거리 중심부로 향했다. 누마구치 일을 하게 되면서 어디에 N시스템이 설치되어 있는지 조사했고, 그 위치는 이미 머릿속에 확실하게 들어 있었다.

"운전 잘하시네."

미겔이 말했다. 거리를 천천히 달리고 있을 뿐인데 미겔은 차이를 느끼는 듯했다.

번화가에는 아직 네온이 빛나고 있었고 사람들도 많았다. 가즈마사는 오피스 거리 한 구역에 차를 댔다.

"30분 후에 다시 여기서 봅시다."

미겔 일행이 차에서 내렸다. 다몬은 케이지 속에 웅크린 채 있었다.

세 명의 모습이 보이지 않자 가즈마사는 다시 출발했다. 에어컨을 켜 두었는데 땀이 흘렀다. 목도 말랐다. 자신도 모르는 새 긴장했던 것이다.

목적지도 없이 차를 몰았다. 맞은편에서 오는 차량의 헤드라이트 불빛이 눈에 비칠 때마다 심장이 두근거렸다. 마음을 안정시키려고 중간중간 룸미러로 다몬의 모습을 확인했다.

그때마다 다몬은 다른 방향으로 고개를 돌리고 있었다. 좌우 창문을 보거나 뒷 창문을 보거나 정면을 응시했다.

그제야 가즈마사는 깨달았다. 다몬은 항상 남쪽으로 고개를 돌리고 있었다.

"남쪽에 뭐가 있니?"

다몬에게 말을 걸었지만 반응은 없었다. 다몬은 가만히 남쪽으로 고개를 돌렸다.

시간이 다가왔다.

가즈마사는 세 명과 헤어진 곳으로 돌아가 차를 세웠다. 브레이크만으로 언제든지 시동을 걸 수 있게 준비했다. 운전대를 잡은 손이 땀에 젖었다. 청바지에 손바닥을 문질렀지만 금세 다시 흥건해졌다.

"뭐 이상한 거 없니, 다몬?"

고개를 돌려 다몬에게 말을 걸었다. 다몬이 가즈마사를 보았다. 자신감에 찬 눈이, 괜찮으니까 진정해, 라고 말하는 듯했다.

빌딩숲 안쪽에서 남자들이 걸어오는 것이 보였다. 차에서 내릴 땐 비어 있던 가방이 부풀어 있다.

귀금속 가게를 턴다고 들었다.

남자들은 어디선가 한잔하고 온 것처럼 차분한 걸음걸이로 이쪽을 향해 왔다.

"빨리 좀 움직여."

가즈마사가 중얼거렸다. 금방이라도 경보 벨이 울리며 사이렌 소리가 들릴 것 같았다.

순찰차에 쫓기는 자신의 모습이 몇 번이나 뇌리에 떠올랐다 사라졌다. 필사적으로 레거시를 밟아도 결국에는 잡히고 마는.

"출발하세요."

미겔이 조수석에 올라탔다. 호세와 리키가 뒷좌석에 앉았다.

문이 닫혔다.

가즈마사는 액셀을 밟았다.

"그렇게 서두르지 않아도 돼요. 천천히, 느긋하게, 차분하게. 오케이?"

미겔이 운전대를 잡은 가즈마사의 왼손을 가볍게 쳤다.

"아, 죄송합니다."

가즈마사는 액셀 페달을 꽉 밟고 있던 다리에서 힘을 풀었다. 눈에 띄면 모든 게 물거품이다. 경찰의 주의를 끌지 않도록 안전 운전하며 천천히 달려야 한다.

"당신 수호신, 최고네."

미겔이 뒤에 눈길을 주었다. 다몬은 또다시 남쪽을 바라보고 있었다.

가즈마사는 입술에 침을 발랐다. 진정해—자신에게 말하며 N시스템을 피해 달렸다.

남자들은 가즈마사가 알아듣지 못하는 말로 대화했고 웃었고 담배를 피웠다. 범죄를 저지른 직후라고는 볼 수 없을 정도로 화기애애했다.

일부러 멀리 돌아 남자들을 태운 아파트로 향했다. 아파트에서 100미터 정도 떨어진 곳에 차를 세웠다.

"고마워, 기무라 씨. 또 보자고."

미겔이 웃으며 차에서 내렸다. 다른 두 사람이 이어 내렸다. 디몬이 세 명의 모습을 가만히 바라봤다. 남자들은 뒤돌아보지도 않고 멀어져 갔다.

가즈마사는 스마트폰으로 누마구치에게 전화를 걸었다.

"지금, 끝났어요."

"어, 수고했어. 돌아가 쉬어."

"그럴게요."

"우편함 속 확인해 봐."

"우편함이요? 왜요?"

말하는 중간에 전화가 끊겼다. 가즈마사는 혀를 차며 출발했다.

"이상한 일에 따라다니게 해서 미안해, 디몬. 집에 돌아가서 자자."

디몬은 다시 얼굴을 남쪽으로 향하고 있었다.

다세대주택으로 돌아와 집으로 들어가기 전에 우편함을 들여다봤다. 갈색 봉투가 들어 있었다.

봉투를 쥐고 서둘러 집으로 들어갔다. 문을 잘 걸어 잠그고 다몬의 발을 닦았다. 그러면서 호흡을 가다듬었다.

다몬에게 물을 주고 다다미에 앉았다. 담배를 피웠다. 다 피우고 봉투를 손에 쥐었다. 안에는 1만 엔 지폐 스무 장이 들어 있었다.

장물을 운송해 받는 돈의 한 달 치를, 하룻밤 새 번 것이다.

이런 일이 일주일에 한 번씩 있다면…….

"누나를 편하게 해 줄 수 있겠다."

가즈마사는 혼잣말을 하며 새 담배에 불을 붙였다. 다몬이 곁에 다가와 누웠다.

눈을 감더니 금세 숨소리를 내며 잠들었다.

"피곤했구나?"

가즈마사는 다몬에게 말을 건네고 다시 한 번 1만 엔 지폐를 셌다.

5

어느 채널이나 같은 뉴스가 흘러나오고 있었다.

오늘 새벽, 고쿠분초 귀금속 가게에 3인조 강도가 들이닥쳐 귀금속과 고급 손목시계 등 약 1억 엔 상당의 물품을 훔쳐 달아났다.

미겔 일행의 범행 장면을 찍은 가게 CCTV 영상이 흘러나왔다.

미겔 일행은 복면을 뒤집어쓴 채 창문 유리를 깨부수고 가게 안으로 침입해 서두르는 기색도 없이 진열장을 부수고는 보석과 시계를 가방에 쓸어 담았다.

가게에 침입해서 나가는 데까지 걸린 시간은 약 5분.

손에 익은 범행으로 경찰은 조직적인 절도단의 행각으로 보고 수사 중이라고 아나운서가 전했다.

"실화냐……."

영상을 보니 몸이 후들거렸다. 차만 운전하는 거라 왠지 남의 일처럼 느껴졌지만 실제 범행 모습을 보니 자신도 공범자라는 걸 뼈저리게 실감했다.

스무 장의 1만 엔 지폐도 위로가 되지 않는다. 돈 출처를 마유미가 안다면 한탄하며 슬퍼할 것이다.

"그래도 돈은 돈이지."

가즈마사는 자신에게 타이르듯 말했다.

살아가는 데 돈은 필요하다. 게다가 가즈마사에게는 치매가 진행 중인 어머니가 있다. 어머니를 돌보기 위해 자신을 희생하는 누나가 있다.

돈이 필요하다. 벌이가 된다면 어떤 일을 해서라도 벌고 싶다. 그런데 재해 때문에 할 만한 일이 없었다.

지푸라기라도 잡고 싶었다. 그 지푸라기가 미겔 일행의 일이라도.

범죄지만 매달릴 수밖에 없다면 잡아야 한다. 그렇게 하지 않으면 어머니와 마유미가 살아갈 수 없다.

"다몬, 산책 나가자."

누워 있던 다몬에게 말했다. 다몬은 재빨리 일어나 현관으로 향했다. 이미 몇 년이나 이 집에서 살고 있는 듯 자연스런 몸짓이다.

다세대주택에는 혼자 사는 사람이 대부분이다. 모두 이미 출근한 후라 가즈마사가 다몬과 집에서 나오는 것을 수상히 여기는 사람은 없었다.

정처 없이 걷기 시작했다. 인터넷에서 개 키우는 방법을 알아봤다. 적어도 하루에 두 번, 30분 이상 산책을 시켜야 한다고 했다.

다몬은 목줄을 잡아당기지도 않고 가즈마사에 맞춰 걸었다. 항상 가즈마사의 왼편에서 걷는데, 전봇대나 입간판이 있으면 소변을 누려고 멈춰 설 뿐이나.

"전 주인이 아주 제대로 교육시켰구나."

가즈마사는 감탄했다. 가즈마사가 아는 개는 목줄을 잡아당기며 제멋대로 돌아다니고 사람이나 다른 개를 보면 신경질적으로 짖어 대는 소형견뿐이었다.

다몬은 그런 개들과는 확연히 달랐다. 목줄을 잡은 사람을 신뢰하면서도 기대기만 하지도 않고 당당히 걷는다. 마치 호흡이 잘 맞는 파트너처럼 말이다.

골목을 왼쪽으로 돌려던 가즈마사가 다몬과 부딪힐 뻔했다. 다몬은 오른쪽으로 가려고 했다.

"뭐야? 넌 저쪽으로 가고 싶은 거야?"

딱히 목적지는 없었다. 다몬이 가고 싶어 하는 쪽으로 걸어가기로 했다.

다음 골목에서는 오른쪽으로 돌려고 하자 다몬이 거부했다. 다몬은 곧장 직진하고 싶어 했다.

"안 돼. 직진하면 큰길이 나온단 말이야. 사람이랑 차가 많아서 걷기 힘들어."

가즈마사가 말했다. 그러나 다몬은 앞을 향한 채 움직이지 않았다.

"이쪽이라니까."

가즈마사는 목줄을 끌려고 하다가 알아챘다. 다몬이 가려는 쪽은 남쪽이었다.

"남쪽에 뭐라도 있어? 전 주인이 있다든지 네가 예전에 살던 곳이라든지……."

다몬이 가즈마사를 보았다.

"네가 어딘가 가고 싶다고 하면 데리고 가 주고는 싶은데, 행선지를 모르면 힘들지. 미안해, 다몬."

가즈마사가 가볍게 목줄을 당겼다. 그제야 다몬은 순순히 따라왔다. 골목을 오른쪽으로 꺾어 아까와 마찬가지로 걷기 시작한다.

다몬은 남쪽에 가고 싶어 한다.

가즈마사는 그런 확신이 들었다.

* * *

가즈마사가 다몬의 사료 접시를 닦고 있는데 누마구치에게서 전화가 걸려왔다.

"뉴스, 봤냐?"

"네."

"역시 수완이 좋아."

"그 일행, 어떤 애들이에요?"

"나도 자세히는 몰라. 그냥 도쿄나 오사카를 시작으로 전국을 도는 것 같아. 여기 있는 동안 잘 좀 챙겨 달라고 부탁 받아서 말이야. 그 대가로 걔네들이 번 돈의 몇 퍼센트 정도를 받기로 했지."

"그렇군요."

이번 피해액은 1억 엔 정도라고 했다. 그 몇 퍼센트라 하면 누마구치 수중에는 수백만 단위의 돈이 굴러들어 오는 셈이다. 가즈마사에게 20만 엔을 지불해도 충분할 만큼.

"다음 주도 또 부탁한다."

"다음 주요? 진짜요? 경찰이 지금 캐고 다닐 텐데."

"단기간에 수단 가리지 않고 벌어서 다음 동네로 옮기는 게 걔네들 수법이라네."

가즈마사는 한숨을 삼켰다. 20만 엔의 보수가 정기적으로 들어오지 않을까 하던 기대가 허무하게 무너졌다. 미겔 일행이 센다이에 있을 기간은 짧을 테니까.

"미겔이라는 친구가 말하더라. 네 수호신이 맘에 든다고 말이야. 뭐야, 그 수호신이란 게?"

"개요."

"그 개? 특이한 녀석이네. 뭐, 어쨌든 그렇게 알고 자세한 건 정해지면 또 연락할게."

"네. 기다리겠습니다."

가즈마사는 전화를 끊었다.

"뭐, 세상에 내 입맛에 딱 맞는 게 있을 리 없지."

다몬에게 말했다. 다몬이 가즈마사를 쳐다보았다.

다 그런 거야—다몬이 그렇게 대답한 듯한 기분이 들었다.

* * *

어머니는 가즈마사는 기억 못하셨지만 다몬은 확실히 기억하고 있었다.

싱글벙글 웃으시며 다몬에게 손짓하고는 가이토, 가이토, 하고 말을 걸며 계속해서 쓰다듬었다.

다몬도 싫지 않은 표정이었다.

"누나, 잠깐만."

가즈마사는 마유미를 주방으로 불렀다.

"뭐야, 갑자기."

"이거. 얼마 안 되는데 생활하는 데 보태 써."

마유미에게 갈색 봉투를 건넸다. 안에는 10만 엔이 들어 있었다. 내용물을 확인한 마유미가 얼굴을 찌푸렸다.

"뭐야, 이 돈?"

"임시 수입이 생겼거든. 파친코에서 운이 좋아 이틀 연속해서 좀 땄어."

가즈마사는 미리 준비해 둔 말을 했다.

"파친코라니, 너 도박 같은 거 해?"

"파친코는 도박이 아니지. 그냥 심심풀이로 하다가 어쩌다 보니 딴 거지."

"신나서 계속 파친코 다니지 말구."

"알겠어."

"어쨌든, 이건 감사히 받을게. 큰 도움이 될 거야."

마유미는 갈색 봉투를 가슴에 대고 가즈마사에게 고개를 숙였다.

"됐어. 가족이잖아."

"고마운 건 고마운 거지. 그건 그렇고 일은 잘되고 있어?"

"응. 꽤 익숙해졌어. 월급도 좀 오를 것 같고. 쥐꼬리만큼이지만."

마유미에게는 택배업체에 운전사로 고용되었다고 말해 두었다. 마유미도 누마구치를 알고 있었다. 누마구치 밑에서 일하는 걸 알면 쓸데없는 걱정을 할 게 빤했다. 어머니 간호로도 벅찬데 말이다. 쓸데없이 신경 쓰게 하고 싶지 않았다.

"돈 허투루 쓰지 말고 저금해. 엄마 증상 심해지면 나 혼자서 간호하긴 어려울 거야. 그러면 돈이 필요할 테니까."

"아빠 생명보험금, 얼마 남았어?"

"300만 엔 정도."

"그거밖에 안 남았구나…… 도쿄에 돈 벌러 가야 하나."

"농담 아니고 진지하게 생각해야 할지도 몰라."

마유미가 굳은 표정으로 대답했다.

어머니 방에서 밝은 웃음소리가 들려온다. 평소라면 마음이 편안해져야 할 테지만 어머니 병을 생각하면 가즈마사도 마유미도 마음이 아프다.

"다몬 데리고 산책 갈까? 다 같이."

가즈마사가 말했다. 마유미가 끄덕였다.

"저 아이가 있으니 엄마도 산책 가는 게 즐거우신가 봐. 평소엔 집에 틀어박혀 계시니까."

마유미는 돈이 든 갈색 봉투를 청바지 뒷주머니에 쑤셔 넣고 앞치마를 벗었다.

"엄마, 가이토랑 같이 산책 가지 않을래요?"

"가자, 가자."

대답하는 어머니 목소리는 역시 소녀 같았다.

* * *

지난번과는 다른 경로를 거쳐 나토리 강에 도착했다. 밭 옆 길로 빠져 강 근처까지 갔다. 강 부근은 작은 공원처럼 정비되어 벤치가 늘어서 있었다.

가즈마사 가족은 벤치 하나에 자리를 잡았다. 가즈마사는 오른손에 들고 있던 비닐봉지를 빈자리에 올려놓았다. 중간에 편의점에 들러 산 샌드위치와 삼각김밥, 음료수였다.

"기분 좋은 날씨네."

마유미가 하늘을 올려다봤다. 하늘은 맑게 개었고 날씨는 춥지도 덥지도 않았다. 걸으면서 땀이 난 몸에 강 위를 달리는 바람이 닿아 기분이 좋았다.

"엄마, 뭐 드실래요?"

가즈마사가 물었다.

"햄 샌드위치."

어머니가 바로 대답했다. 가즈마사는 미소 지으며 햄 샌드위치 포장을 벗기고 종이팩 오렌지 주스에 빨대를 꽂아 어머니에게 드렸다.

"가이토에게 주어도 되니?"

어머니가 샌드위치를 손에 쥐고 마유미에게 물었다.

"안 돼요. 사람 음식은 개에게 독이래요."

어머니 얼굴이 어두워졌다. 가즈마사는 비닐봉지 속에서 닭 가슴살 육포를 꺼냈다.

"이건 줘도 돼요. 엄마."

"정말?"

어머니가 육포를 받았다. 다몬의 귀가 올라갔다. 처음 만났을 때 가즈마사가 주었던 육포를 기억하는 것 같았다.

어머니가 다몬에게 육포를 주었다. 다몬이 꼬리를 요란하게 흔들며 육포를 덥석 물었다.

"착하네, 가이토."

어머니는 그런 다몬을 흐뭇하게 바라봤다.

"엄마도 드세요."

마유미가 권하자 어머니는 샌드위치를 가득 입에 물었다.

"우리도 먹을까. 배고파."

마유미는 감자 샐러드 샌드위치를, 가즈마사는 명란 삼각김밥을 먹었다. 음료수는 페트병에 든 우롱차였다.

다 먹자 가즈마사는 벤치에서 일어나 혼자 떨어져 담배를 피웠다.

어머니는 끊임없이 다몬에게 말을 걸었고, 마유미는 어머니와 다몬을 지켜보며 미소 짓고 있었다.

어떻게 봐도 완벽한 부모 자식이었다. 맑은 초가을 햇살과 다몬의 존재가 그 완벽함을 보다 아름답게 채우고 있었다.

담배를 다 피우고 벤치로 돌아왔다. 그제야 마유미가 눈물짓고 있는 것을 알아챘다.

"왜 그래, 누나?"

마유미가 손으로 눈을 감쌌다.

"뭔가 행복해서. 요새 정신적으로 좀 힘들었거든. 근데, 이런 기분 좋은 날에 강가에서 도시락 먹으면서 엄마 웃음소리를 들으니까…… 뭔가, 천국이 이런 느낌일까 싶어서 눈물이 나오네."

가즈마사는 마유미 어깨에 팔을 둘렀다.

"6개월 전에는 지옥 속에 있는 것 같았는데, 그래서 더 그렇게 느껴지나 봐."

"다몬 덕분이야."

가즈마사가 말했다.

"그러네. 저 아이 덕분에 엄마가 건강해지시고 이렇게 가족이 다 같이 산책도 나오고. 저 아이 덕분이야."

육포가 아직 있다는 것을 알았을까, 다몬이 어머니를 가만히 바라보았다. 어머니는 그것을 다몬의 애정 표시로 받아들이고 기뻐했다. 이렇게 웃는 어머니를 본 것이 얼마만인가.

가즈마사는 눈을 감았다. 감은 눈 안쪽으로 햇살이 느껴진다. 어머니의 웃음소리가 귓가에 들려온다. 마유미가 코를 훌쩍이는 소리까지.

아마도 천국은 이런 곳일지 모른다. 따뜻하고 평화롭고 행복하다.

다몬이 가즈마사 가족을 천국까지 데려와 준 것이다.

6

미겔 일행이 차에 올라탔다. 그전과 마찬가지로 호세가 조수석에 탔다. 미겔은 뒷좌석에 몸을 욱여넣고 케이지 격자 사이로 손가락을 넣어 다몬의 턱 아래를 쓰다듬었다.

“오늘도 수호신이 있으니까 잘될 거야.”

미겔이 말했다.

“다몬이 맘에 드시나 봐요.”

가즈마사가 액셀을 밟으며 말했다.

“다몬, 어떤 뜻이에요?”

“글쎄요.” 가즈마사는 고개를 갸웃했다. “길 잃은 개였어요. 목걸이에 다몬이라고 적힌 이름표가 붙어 있어서, 그래서 다몬이란 이름이겠거니 했어요.”

“길 잃은 개…… 재해 때문에요?”

“아마도요. 주인을 놓친 건지 주인이 죽어 버린 건지…….”

미겔은 다시 몸을 비틀어 다몬에게 뭔가를 말했다. 가즈마사가 전혀 알아들을 수 없는 말이었지만 가엾은 개라고 말한 듯했다.

미겔은 개를 좋아하는 것 같다.

누마구치에게 오늘 밤은 미겔 일행을 지하철 난보쿠 선 나가마치미나미 역에 데려다주라고 들었다.

지하철역 출구 근처에서 세 명을 내려 줬다.

"30분 후 여기에서."

미겔은 그 말을 남기고 밤거리 속으로 사라졌다.

그전과 마찬가지로 정처 없이 차를 몬 뒤 30분 후 원래 장소로 돌아왔다. 세 명이 금방 나타났다. 전과 마찬가지로 그들은 태연자약했다.

가즈마사도 지난번보다는 차분해졌다. 어떤 일이든 사람은 익숙해지기 마련이다.

쓸데없는 말은 하지 않고 N시스템을 피하며 차를 몰았다.

멀리서 순찰차 사이렌 소리가 울렸지만 이쪽으로 오는 것 같지 않았다.

미겔 일행은 프로다. 능숙하게 귀금속 가게를 털고 경찰이 쫓아오기 전에 철수한다.

아마도 실제로 범행하기 전 면밀히 사전 조사를 하겠지. 어디에 뭐가 있는지 다 파악한 후 일에 착수하는 것이다.

그전과 마찬가지로 아파트에서 멀찍이 떨어진 곳에 차를

세웠다. 호세와 리키가 재빨리 차에서 내려 멀어져 갔다. 미겔은 차에 남아 있었다.

"무슨 말씀이라도?"

가즈마사가 물었다. 마음이 진정되지 않았다.

"당신 수호신, 저한테 넘겨주실 수 있나요?"

미겔이 말했다.

"다몬을요? 안 됩니다. 저 아이는 제 개니까요."

"50만 엔이면 어떻습니까?"

금액을 듣고 빨리 차에서 내리라는 말이 목구멍까지 나왔지만 삼켰다.

"50만 엔이요?"

"이 개를 넘겨주시면 지불하겠습니다."

"왜 그런 큰돈을?"

"굉장히 좋은 개입니다. 게다가 행운의 수호신이구요. 제가 데려가고 싶습니다. 이 개와 함께라면 아마 경찰에 잡히지 않을 거예요. 50만이면 안 되겠습니까. 그러면 100만 엔은 어떠세요?"

마음이 흔들렸다. 몇 개월을 계속 일해야 벌 수 있는 돈이 한 번에 들어오는 것이다. 다몬을 넘겨주기만 하면 된다. 100만 엔이 있으면 마유미도 한숨 돌릴 수 있다. 다몬에게 애착은 있지만 주운 지 얼마 안 된 개다. 어머니와 마유미의 행복을 생각하면 떠나보내도 아깝지는 않다. 게다가 미겔은 개를 좋아하는 듯했다. 분명 다몬에게 애정을 쏟고 소중히 대해 줄 것이다.

다몬과 눈이 마주쳤다. 다몬이 가즈마사를 물끄러미 바라보았다. 마음속을 들여다보는 듯한 눈이었다.

"안 돼요." 가즈마사는 고개를 저었다. "다몬은 내 가족이에요. 아무리 많은 돈을 번대도 팔 수 없어요."

"그렇군요. 아쉽지만 그 마음 잘 알겠습니다. 개는 소중한 가족이죠. 맞아요."

미겔이 차에서 내리면서 다몬에게 말을 걸었다. 뭐라 했는지는 알 수 없었다.

"그럼 다음에도 잘 부탁해요. 수호신 꼭 데리고 와 주세요."

가즈마사는 끄덕였다. 미겔이 등을 보이며 걸어갔다.

"미안하다, 다몬. 잠시지만 당치도 않은 생각을 했어. 네가 우리 가족을 천국으로 데려가 줬다고 했으면서……."

서쪽으로 차를 몰아 도호쿠 자동차 도로 나들목으로 향했다. 집과는 반대 방향이었지만 이대로 돌아가 눕고 싶지 않았다.

오랜만에 드라이브를 하고 싶었다.

룸미러로 비치는 다몬은 역시나 남쪽으로 얼굴을 향하고 있었다.

* * *

센다이 토부 도로에서 센다이공항 나들목으로 빠져나와 바다로 향했다. 재해 후 바다 근처에 가는 것은 내키지 않았다. 쓰나미가 할퀸 자국이 아직 생생하게 남아 있었기 때문이다.

두렵기도 했다.

그런데 바다가 보고 싶어졌다. 재해가 발생한 지도 6개월이 지났고 다몬이라는 새로운 가족도 생겼다. 이제는 마음을 새롭게 정리해야 할 때라고 생각했다.

재해 전에 있었던 집과 창고들의 모습이 보이지 않았다. 방풍림도 쓰나미가 집어삼켜 자취를 감췄다.

가즈마사는 차를 세웠다. 다몬을 내리게 하고 걸어서 해안으로 향했다. 새벽이 다가오고 있었다. 수평선 근처가 붉게 물들고 있었다. 낮에는 기분 좋았던 바람이 이제는 차다. 곧 가을이 오려는 것 같다.

달은 없고 하늘에는 별이 반짝였다. 밀려오는 파도 소리가 쓸쓸하다.

아무 말 없이 해안선을 걸었다. 먼저 북쪽으로 향했다. 다몬은 순순히 따라왔다.

중간에 뒤로 돌았다. 갑자기 다몬의 걷는 속도가 빨라졌다.

왜 그런지 알 수 없지만 다몬은 남쪽으로 끌리는 듯했다.

가즈마사는 목줄을 풀었다. 다몬이 멈춰 서서 뒤를 돌아본다.

"가도 돼." 가즈마사가 말했다. "남쪽으로 가고 싶지? 널 기다리는 사람이 있는 거 아냐? 네 소중한 사람이잖아. 괜찮아. 가 봐. 하고픈 대로 해."

왜 그런 말을 내뱉었는지 자신도 알 수 없었다.

다몬이 사랑스러웠다. 다몬이 없어지면 자신은 물론 어머니도 쓸쓸해하시겠지. 증상이 더 악화될지도 모른다.

그래도 다몬이 하고픈 대로 내버려 둬야 한다고 가슴속 누군가가 속삭였다.

"가 봐."

가즈마사가 말했다. 가즈마사를 보던 다몬이 이내 남쪽을 바라보았다. 기분 좋게 냄새를 맡는 듯 다리에 힘이 들어갔다. 당장이라도 달려 나갈 듯했다.

가라고는 했지만 정말 가 버리는 건 아닐까 생각하니 가슴이 죄어왔다.

다몬에게는 가족이 필요하다. 지금은 뿔뿔이 흩어졌을 뿐이다. 가즈마사 식구는 가족을 찾는 여행 도중에 만난 임시 파트너에 지나지 않는다.

그냥 알 것 같았다. 안 이상, 다몬을 억지로 붙들어 둘 순 없었다. 그건 다몬이 보여 준 애정에 대한 배신처럼 느껴졌다.

그러나 다몬의 몸에서 힘이 빠졌다. 다몬은 더 이상 냄새를 맡지 않고 가즈마사 쪽으로 걸어왔다. 그러더니 가즈마사의 허벅지에 애교 부리듯 몸을 비볐다.

"안 가도 되니?"

가즈마사가 물었다. 다몬이 꼬리를 흔들었다.

"정말 괜찮아? 너무 보고 싶은 거 아니야?"

다몬은 가즈마사 허벅지에 몸을 붙이고 움직이지 않았다.

"고마워."

가즈마사가 말했다. 가슴속에서 울컥 나온 말이었다. 이렇게까지 감사한 마음을 다른 이에게 품은 적이 없었다.

"고마워, 다몬."

가즈마사는 쪼그려 앉아서 다몬을 안았다. 다몬이 가즈마사의 뺨에 코를 댔다. 다몬의 코가 얼음처럼 차가웠다.

7

“또 파친코야?”

건넨 돈을 보고 마유미가 눈을 치켜떴다.

“응. 초심자의 행운인가?”

“도박은 안 된다고 했잖아.”

“이제 안 할 거야. 운도 다 떨어진 것 같고.”

가즈마사와 마유미는 가게를 나와 차로 향했다. 가끔은 멀리 드라이브를 나가자고 가즈마사가 제안했고 자오(藏王)에 가기로 한 것이다.

중간에 어머니가 배고프다고 하셔서 마침 눈에 들어온 빵 가게에서 빵을 산 참이었다.

“다몬 데리고 매일같이 집으로 오고, 차도 새로 바꾸고. 뭐 하는 거야? 너 일 안 하지?”

마유미의 눈이 가슴을 찌르는 듯했다.

"파친코에서 딴 돈 있잖아. 일은 좀 쉬고 있어."

농담 삼아 말했지만 마유미의 표정은 바뀌지 않았다.

"이상한 일에 손대고 있는 건 아니지?"

"이상한 일이라니?"

"네가 누마구치 밑에서 일한다는 얘기 들었어. 진짜야?"

"누마구치 그 양아치 말하는 거야? 뭔 소리야?"

가즈마사는 진지한 얼굴로 부인했다. 마유미는 예전부터 감이 좋았다.

"가즈마사."

마유미가 손을 잡았고 가즈마사는 걸음을 멈췄다. 마유미가 이름을 부를 때는 으레 혼낼 때였다.

"의지할 사람 너밖에 없어. 알지? 네가 정신 똑바로 안 차리면 엄마랑 난 어떻게 해야 하니?"

"알고 있어."

가즈마사는 입술을 내밀었다.

"쉽게 돈 버는 편한 일 같은 건 없어. 지금 재해 복구로 일손이 부족하다고 난리인데. 이것저것 따지지만 않으면 일은 얼마든지 있잖아."

"알고 있다니까. 모처럼 드라이브 와서 그렇게 까칠하게 굴지 마."

가즈마사는 손을 뿌리치고 걷기 시작했다. 차 뒷좌석에서 어머니가 웃고 계셨다. 트렁크의 케이지 안에 있는 다몬에게 무언가 말을 건네고 있었다.

누나 말에 귀가 따가웠지만 모처럼 어머니의 웃는 얼굴을 망치고 싶지 않았다.

“제대로 일할게.”

가즈마사는 차에 오르기 직전 마유미의 표정을 살피며 말했다.

미겔 일행은 곧 센다이에서 사라진다. 좋은 수입도 끊기는 것이다. 일해야지. 육체노동은 싫다고 쳐다보지도 않았는데 이제 마냥 앉아 있을 수만은 없었다. 누마구치와 질척거리는 관계도 끝내야 한다.

“햄 샌드위치 사 왔어.”

어머니가 제일 좋아하시는 샌드위치 봉지를 건넸다.

“고맙다, 가즈야.”

어머니가 말했다. 가슴이 뜨거워졌다. 중학교에 가기 전까지 어머니는 가즈마사를 ‘가즈야’라고 부르셨다. 기억은 오락가락하시지만 가즈마사를 제대로 인지하고 있었다.

“가이토가 말이야, 산책하고 싶대.”

“이제 곧 큰 공원에 도착하니까 거기서 산책하자.”

“응.”

마유미가 조수석에 올라탔다. 가즈마사는 차 시동을 걸었다.

“가이토, 사랑한다.”

어머니는 그렇게 말하고 햄 샌드위치를 덥석 물었다.

"우리 모두 가이토를 사랑해."

가즈마사는 운전대를 잡으며 차를 후진시켰다.

"가이토도 우리가 너무 좋대."

어머니는 정말로 행복해 보이셨다.

* * *

누마구치에게서 연락을 받은 건 두 번째 범행이 있은 지 10일 후였다.

늘 그렇듯이 미겔 일행과 만나 알려 준 장소에서 내려 주고 다시 만나 데려다주는 것이다.

쉬운 일이다. 이제 경찰에게 쫓길 두려움도 별로 없다. 미겔 일행은 프로다.

"아마 이번이 미겔 일행이 센다이에서 하는 마지막 일이 될 거야."

누마구치가 말했다.

"어때. 미겔 일행이 없어져도 비슷한 일 하지 않을래?"

"이번 일만 하고 그만할게요. 어머니와 누나가 걱정하셔서요. 제대로 된 일을 하려고요."

"그래. 강요하진 않아. 그럼 부탁한다."

누마구치는 웃으며 전화를 끊었다.

지금껏 받았던 보수 중 절반을 마유미에게 주었고 나머지

반도 손대지 않고 모아 두었다. 이번 일을 마치면 20만 엔이 더 들어온다. 40만 엔의 현금이 수중에 있으면 한동안은 먹고 살 수 있다. 그동안 제대로 된 일을 찾으면 된다.

"갈까."

가즈마사가 다몬에게 말했다. 다몬은 현관 옆에 웅크리고 있었다. 가즈마사의 목소리에 반응하며 일어서서 몸을 쭉 편다.

오늘 밤, 외출한다는 것을 알고 있는 모습이었다. 가즈마사가 풍기는 분위기를 보고 짐작하는 것일 테다. 다몬은 사람 마음을 읽는 능력이 뛰어나다.

차 뒷문을 열자 다몬이 트렁크로 뛰어올랐다. 스스로 케이지에 들어가 가즈마사가 문을 닫기를 기다린다.

"이번이 마지막이니까. 잘 지켜 줘."

가즈마사는 다몬을 향해 손을 합장했다. 다몬이 하품을 했다.

10월을 앞두고 날이 점점 쌀쌀해지고 있었다. 내뱉는 숨이 뿌옜다.

운전석에 앉아 차를 출발시키고 담배를 피웠다. 다몬이 담배 연기를 마시지 않도록 창문을 열었다. 순식간에 차 안 온도가 내려갔다. 추위를 견디기 힘들어 담배를 끄고 창문을 닫았다.

"남 건강 염려하면서 담배 피우는 것도 첨이네."

다몬에게 말했다. 다몬은 남쪽을 보고 있었다.

늘 같은 곳에서 미겔 일행을 태웠다. 오늘 밤도 미겔은 뒷좌석에 앉았다. 그는 다몬에게 말을 걸며 미소를 지었다.

"고쿠분초로 가죠."

"또요?"

첫 범행이 고쿠분초였다. 같은 구역에서 두 번이나 절도 행각을 벌이는 게 정상은 아니었다.

"경찰은 방심하고 있어요. 처음 장소와 같은 곳에서 할 리가 없다고 생각하고 있죠."

가즈마사는 끄덕였고 고쿠분초로 향했다. 미겔 일행은 프로이기 때문이다. 초짜인 자신이 나설 일이 아니다.

"오늘 밤을 끝으로 센다이는 마지막입니다."

미겔이 입을 열었다.

"그래서 다시 한 번 물을게요. 당신 수호신, 제게 넘겨주시겠어요?"

가즈마사는 고개를 저었다.

"안 됩니다."

"그렇군요."

미겔은 웃었고 두 번 다시 그 얘기를 입에 올리지 않았다.

가즈마사는 고쿠분초 변두리에서 미겔 일행을 내려 주고 다시 정처 없이 차를 몰았다. 미겔이 말한 대로 순찰차는 물론 경찰관의 모습도 보이지 않았다. 첫 범행 후 3주 가까이 지났다. 이 부근 수사는 끝났는지도 모른다.

30분 후에 같은 장소로 돌아왔다. 미겔 일행이 차에 올라탔다. 세 명 모두 차분했고 땀 한 방울 흘리지 않았다.

"기무라 씨, 감사했습니다. 센다이, 정말 좋은 동네네요. 또 오고 싶어요."

"다음은 어디로 가세요?"

룸미러 속 미겔이 의미 심장한 미소를 지었다.

"그건 비밀입니다."

"그렇죠. 바보 같은 질문이었어요."

입을 닫고 운전에 집중했다. 세 명은 평소보다 더 수다스러웠다. 센다이에서의 마지막 범행이라 긴장이 풀린 모양이었다.

미겔 일행의 아파트가 보이기 시작했다. 가즈마사는 속도를 늦췄다.

"어?"

그 순간, 룸미러에 비친 다몬의 모습이 부자연스러웠다. 다몬은 아파트 쪽으로 얼굴을 돌리고 있었다.

평소라면 남쪽을 보고 있는데 무슨 일이지?

의아하게 여기며 브레이크를 밟았다. 차가 완전히 정차하기 직전 다몬이 으르렁거리기 시작했다.

"왜 그래, 다몬?"

사이드 브레이크 레버를 올리고 가즈마사가 뒤를 돌아봤

다. 이런 다몬의 모습은 처음이었다.

갑자기 미겔이 뭔가를 외쳤다. 호세와 리키가 차에서 내리려고 하던 찰나였다.

10미터 정도 앞 골목에서 남자 세 명이 뛰쳐나왔다. 남자들이 쇠방망이와 쇠파이프를 휘둘렀다.

뒷골목에서도 또 다른 세 명이 나타났다.

"차 몰아!"

미겔이 외쳤다. 가즈마사는 사이드 브레이크를 풀고 기어를 드라이브에 넣었다. 호세는 차에 다시 탔지만 조수석에 앉았던 리키가 제대로 못 탔다. 한쪽 다리가 아직 차 밖으로 나가 있었다.

"빨리!"

미겔이 말했다.

"근데 리키가—."

"죽기 싫으면 차 몰아."

미겔의 말에 반사적으로 액셀을 밟았다. 리키가 떨어져 인도 위를 굴렀다. 남자들이 뭔가 소리쳤다.

"달려!"

미겔이 외쳤다.

"그래도—."

남자 한 명이 차 앞을 가로막았다. 가즈마사가 핸들을 꺾었다. 차가 이리저리 갈지자로 움직였고 타이어가 비명을 질렸다.

아슬아슬하게 남자를 피했다.

그때 눈앞에 벽이 나타났다. 골목에서 튀어나온 승합차였다.

브레이크를 밟았다. 벽이 다가온다. 부딪힐 것이다—가즈마사는 고개를 숙였다. 다몬이 짖는 소리가 들린 다음, 심한 충격과 함께 어둠이 가즈마사를 집어삼켰다.

* * *

극심한 통증에 가즈마사는 신음을 흘렸다. 머리가 아팠고 목과 옆구리에 고통을 느꼈다. 차 안에 연기가 자욱했다. 기침이 터져 나왔고 고통에 몸서리를 쳤다.

기억이 서서히 돌아왔다. 승합차 옆면에 정면으로 들이받았던 것이다.

"다몬."

다몬을 불렀지만 반응이 없었다. 고통을 참으며 안전벨트를 풀었다. 문을 열려고 했지만 열리지 않았다. 충돌의 충격으로 일그러진 걸까.

"제발, 난 상관없지만 다몬을 구해야 해."

어깨를 부딪치자 문이 열렸다. 가즈마사는 도로 위로 굴러 떨어졌다. 일어서려 했으나 하반신에 힘이 들어가지 않았다.

땀이 눈에 들어갔다. 손으로 이마를 닦는데 땀이 아닌 감촉에 몸이 떨렸다. 이마를 적신 것은 피였다.

추웠다. 얼어붙을 듯이. 전신이 떨렸다. 이가 덜덜거렸다.

신음 소리가 들렸다. 소리 나는 쪽을 찾았다.

자신과 마찬가지로 아스팔트 바닥을 구르고 있는 남자들이 보였다. 골목에서 튀어나왔던 남자들이다. 방망이와 파이프도 굴러다니고 있었다.

다몬은 어디에 있지? 미겔은 어디에 있지?

가즈마사는 주위를 둘러보았다.

미겔이 있었다. 호세와 리키는 보이지 않았다.

가로등 불빛이 미겔을 비췄다. 미겔은 피투성이였다. 오른손에 나이프를 쥐고 왼손은 끈을 잡고 있었다.

끈?

아니다. 저건 목줄이다. 다몬의 목줄이다. 긴 목줄 끝으로 시선이 향했다. 다몬이 있었다. 미겔을 따라가고 있었다.

"다몬!"

외치려 했으나 입 밖으로 나온 목소리는 가냘팠다. 그때 다몬이 멈춰 서서 뒤를 돌아보았다.

"다몬…… 다몬."

다몬이 이쪽을 향해 뛰어왔다. 그러나 목줄은 더 이상 늘어나지 않았고, 미겔 쪽으로 끌려갔다.

"잠깐만, 다몬—."

가즈마사는 팔을 뻗었다. 그러나 미겔이 다몬을 끌어안고 뛰기 시작했다.

"다몬……."

떨림이 멈추지 않았다. 고통이 더 심해졌다.

미겔, 다몬을 어디로 데리고 가는 거야? 엄마와 누나는 어떻게 되는 거지?

미셸과 다몬의 모습이 더 이상 보이지 않았다.

"미안해, 엄마, 누나."

가즈마사는 중얼거리며 눈을 감았다.

도둑과
개

1

미겔은 나이프 칼날을 접어 청바지 뒷주머니에 쑤셔 넣었다.

목줄을 당길 때마다 개가 날카롭게 짖어 혼을 냈다. 개는 주인을 찾고 있었다.

안됐지만 그 일본인은 살아남지 못할 거다. 충돌의 충격은 굉장했다.

고함치는 소리가 여전히 들려온다. 야쿠자들이 미겔을 찾고 있었다.

"가자."

가볍게 목줄을 끌어 개의 주의를 재촉하며 미겔은 발걸음을 서둘렀다.

골목에서 골목으로, 눈부신 불빛을 피하며 어둠을 통과한다. 잘 모르는 곳이라 해도 어둠을 찾는 것은 쉬웠다.

어느 정도 사리 분별이 생겼을 때부터 어둠은 미겔의 거처였다.

계속 걷다 보니 개가 더 이상 뒤돌아보지 않는다. 영리한 개다. 이전 주인 대신 미겔을 새로운 주인으로 받아들인 것이다.

그 일본인에 대한 애정이 사라진 게 아니다. 살기 위해 생각을 바꾼 것일 뿐.

"똑똑하기도 하지."

미겔이 개의 머리를 쓰다듬었다. 이 개는 수호신이다. 이 개와 함께 있는 한 모든 재앙과 액운은 미겔을 피해 갈 것이다.

"다몬?"

미겔이 개에게 말을 걸었다. 일본인이 그렇게 불렀으니까.

다몬이 고개를 들었다.

"다몬, 지금부터 넌 내 개야."

미겔이 다몬에게 알려 주었다.

* * *

코인 주차장에 차가 있었다. 만일의 사태를 대비해 도주용으로 확보한 차를 어제 이 주차장에 세워 두었다.

사륜 구동 중고 폭스바겐의 존재는 다카하시도 모른다.

다몬을 트렁크에 실은 후 정산을 마치고 시동을 걸었다. 조용히 차를 출발시켰다.

다몬은 차분했다.

똑똑한 것만이 아니다. 대범하다. 들개였다면 무리를 이끄는 리더가 됐을 것이다. 그런 자격이 있는 개였다.

좁은 골목을 빠져나와 남쪽으로 차를 몰았다. 미겔은 거리를 이동할 때마다 N시스템과 과속 단속카메라 위치를 확인하는 버릇이 있었다. 경찰의 눈을 끄는 행동은 피해야 하기 때문이다.

센다이 시를 빠져나와 나토리 시에 들어서기까지 내내 국도를 달렸다. 제한 속도를 엄수하고, 주기적으로 룸미러를 통해 뒤쪽 상황을 확인했다.

추격자는 없다.

호세와 리키는 잡혔다고 생각해야 한다. 살아 있다면 고문을 받고 있을 것이다. 그러나 그 둘은 미겔이 어디로 도망치고 있는지는 모른다.

"미안, 동업자들."

미겔은 담배를 물어 불을 붙였다. 창문을 활짝 연다. 담배 연기가 트렁크까지 퍼지지 않도록 신경 쓴 것이다.

흡연은 인간만 하는 악덕이다. 개까지 거기에 끌어들일 수는 없다.

"그 일본인이 그리우냐?"

미겔은 다몬에게 고향의 언어로 말했다. 다몬은 정면을 바라봤다.

그러고 보니, 일 때문에 이동할 때도 다몬은 항상 남쪽을 보고 있었다.

다몬은 남쪽으로 가고 싶어 한다.

"남쪽에 가족이라도 있냐? 그 일본인은 네 가족이 아니었어?"

다몬은 답하지 않았다.

* * *

대형 트럭이 몇 대 늘어서 있는 편의점 주차장에 폭스바겐을 세웠다.

빵과 주스 등의 음식과 개 사료를 샀다. 뒷좌석에 구입한 것들을 던져 놓고 재떨이가 놓인 곳에서 담배를 피우며 전화를 걸었다.

"다카하시에게 배신당했어. 호세와 리키는 죽었거나, 아니면 그놈들한테 잡혔을 거야."

전화가 연결되자 미겔은 영어로 말했다.

"일본에서 얼마 벌었어?"

"글쎄. 우리는 훔치고 수수료만 받았을 뿐이야."

"그 수수료까지 손에 넣고 싶어진 모양이네. 다카하시 조직이 돈에 쪼들리고 있다는 얘기가 들려."

미겔은 혀를 찼다. 그럴 거라 생각은 했지만 그래도 방식이 너무 지저분했다.

"일본을 뜨고 싶다. 좀 도와줘."

"그건 어려워. 한국이나 러시아로 건너가. 거기서는 고향으로 가는 걸 도울 수 있어."

"일본을 떠나면 내 힘으로 고향에 돌아갈 수 있어."

"알고 있는데 일본 출국에 손쓰는 건 힘들어."

"알겠어. 또 연락할게."

미겔은 전화를 끊었다. 새로운 담배를 물고 불을 붙였다. 연기를 내뿜으면서 머릿속에 일본 지도를 떠올렸다.

기억을 되짚어 일본에서 일한 적 있는 동업자들의 말을 상기했다.

일본에서 국외로 탈출하기에는 니가타가 제일 좋다. 한반도와 러시아 모두 갈 수 있다.

"니가타……."

미겔은 담배를 끄고 차로 돌아갔다. 뒷좌석에 올라타자 좌석 너머에서 다몬이 코를 내밀었다.

"배고프냐?"

미겔은 다몬에게 고향 말을 던졌다. 다몬이 코를 벌름거렸다. 개 사료 봉투를 찢어 종이 그릇에 담아 트렁크 바닥에 두었다.

다몬이 사료를 먹기 시작했다. 걸신들린 듯이 먹으면서도 주변에 대한 경계를 늦추지 않았다.

여차저차해서 지금은 미겔과 함께 행동하고 있지만 그와 한 무리가 되기로 한 건 아니다—희미하게 털을 세운 등이 그렇게 이야기하고 있는 듯했다.

"영리하고 용기 있는 개야. 그리고 애정 많고."

미겔은 혼잣말을 했다. 어떻게 해서든지 다몬을 자신의 개로 만들고 싶었다. 다몬의 사랑을 쟁취하고 싶었다.

다몬도 데리고 가야 한다. 그렇다면 일본을 빠져나기는 건 비행기가 아니라 배다.

"니가타……."

미겔은 운전석으로 자리를 옮겨 시동을 걸었다.

2

모래사장이 보이는 곳에 차를 세웠다. 해안선에는 쓰나미가 집어삼킨 건물의 잔해가 밀려와 있었다.

그 대지진 이후 6개월이 지났지만 미나미소마(南相馬) 시의 복구가 시작된 지는 얼마 되지 않았다.

다몬을 차에서 내리고 목줄을 연결했다. 해안선을 터벅터벅 걸었다. 다몬은 목줄을 잡아당기지도 않고 미겔이 걷는 속도에 맞춰 따라왔다.

"굿 보이."

미겔이 영어로 말을 걸었다. 다몬은 아무런 반응도 보이지 않았다.

"남쪽에 누가 있어?"

개에게 물어도 별수 없는 건 알지만 안 물어볼 수 없었다.

다몬은 대답 대신 한쪽 다리를 올려 풀숲에 소변을 갈겼다.

"좋을 대로 해. 조만간 넌 날 무시할 수 없게 될 거야."

주변에 인기척은 없었다. 쓰나미의 기억이 아직 생생할 것이다. 물가 근처에는 얼씬도 하고 싶지 않은 게 당연한 심리겠지.

10분 정도 해안선을 걷자 낯익은 건물이 보였다. 원래는 수산물 가공공장이었던 건물이다. 쓰나미가 덮쳐 대부분의 것들이 다 휩쓸려가고 콘크리트 외벽과 천장만 남아 있었다. 회사는 파산했고 방문하는 이도 없다.

미겔은 다몬을 데리고 건물 안으로 들어갔다. 멈춰 서서 잠시 눈을 감았다. 눈을 뜨자 어두컴컴한 공간 속에서도 내부 모습을 알아볼 수 있었다.

건물 안에는 망가진 기계와 건물 잔해를 쌓아 만든 바리케이드 같은 것이 있다. 바리케이드 반대편에는 별실로 이어지는 문이 있다. 예전에는 직원들의 탈의실로 사용되었을 것이라고 미겔 일행은 추측했었다.

뒤집힌 책상 다리에 다몬의 목줄을 묶어 두고 미겔은 바리케이드를 무너뜨렸다. 세 명이 쌓았던 바리케이드를 혼자 무너뜨리는 것은 중노동이었다. 그러나 미겔은 묵묵히 손을 놀렸다.

30분이 지나자 문이 모습을 드러냈다. 드러난 문은 보기만 해도 쓰나미가 덮쳤을 때 무언가에 부딪힌 걸 알 수 있을 만큼 우그러져 있었다. 손잡이를 돌리며 체중을 싣자 삐거덕거리는 소리를 내며 문이 안쪽으로 열렸다.

직원들이 사용했을 사물함이 한 달 전과 같은 모습으로 미겔을 맞아 주었다. 왼쪽 끝 사물함에만 새로운 자물쇠가 잠겨 있었는데, 숫자를 조합해 푸는 방식의 자물쇠였다.

미겔은 다이얼 숫자를 맞춰 자물쇠를 풀었다. 사물함 안에는 자그마한 여행 가방이 들어 있었다.

가방 안에는 1만 엔 지폐가 빼곡했다. 일본에서 진행한 일의 보수다.

이것만 있으면 고향에서는 평생 놀며 살 수 있다. 단, 혼자 산다면 말이다.

가족을 부양해야 한다면 적어도 이것보다 세 배 가까운 돈이 필요하다.

호세와 리키와 나눠 가진다면 열 배 가까운 돈이 필요했다.

미겔 일행은 다카하시의 꾐에 넘어가 그만큼의 돈을 벌기 위해 후쿠시마 현까지 왔다. 재해가 할퀴고 간 상처가 생생한 시기에는 맘껏 훔쳐가도 눈에 띄지 않을 거라고 부추겼던 것이다.

확실히 도쿄와 오사카보다 일은 쉬웠다. 그러나 가슴은 아팠다.

일 중간중간 마주한 것은 집과 사랑하는 가족을 잃은 이재민들이었다.

그들의 모습에 어린 시절 자신의 모습이 겹쳐 보였다.

미겔은 쓰레기 더미에서 태어나 자랐다. 함석판과 골판지 상자로 만든 천장만 있는 집은 집이라 부르기도 힘든 공간이었다. 가족은 가난했고 미겔은 초등학교도 들어가기 전부터 쓰레기 더미 속에서 팔 만한 것을 찾는 일을 해야만 했다.

가난하고 힘들었고 괴로웠다. 가족만이 버팀목이었다.

재해 지역에는 그 가족조차 잃어버린 사람들이 많이 있었다. 미겔 일행은 그들의 물건을 훔쳤다. 실제 이재민의 것을 훔친 건 아니지만 심정적으로는 같았다.

돈을 벌어 가족을 편하게 해 주기 위해서다—자신에게 그렇게 말하며 그는 일을 계속했다.

그 보수가 여행 가방 안의 돈이었다.

"가자."

미겔이 다몬의 목줄을 책상 다리에서 풀었다. 오른손으로 여행 가방을 끌고 왼손으로 목줄을 잡았다.

"리키와 호세 가족에게도 돈을 나눠 줘야 해."

목소리를 높이자 다몬의 귀가 올라갔다.

"그게 도리야. 난 남은 돈을 밑천으로 해서 어쨌든 장사를 할 거야. 그래서 누나를 편하게 해 줄 거야. 집도 사 주고 싶어. 도둑질도 이제 지긋지긋하다."

다몬이 뒤를 돌아봤다. 차를 세워 둔 곳은 다몬이 가고 싶어 하는 남쪽과는 반대 방향이었다.

"똑바로 가. 차에 타면 다시 남쪽으로 갈 거야."

다몬에게 거짓말을 했다. 니가타에 가려면 서쪽으로 가야 한다.

다카하시 일행은 여전히 미겔의—돈의 행방을 쫓는 데 혈안이 되어 있을 것이다. 고속도로는 피하고 일반도로를 이용해 천천히 니가타로 가야 한다.

차에 돌아와 트렁크에 다몬을 태웠다. 금세 몸을 웅크리는 다몬의 등을 쓰다듬었다. 부드러운 털의 감촉이 기분 좋았다.

"내 고향은 너한테는 너무 더울지도 모르겠네. 걱정 마. 냉방 빵빵하게 틀어 줄게."

여행 가방을 뒷좌석에 실었다. 안에서 1만 엔 지폐를 몇 장 빼내 지갑에 넣었다.

"출출하네."

미겔은 혼잣말을 하며 담배를 물었다.

* * *

고오리야마 시 외곽에 있는 쇼핑몰 주차장에서 밤을 새우기로 정했다.

빵 하나에 캔커피뿐인 저녁에 배 속이 항의하듯 요동쳤지만 미겔은 그냥 넘겼다.

굶주림은 미겔의 친구다. 어린 시절부터 늘 가까이 있던.

트렁크 쪽으로 옮겨 무릎을 굽히고 옆으로 누웠다. 이불이 그렇다고 생각한 적도 없다. 잘 곳이 쓰레기 더미가 아닌 것만으로도 몇 배는 나았다.

엎드려 있던 다몬의 등에 손을 올렸다. 다몬은 미동도 하지 않았다. 미겔에게 적의가 없는 것은 이미 알고 있었다.

“친구를 찾고 있니?”

미겔이 물었다. 다몬은 아무런 반응도 보이지 않았다.

“외국어 들어 본 적 없어? 일본 말 아니면 안 돼?”

다몬이 눈을 감았다. 네 이야기를 더는 듣고 앉아 있을 수 없다고 말하듯이.

“진짜 품위 있는 개구나.”

미겔이 미소 지었다.

“내 첫 친구도 개였어. 들개. 꾀죄죄하고 말랐는데 너처럼 기품 있었어.”

미겔이 말했다. 다몬은 숨소리를 내며 잠들었다.

쓰레기 더미 주위에는 미겔 가족과 비슷한 가족이 많이 살고 있었다. 모두 똑같이 가난했고 지붕만 있는 집에서 생활하며 쓰레기 더미에서 돈이 되는 것을 찾아 생계를 이어갔다. 그들은 동지이자 라이벌이었다. 자신들이 살아가려면 남들을 앞질러서 돈이 될 만한 것을 찾아내야 했기 때문이다.

쓰레기 더미에 사는 아이들 중 미겔이 가장 어렸다. 미겔보다 어린 아이는 갓난아기와 아장아장 걷는 꼬마들뿐이었다.

미겔보다 나이가 많은 형, 누나 들은 평소엔 같이 노는 친구였지만 일단 일거리 문제가 되면 격렬한 약탈자로 돌변했다.

미겔이 돈이 될 만한 것을 찾으면 이를 눈치 챈 이들이 어디선가 나타나 빼앗아 갔다.

미겔은 필사적으로 저항했지만 힘으로는 이길 수 없었다. 어쩔 수 없이 빼앗길 수밖에 없었다. 부모와 누나에게 호소해도 왜 개네들이 발견하기 전에 갖고 오지 않았냐고 질책만 받았다.

결국 미겔은 말이 없어졌다. 신나게 노는 아이들 무리에서 혼자 떨어져 묵묵히 쓰레기 더미를 뒤졌다. 놀이에 끼지 않는 미겔은 외톨이 취급을 받았고 더욱 가차 없는 약탈이 뒤따랐다. 그들은 미겔을 때리고 욕지거리를 내뱉고 침을 뱉었다.

어느 날, 미겔은 녹슨 나이프를 주웠다. 접이식 나이프였는데 손잡이는 낡았고 칼날은 붉은 녹이 슬어 열 수도 없었다.

미겔은 쓰레기 더미에서 누더기 천과 사포를 찾아 끈기 있게 녹을 지웠다. 한 달이 지나자 나이프가 빛을 띠기 시작했다. 돌에 칼날을 갈고 비교적 깨끗한 헝겊으로 손잡이를 감았다. 신문지로 싼 나이프를 옷 속 깊숙이 숨겼다.

며칠 후, 미겔은 쓰레기 더미를 파헤치면서 짐짓 목소리를 냈다. 돈이 될 만한 것을 찾은 척을 한 것이다.

약탈자들이 뛰어왔다. 찾은 것을 내놓으라고 위협했다.

미겔은 품에 숨겼던 나이프를 꺼내 가장 앞에 있던 소년들을 찔렀다.

비명이 터졌고 피가 튀었다.

정신없이 나이프를 휘두르는데 누군가가 가슴팍을 잡았다. 미겔은 쓰레기 위로 쓰러졌고, 나이프를 뺏긴 미겔에게 수많은 주먹과 발들이 날아왔다.

부모가 달려왔을 때 미겔은 이미 피투성이였다. 타박상을 입어 온몸이 퉁퉁 부어 있었다.

미셸은 일주일 동안 기절해 있었다.

일어날 수 있게 되어 다시 일을 시작했을 때 소년들은 미겔에게서 돈이 될 만한 것을 더 이상 훔치지 않았다. 뺏는 대신 미겔이 존재하지 않는 것처럼 여겼다.

말을 걸어오는 이도, 눈을 마주치는 이도 없었다. 미겔이 가까이 가면 거기에 있던 아이들은 미리 말을 맞춘 듯 자리를 떴다.

미겔은 유령이었다. 쓰레기 더미를 떠도는 어린 망령이었다.

날마다 미겔은 혼자서 쓰레기 더미를 파헤쳤다. 아이들이 뛰어놀며 신나게 떠들어도 뒤돌아보지 않고 그저 오로지 쓰레기 더미를 팠다.

언젠가 이곳을 떠나는 것이다. 가난에서 벗어나 제대로 된 내 집에서 생활하는 것이다. 그날만을 머릿속에 그렸다.

아침부터 비가 계속 내리던 날이었다. 미겔은 흠뻑 젖은 채 쓰레기 더미를 파헤치고 있었다.

갑자기 누군가가 등 뒤에 있는 것을 깨닫고 당황해 뒤를 돌아보았다. 나이프를 휘두른 그날 이후 가족 이외에 이렇게 미겔에게 접근해 온 사람은 없었던 것이다.

개가 미겔을 바라보고 있었다.

털이 짧은 잡종이었다. 체중은 미겔과 비슷할까. 미겔과 마찬가지로 마른 개였다.

호기심에 찬 눈으로 미겔을 바라보고 있었다.

"먹을 거 없어. 나도 엄청 배고프거든."

미겔이 말했다.

"저리로 가."

개는 꼬리를 흔들었다.

미겔은 개에게 등을 보이고 일하는 곳으로 돌아갔다. 부모도 누나도 요 며칠 제대로 된 것을 찾지 못했다. 굶주림도 한계에 다다랐다. 뭐라도 좋으니 돈이 될 만한 것을 찾아야 했다.

개가 계속 있는 것 같았다. 개는 가까이 다가오지도 않고 멀리 가지도 않은 채 쓰레기를 파헤치는 미겔을 바라보고 있었다.

"뭐야 너."

미겔이 작업하던 손을 멈췄다. 개가 물끄러미 바라보고 있으니 집중이 안 됐다.

"나한테 무슨 볼일이라도 있는 거야?"

개가 다가왔고 미겔은 경계했다. 배고픈 들개가 아이를 공격했다는 이야기를 자주 들었기 때문이다.

그러나 개는 뛰어들거나 하지 않았다. 천천히, 그렇지만 자신감에 찬 걸음걸이로 다가왔다. 그리고 미겔이 파헤치던 주변의 냄새를 맡았다.

"먹을 거 같은 건 아무것도 없어."

미겔이 말했다. 이 개도 자신과 마찬가지로 굶주렸다고 생각했다.

개가 앞발을 능숙하게 사용해 쓰레기를 파헤치기 시작했다. 미겔을 보고 방법을 익혔다는 듯이.

"도와주는 거야?"

미겔이 물었다. 갑자기 개에게 친근감이 느껴졌다.

개는 일사불란하게 쓰레기를 파헤쳤다.

"좋아. 같이 하자."

미겔도 작업을 다시 시작했다. 어디를 어떻게 파도 돈이 될 만한 것은 나오지 않았다. 그래도 미겔은 개와 경쟁하듯 계속해서 쓰레기를 팠다.

평소와 다르지 않은 작업인데 개와 함께하니 왠지 굉장히 즐거웠다.

3

다몬을 데리고 쇼핑몰 주변을 걸었다. 다몬은 대소변을 본 후 미겔의 보폭에 맞춰 따라왔다. 목줄은 팽팽해지지도 않았고 느슨해지지도 않았다.

걷기 시작한 지 20분 정도가 지났을 때 다몬이 뒤를 돌아봤다. 통학하는 아이들의 목소리가 들렸다.

"아이 좋아하니?"

미겔이 물었다. 다몬은 다시 앞을 보았다.

"남쪽으로 가면 네가 찾는 아이를 만날 수 있는 거야?"

다몬은 아무런 반응도 보이지 않았다. 미겔은 어깨를 으쓱했다. 걸으면서 스마트폰을 꺼내 전화를 걸었다.

"리키랑 호세는 어떻게 됐는지 아나?"

전화가 연결되자 인사도 생략하고 꺼낸 말이다.

"둘 다 죽었어. 다카하시 조직뿐만 아니라 경찰도 너를 찾고 있어."

"그렇군. 일본인 운전사가 있었는데 그 사람은 살았어?"

경찰이 찾는다는 것은 누군가가 미겔에 대해 말했다는 것이다. 리키와 호세가 죽었다면 그 일본인밖에 떠오르지 않았다.

"발견 당시엔 살아 있었는데 병원에서 죽었다더군."

"그렇군."

"아마 그 일본인이 경찰에 네 얘기를 한 게 아닐까?"

"알겠어. 또 연락할게."

미겔은 전화를 끊었다. 비스듬히 쓴 야구 모자를 깊숙이 눌러 썼다. 경찰이 찾는다면 허술하게 민낯을 드러내지 않는 게 좋다.

"역시 그 남자는 죽었대."

다몬이 고개를 들었다. 미겔과 눈이 마주쳤다. 빨려 들어갈 듯한 검은 눈동자에 미겔의 얼굴이 비쳤다.

"넌 알고 있었지?"

미겔이 중얼거렸다. 개에게는 사람에겐 없는 특수한 감각이 있다. 그 감각을 구사해서 많은 것을 알 수 있다.

"앞으론 내가 네 가족이야."

미겔이 말하자 다몬은 다시 앞을 향해 걷기 시작했다.

도둑 같은 것과 가족이 될쏘냐—그렇게 말하는 것 같아서 미겔은 머리를 긁적였다.

* * *

맞은편 차선에서 순찰차가 달려온다. 운전대를 잡은 손에 힘이 들어간다.

미겔을 찾는 것은 미야기 현 경찰일 뿐, 후쿠시마 현 경찰과는 아무 관련이 없다.

그렇게 자신에게 타일러도 불안감은 사라지지 않았다. 경찰이 직업을 묻고 뒷좌석 여행 가방을 검문하면 그걸로 끝이다.

사이드미러에서 순찰차가 사라지자 미겔은 참고 있던 한숨을 내뱉었다.

룸미러로 눈을 돌린다. 다몬은 왼쪽—남쪽을 보고 있었다.

다몬처럼 똑똑한 개가 이 정도로 집착한다는 것은 여간 일이 아니다.

남쪽에 누가 있든 그 녀석은 다몬에게 둘도 없이 소중한 존재일 것이다.

"내가 잊게 해 줄게."

미겔이 브레이크를 밟았다. 전방 신호가 노란색에서 빨간색으로 바뀌었다.

메르세데스 벤츠의 겔렌데바겐 한 대가 교차로에서 좌회전을 했다. 속도를 내던 겔렌데바겐이 도중에 급브레이크를 밟고 여러 차례 이리저리 요동치더니 유턴하는 모습이 보였다.

미겔은 사이드미러를 보며 웃었다.

신호가 초록색으로 바뀌었다. 액셀을 밟고 교차로를 직진했다. 사이에 경차를 세 대 끼고 겔렌데바겐도 같은 방향으로 달려왔다.

"제길."

미겔이 욕을 내뱉었다. 이 차의 정보가 다카하시 조직에게 새어나간 것이다. 누설한 것은 이 차를 판 상대겠지. 도난 차를 러시아와 중동에 팔아넘기는 사내였다.

차의 속도를 올리고 앞차를 무리해서 추월했다. 마찬가지로 겔렌데바겐도 앞차를 추월했다.

틀림없었다. 다카하시 조직과 연결된 야쿠자들이 이 차를 찾고 있었던 것이다.

"다몬, 조금 흔들릴 거야. 잘 버티고 있어."

미겔은 속도를 올렸다. 다음 교차로 신호가 노란색에서 빨간색으로 바뀌었다. 그러나 속도를 늦추지 않고 교차로를 내달렸다.

뒤에서 경적이 시끄럽게 울렸다. 겔렌데바겐은 교차로에서 멈춰 섰다.

* * *

미겔은 개에게 '쇼군'이라는 이름을 붙였다. 어디선가 들었던 일본어 발음이 맘에 들었기 때문이다.

아침이 되면 어디에선가 쇼군이 나타나 미겔과 함께 열심히 쓰레기를 팠고, 해가 지면 어딘지도 모를 곳으로 사라졌다.

가능하다면 쇼군과 함께 자고 함께 일어나고 싶었다. 그러나 부모가 허락할 리 없었다. 자칫하면 아버지가 쇼군을 잡아먹으려고 할지도 모른다는 두려움마저 들었다.

그만큼 생활이 힘들었다.

쇼군도 미겔 가족들의 생활을 알고 있는지 미겔이 집에 돌아가면 아쉬워하는 기색도 없이 떠났다.

"너 코 좀 쓰지? 그 코로 엄청 돈이 될 만한 것을 찾아올래? 그러면 아빠 엄마도 너랑 같이 사는 것을 허락해 줄 것 같아."

쓰레기 더미를 파헤치며 미겔은 틈만 나면 쇼군에게 말을 걸었다.

미겔에게 쇼군은 없어서는 안 될 존재였다. 고독을 치유해 주고 지루한 나날에 활기를 불어넣어 주었다. 쇼군은 가족과 마찬가지였다. 쇼군이 없는 세상은 상상도 할 수 없었다.

"네 집은 어디에 있어?"

한낮이 되면 미겔은 작업을 멈추고 햇빛을 피할 수 있는 곳으로 자리를 옮겨 쇼군과 장난을 치며 놀았다. 배고픔은 참기 힘들었지만 쇼군과 놀고 있으면 조금은 기분을 달랠 수 있었다.

그날도 미겔은 쇼군과 놀고 있었다. 그런데 얼마 후 쇼군이 미겔과 노는 것에 흥미를 잃고 냄새를 맡더니 한곳으로 달려가기 시작했다.

"왜 그래, 쇼군? 음식 냄새라도 나는 거야?"

쇼군의 행동에 미겔의 눈이 휘둥그레졌다. 얼마 전 쇼군이 비스킷이 든 작은 캔을 발견한 적이 있었기 때문이다. 비스킷은 습기에 눅눅했지만 먹을 수 있었다. 혀에 맴돌던 단맛을 잊을 수 없었다.

음식에 대한 기대감에 배가 꼬르륵거렸다. 입속에 침이 고였다.

쇼군이 움직임을 멈추고 앞발로 한곳을 파기 시작했다.

"거기 음식이 있어?"

미겔은 쇼군에게 달려가 함께 쓰레기 더미를 파기 시작했다.

잠시 후 손가락에 종이가 닿았다. 기름종이였다. 두툼하고 묵직한 무언가를 감싸고 있었다.

"뭐야, 음식이 아니잖아."

미겔은 입을 삐죽거렸고 기름종이로 감싼 것을 양손으로 잡았다. 기름종이를 벗겼다.

"이건—."

침을 삼켰다. 권총이었다. 틀림없었다.

"쇼군, 이거 돈이 될 거야."

미겔은 양손으로 총을 잡고 공중을 향해 쏴 봤다.

"이거 팔면 돈이 될 거야. 아빠가 어딘가에서 팔아 오실 거야. 그러면 아빠 엄마도 너랑 함께 사는 걸 허락해 주실 거야."

쇼군이 꼬리를 흔들었다.

"가자, 아빠 있는 데로 가자. 이걸 보여 드리자. 네가 찾았다고 알려 드려야지."

권총을 다시 기름종이에 감싼 후 미겔은 달리기 시작했다. 쇼군이 뒤를 쫓아왔다. 웃음이 터져 나왔다. 미겔은 소리 내어 웃었다.

* * *

아이즈와카마쓰(会津若松)에서 반에쓰 자동차도로를 빠져나왔다.

고오리야마에서 만난 게렌데바겐 때문에 미겔이 탄 차가 일반도로를 달리고 있는 게 알려졌을 것이다. 그러니 니가타까지는 고속도로와 일반도로를 번갈아 달리는 편이 낫겠지.

가능하면 차를 바꾸고 싶지만 훔친다 해도 밤이 될 때까지 기다려야 한다.

미겔은 간선도로를 피하면서 서쪽으로 달렸고 아가(阿賀)천 앞에 있는 도로 휴게소에 들렀다. 주차장 외곽에 차를 세우고 다몬을 내리게 했다. 5분 정도 시설 안을 걸으며 수상한 사람이 없는지 확인을 했다.

"밤이 되면 맘대로 걷게 해 줄게."

다몬을 다시 차에 태우고 사료와 물을 주었다.

식당에서 가츠동을 먹고 자판기에서 산 캔커피로 목을 축인 뒤 차로 돌아왔다. 뒷좌석에 올라타 몸을 옆으로 뉘었다.

"너도 이리로 올래?"

트렁크에 있던 다몬에게 말을 건넸다. 다몬이 미겔을 쳐다봤나.

"컴 온."

미겔이 말하자 다몬은 등받이를 능숙하게 건너왔다. 그리고 미겔과 등받이 사이의 좁은 공간에 몸을 웅크려 파고들었다.

미겔은 그 등에 손을 갖다 댔다. 부드러운 털의 감촉과 체온에 기분이 나아졌다.

다몬은 금세 숨소리를 내며 자기 시작했다. 차로 이동 중에는 늘 자지 않고 남쪽을 살폈는데. 몸은 움직이지 않아도 피곤했을 터였다.

"조금 곁을 내준 거니?"

다몬에게 말을 걸었지만 반응은 없었다. 미겔은 쓴웃음을 지었다.

"물론 난 네 가족이 아냐. 무리 중 한 명도 아니야. 그 일본인도 그랬잖아? 우리는 그저 여행 동반자야. 너의 진짜 무리는 남쪽에 있겠지."

미겔은 눈을 감았다.

"그런데 넌 남쪽엔 가지 않을 거야. 나랑 같이 니가타로 갈 거야. 니가타에서 배를 탈 거야. 넌 내 가족이 되는 거야."

다몬이 몸을 떨었다. 뒷다리가 경련하듯 떨리고 있었다. 미겔이 눈을 떴다.

꿈을 꾸는 것이다. 개도 꿈을 꾼다.

"무슨 꿈을 꾸니? 네 무리와 재회하는 꿈인가? 근데 꿈은 꿈이야. 넌 내 거야."

미겔이 다몬의 등을 부드럽게 쓰다듬었다.

"미안해, 다몬."

미겔은 다시 눈을 감았고 밀려오는 졸음에 몸을 맡겼다.

* * *

둔탁한 엔진 소리에 잠에서 깼다. 해는 이미 저물었고 둥그런 달이 하늘에 떠 있었다.

미겔이 몸을 일으켜 창밖을 응시했다. 주차장에는 여전히 많은 차들이 주차되어 있었다. 둔탁한 엔진 소리를 내고 있는 것은 검은 세단이었다. 매점과 식당 근처 공간에 후방 주차를 하는 중이었다.

다몬이 몸을 움찔댔다. 미겔의 긴장을 알아챈 듯이.

"괜찮아."

미겔이 다몬에게 말했다.

엔진 소리가 멈추고 헤드라이트 불빛이 사라졌다. 세단에서 남자 세 명이 내렸다. 한눈에도 건달 냄새를 풍겼다.

"번거롭네."

미겔은 남자들의 행동을 주시하면서 돈이 든 여행 가방에 손을 뻗었다. 조금 더 시간적 여유가 있다고 생각한 것은 오산이었다.

다카하시는 이 돈을 매우 탐내고 있었다.

"야쿠자도 형편이 쪼들리나 보군……."

남자들이 두 팀으로 나뉘었다. 둘은 건물 안으로 들어갔고 나머지 한 명이 주차된 차를 확인했다.

미겔이 탄 차량이 사륜 폭스바겐이라는 정보는 들었을 것이다. 세단과 경차에는 눈길도 주지 않았다.

"잠자코 있어."

다몬에게 말하고 미겔은 발밑으로 손을 뻗었다. 시트 아래에 넣어 뒀던 공구함을 열었다. 렌치를 꺼내 차에서 내렸다.

비스듬하게 세워 둔 경트럭 뒤로 돌아갔다.

남자가 휘파람을 불며 이쪽으로 오고 있었다. 미겔의 차를 알아보는 건 시간문제였다.

"저거 아냐?"

경트럭 앞에서 남자가 발을 멈췄다. 미겔의 차량을 발견한 것이다.

미겔은 소리 없이 남자의 등 뒤로 접근해 렌치로 뒤통수를 내리쳤다. 남자가 외마디 소리를 내며 그 자리에 쓰러졌다.

렌치를 버리고 남자를 안았다. 폭스바겐 조수석에 남자를 앉혔다.

"조금 더 기다려."

기절한 남자를 향해 으르렁대는 다몬을 진정시키고 미겔은 다시 문을 닫았다. 어둠에서 어둠으로 이동하며 남자들의 세단에 다가갔다.

남은 두 사람이 건물에서 나올 기미는 아직 없었다.

미겔은 청바지 주머니에 꽂아 두었던 접이식 나이프를 꺼내 펼쳤다. 세단의 좌우 뒷바퀴에 구멍을 냈다.

다시 폭스바겐으로 달려가 주변을 살폈다.

"잘했어, 다몬. 얼굴이 늑대 같네."

미겔이 미소 지었다.

왼손으로 다몬의 목줄을 잡고 오른손으로 여행 가방을 끌면서 미겔은 도로 휴게소를 벗어났다.

4

국도로 나오자 지금까지의 고요함이 거짓 같았다. 도로를 오가는 트럭이 내는 진동과 엔진 소리가 밤공기를 흔들었다.

도로 휴게소를 나와 아가천을 건넌 미겔은 교통량이 적은 도로를 골라 서쪽으로 향했다.

어디에서 차를 새로 바꿀까도 싶었지만 주변은 농지뿐이었고 훔칠 만한 차량은 보이지 않았다.

두 시간 가까이 차를 찾아 헤맨 후에야 마음을 접었고 국도변으로 돌아왔다.

여행 가방을 끄는 오른팔이 묵직했다. 휴식이 필요했지만 가능한 한 이 동네에서 멀어지고 싶었다.

"넌 괜찮지?"

다몬의 발걸음은 흐트러지지 않았다. 녹초가 된 미겔 대신 신경을 곤두세우고 주변을 살폈다.

낯선 자들로부터 무리를 지키기 위해 뭘 해야 하는지 알고 있는 것이다.

서쪽으로 향하는 트럭이 다가오자 미겔은 발걸음을 멈추고 엄지를 세워 오른팔을 올렸다. 멈춰 주는 트럭은 없었지만 트럭이 올 때마다 오른팔을 들었다.

드디어 트럭 한 대가 갓길에 멈춰 섰다.

"어디까지 가요?"

트럭 운전사는 일본인이 아니었다. 거무스름한 피부에 수염이 난 얼굴은 중동에서 온 것 같았다.

"니가타요."

미겔이 대답했다.

"전 우오누마까지 갑니다. 괜찮으면 탈래요?"

운전사는 부드러운 눈길로 다몬을 쳐다봤다. 미겔이 아닌, 다몬이 맘에 걸려 트럭을 세운 것이다.

"우오누마도 괜찮아요."

미겔은 끄덕였고 운전사의 도움으로 여행 가방과 다몬을 조수석에 태울 수 있었다.

마지막으로 자신도 트럭에 올라탔다.

"하미입니다. 그쪽은요?"

"미겔이요."

미겔은 내민 하미의 손을 잡았다.

"영어 해요?"

하미가 깨끗한 영어 발음으로 물었다.

"해요."

미겔도 영어로 답했다.

"개 이름은?"

"다몬."

"다몬…… 무슨 뜻이지?"

"수호신이야."

"신기하네. 하미라는 내 이름도 페르시아어로 수호자라는 뜻이거든."

"이란 사람이 어떻게 일본에서 트럭 운전 일을 하지?"

미겔이 물었다.

"일 때문이지. 트럭업계 일손이 부족하거든. 외국인이라는 편견 없이 고용해 주는 데가 많아. 제대로 일만 잘하면 말이야. 넌 무슨 일을 하는데?"

"피곤해. 눈 좀 붙여도 될까?"

미겔이 말을 얼버무렸다.

"아, 미안해. 눈 좀 붙여. 우오누마에 도착하면 깨울게. 다몬 만져 봐도 될까?"

"괜찮아."

하미가 왼팔을 뻗어 다몬의 머리를 쓰다듬었다. 다몬은 경계를 풀지 않았지만 하미가 그렇게 하도록 내버려 두었다. 쓸데없이 으르렁대지 않는 것은 강한 개만의 성질이다.

"우리 집에도 개가 있어. 시바견이야. 딸내미가 하도 졸라서 키우는데 개는 대단해."

"그치."

미겔이 건성으로 말하고 눈을 감았다.

* * *

남자들이 찾아온 것은 미겔과 쇼군이 권총을 발견하고 딱 일주일이 지난 후였다.

아버지는 권총을 어딘가에 팔고 돈으로 받아왔다. 그 돈으로 고기와 달걀을 사고 한동안 호화로운 식사를 할 수 있었다.

쇼군은 돈이 될 만한 것을 찾은 포상으로 미겔과 함께 먹고 자는 것을 허락받았고 식구들이 먹다 남긴 고기의 뼈와 심줄을 배불리 먹을 수 있었다.

행복한 일주일이었다.

그러나 그것도 남자들이 나타남으로써 끝나고 말았다.

남자들은 살기등등했다.

"얌전히 있어, 쇼군."

미겔은 쇼군과 보이지 않는 곳에 몸을 숨기고 집안 분위기를 살폈다. 남자들이 아버지와 어머니에게 다가갔다.

"그 권총은 어디서 어떻게 찾은 거냐?"

남자의 목소리가 또렷이 들렸다.

"모, 몰라. 아들이 키우는 개가 찾은 거야."

아버지의 목소리는 잠겨 있었다. 아버지 옆에서 어머니가 흐느끼며 울고 계셨다. 누나의 모습은 보이지 않았다.

"개가 찾았다고? 그런 헛소리로 우리를 속일 심산인 거냐?"

"거짓말이 아니야. 진짜야."

"그럼, 그놈하고 개는 어디에 있어?"

아버지의 대답은 들리지 않았다. 어머니의 울음 소리가 점점 커졌다.

미겔은 입술을 깨물었다. 그건 찾아서는 안 되는 권총이었던 것이다.

갑자기 총소리가 울렸다. 이어 어머니의 비명이 들렸다. 다시 한 번 총성이 울리고 어머니의 비명도 끊겼다.

자기도 모르게 소리를 낼 것 같아 미겔은 손을 깨물었다. 쇼군이 낮게 으르렁대기 시작했다.

"가만히 있으라니까."

미겔이 쇼군을 제지했다. 그리고 남자들의 눈에 띄지 않게 가만히 얼굴을 내밀었다. 아버지와 어머니가 겹치듯이 쓰러져 있는 것이 보였다.

총에 맞아 숨진 것이다.

나 때문이다. 나와 쇼군 때문이다. 저런 총, 찾지 않으면 좋았을 것이다—슬픔과 공포와 분노의 감정이 한꺼번에 밀려와 미겔은 괴로웠다.

"녀석과 개를 찾아. 근처에 있을 거야."

남자들이 흩어졌다. 한 명이 이쪽을 향해 왔다.

"쇼군, 어떡해? 들킬 거 같아. 우리도 죽을 거야."

미겔은 쇼군에게 도움을 청했다. 쇼군은 미겔에게 등을 보이고는 따라오라는 것처럼 뒤돌아봤다. 귀와 꼬리가 딱 올라간 그 모습은 자신감에 차 있었다.

"따라가면 되는 거지?"

미겔이 묻자 쇼군이 달리기 시작했다. 미겔이 따라올 수 있게 몇 번이나 뒤돌아보며 속도를 늦췄다.

미겔은 정신없이 쇼군의 뒤를 쫓았다. 쓰레기 더미는 구석구석 모르는 곳이 없다고 생각했는데 그건 오산이었다. 쇼군은 미겔이 모르는 경로를 달렸다. 쓰레기 더미와 쓰레기 더미 사이를 깁듯이 이어져 있는, 길이라고 부를 수 없는 길이었다. 양쪽에는 쓰레기가 산처럼 쌓여 있어 남자들이 미겔을 찾지 못할 것 같았다.

"쇼군, 기다려. 이제 못 달리겠어."

얼마나 달린 것일까. 숨이 차오르고 다리가 후들거렸다. 미겔은 달리기를 멈추고 그 자리에 주저앉았다.

쇼군이 돌아와 미겔 앞에 섰다. 치솟아 있던 꼬리를 느긋하게 흔들며 가만히 미겔을 쳐다보았다.

"알았어."

미겔은 일어났다. 달리기 시작한 쇼군의 뒤를 다시 쫓았다.

가슴이 불이 붙은 듯 뜨거웠다. 땀이 눈으로 들어가 따끔거렸다. 자신이 어디에 있는지조차 알 수 없었다.

갑자기 시야가 트였다. 쓰레기 더미를 빠져나와 거리로 나온 것이었다.

쇼군이 속도를 냈다. 미겔은 따라갈 수 없었다.

"기다려. 쇼군. 너무 빨라."

쇼군의 모습이 안 보이자 불현듯 불안감이 엄습해왔다. 아버지와 어머니는 살해당했다.

누나는 행방도 모른다.

자신은 홀로 남았다.

"쇼군!"

미겔은 걸음을 멈추고 울기 시작했다.

지나가는 사람들이 이상하게 쳐다봤지만 말을 걸어오는 이는 없었다.

누구나 자신의 일들로 벅찼다. 여기는 그런 거리였다.

"미겔!"

그때 누나의 목소리가 들렸다. 소리가 나는 쪽으로 시선을 돌렸다. 쇼군이 이쪽을 향해 달려오고 있었다. 그 뒤를 쫓듯이 누나 안젤라도 달려오고 있었다.

"안젤라."

미겔은 누나의 이름을 불렀다. 두 살 연상인 누나가 하느님처럼 느껴졌다. 쇼군은 하느님을 받드는 천사였다.

"왜 그래, 미겔? 갑자기 쇼군이 나타나서 내 치맛자락을 무는 거야. 뭔 일이라도 생겼나 뒤를 쫓아왔는데……."

미겔은 안젤라를 와락 끌어안았다.

"엄마, 아빠가 죽었어."

울면서 외쳤다.

"뭐라고……."

안젤라가 움직이지 않았다. 쇼군이 미겔과 안젤라를 올려다보고 있었다.

5

트럭이 속도를 줄이는 것을 느낀 미겔은 잠에서 깨어났다. 하미가 편의점 주차장으로 진입하고 있었다.

"미안. 화장실이 너무 급해서."

트럭용 주차 공간에 차를 세우고 하미는 편의점으로 달려갔다.

아직 하늘은 어두웠다. 주차장에는 몇 대의 차가 세워져 있었다.

발밑에 웅크리고 있던 다몬이 얼굴을 들었다.

"너도 화장실 갈래?"

미겔이 물었다. 도로 휴게소에서 식사와 물을 준 후 아무것도 먹이지 않았다. 배도 고프고 목도 말랐을 것이다.

하미가 돌아왔다.

"미안한데 이 녀석 소변 좀 볼게. 그동안 이 녀석 먹을 사료랑 물 좀 사다 주지 않을래? 종이 그릇도."

하미에게 1만 엔 지폐를 건넸다.

"기꺼이."

미겔은 다몬을 차에서 내리고 편의점 주변을 걸었다. 다몬은 전신주 두 개에 소변을 갈기고 흡족해 보였다.

주차장에 돌아오자 하미가 운전석에서 삼각김밥을 입안 가득 욱여넣고 있었다.

"부탁한 거 여기."

하미가 창문 너머로 비닐봉지를 건넸다. 봉지 안에 잔돈과 영수증이 들어 있었다.

"그건 받아."

미겔이 말했다.

"돈이 필요해서 너희를 태워 준 게 아닌데."

하미는 돈을 받지 않았다.

미겔은 다몬에게 사료를 주고 물을 마시게 했다. 자신도 물을 마시고 담배를 피웠다.

다몬이 식사를 마치자 종이 그릇을 쓰레기통에 버리고 트럭 조수석으로 돌아왔다.

"출발해도 될까?"

하미의 말에 고개를 끄덕이자 트럭이 움직이기 시작했다.

"괜찮으면 먹어. 네 것도 샀어."

하미는 대시보드 위의 비닐봉지를 손가락으로 가리켰다.

안에는 삼각김밥과 페트병에 든 홍차가 들어 있었다.

"고마워."

미겔은 감사 인사를 건넸지만 손대지는 않았다.

"엉뚱한 질문인데—."

차가 달리기 시작한 지 얼마 안 되었을 때 하미가 입을 열었다.

"뭔데?"

"그 개도 훔쳐 온 건가?"

미겔이 하미의 옆모습을 쳐다봤다.

"무슨 뜻이야?"

"당신은 무슨 일을 하는지 대답하지 않았어. 범죄자니까. 그런 놈들을 잘 알고 있지. 그 여행 가방 안에 훔친 물건이나 돈이 들어 있을 거야. 그러니까 아무렇지 않게 내게 1만 엔을 선뜻 건네지. 그래서 그 개도 훔친 거냐고 묻는 거야. 당신을 그렇게 따르는 것 같지도 않고, 처음부터 당신은 개에게 먹일 음식도 갖고 있지 않았어."

미겔은 주머니에 손을 넣어 나이프 손잡이를 잡았다.

"착각하지 마." 하미가 말했다. "당신이 어떤 사람이든 내 알 바 아냐. 우오누마에서 당신을 내려 주면 그걸로 끝이야. 경찰에 알리거나 하지 않아. 내가 당신을 태워 준 건 그 개가 있었기 때문이야."

"훔친 게 아냐." 미겔이 대답했다. "주인이 죽었어. 그래서 내가 대신 돌봐 주는 거야."

"당신이 죽였어?"

미겔은 대답 대신 고개를 저었다.

"그래, 좋아."

하미가 끄덕였다. 미겔은 나이프에서 손을 뗐다.

"니가타에서 배 탈 생각이지? 개도 같이 데리고 가는 거야?"

"방법이 있어."

미겔이 대답했다. 하미가 검역에 관련된 문제를 묻는다고 생각했기 때문이다.

"그 개는 항상 왼쪽을 보고 있어. 당신이 잠든 사이에도 줄곧 말이야. 처음엔 바깥 풍경이 궁금해서 그런가 보다 했는데 아무래도 아니야. 남쪽을 보고 있더라고. 신호가 멈추면 꼭 코를 킁킁거리면서 냄새를 맡아."

"맞아. 이 녀석은 늘 남쪽을 신경 쓰고 있어."

"남쪽 어딘가에 가족이 있어."

하미의 말투는 단정적이었다.

"어릴 때 개가 있었어. 양을 기르며 살았거든. 개가 양을 몰아야 일이 돼."

미겔은 팔을 뻗어 발밑의 다몬을 쓰다듬었다. 다몬은 변함없이 남쪽을 바라보고 있었다.

"어느 날 시내로 나가 보고 싶어서 가족에게는 아무 말도 안 하고 집을 나온 적이 있었어. 그런데 어린아이가 얼마나 걸을 수 있겠어. 시내에 도착하기 전 이미 밤이 돼서 길가에 웅크리고 앉아 울었지. 주변에는 아무도 없고 짐승 울음소리가 들리더군. 너무 무서웠지. 밤새 울었는데 새벽녘에 아버지가 개랑 함께 오는 거야. 내 모습이 안 보이기 시작했을 때부터 개가 계속 시내 쪽을 바라보며 짖었대. 그래서 아버지는 내가 시내로 나갔다는 것을 아시고 찾으러 오신 거지. 개에게는 그런 능력이 있어."

"알아."

미겔이 말했다. 그때, 쇼군은 지체 없이 미겔을 안젤라 곁으로 데려가 주었다. 냄새를 쫓아간 게 아니라 어디에 안젤라가 있는지 알고 있었던 것이다.

"분명 남쪽에 있는 것은 이 개에게 소중한 누군가겠지."

"무슨 말이 하고픈 거야?"

하미가 어깨를 으쓱였다.

"당신은 범죄자일지언정 영혼까지 썩은 것 같진 않아. 그런 뜻이야."

"이 녀석은 내 수호신이야."

미겔이 말했다.

"당신 이외의 누군가에게도 수호신일지 몰라."

"왜 그렇게 쓸데없이 참견하는데?"

"그 개가 가엾어서."

"불쌍하다고?"

"개에게 필요한 건 여행 길동무가 아니라 가족이야. 무리의 동지야. 당신은 그렇지 않아."

"내게도 가족이 필요해."

미겔이 말했다. 하미는 씁쓸한 미소를 지었고 더는 입을 열지 않았다.

시가지를 지나니 국도 양쪽은 혼잡했고 어둠 속에 잠겨 있었다. 트럭의 헤드라이트 불빛이 어둠을 가로질렀다. 전후방에 다른 차량은 보이지 않았다.

황천길로 이어지는 도로를 단 한 대의 트럭이 돌진하는—그런 이미지가 머릿속에 떠올랐다.

트럭에 타고 있는 것은 잘 알지 못하는 이란인과 만난 지 얼마 안 된 개다.

늘 그랬다. 아버지와 어머니가 죽은 후 안젤라와 미겔이 할 수 있는 일은 쓰레기를 파헤치는 것에서 절도로 바뀌었다. 그렇게 하지 않으면 살아갈 수 없었기 때문이다. 결국 안젤라는 몸을 팔게 되었고 미겔은 도둑으로 이름을 날리게 되었다.

"담배 피워도 되겠나?"

미겔이 물었다.

"난 상관없는데 그 개가 정말 소중하다면 안 피우는 게 좋을 것 같아."

하미가 말했다. 미겔은 담뱃갑을 잡으려던 손을 멈췄다.

"껌은 있어."

"껌 주겠나?"

"역시 당신 영혼은 아직 썩지 않았군."

하미가 기쁜 듯 웃었다.

* * *

안젤라와 미겔의 새 거처는 시장 외곽에 방치된 고물 차로 바뀌었다.

쓰레기 더미로 돌아가고 싶지 않았고, 돌아간다 해도 둘이서 살아갈 방법이 없었다. 찾은 것을 팔아 돈으로 바꿔 오는 것은 아버지의 역할이었다. 돈이 될 만한 물건을 찾았다고 해도 그것을 돈으로 바꿀 능력이 그들에겐 없었다.

오전 시장은 사람들로 바글거렸다. 안젤라는 지나가는 사람들 속에서 틈을 타 지갑을 훔쳤다.

미겔은 과일과 고기를 훔쳤다. 훔친 것은 고물 차 뒤에 숨어서 모닥불을 피우고 구워 먹었다.

소금도 후추도 없이 그저 굽기만 한 생선과 고기가 맛있을 리 없었다. 살기 위해 먹었다.

쇼군이 그렇게 하듯이.

쇼군은 일류 사냥꾼이었다. 미겔은 명함도 못 내밀 정도로 여러 차례 발 빠르게 어디에서든 음식을 갖고 왔다.

도둑질에 익숙해지기까지 쇼군이 없었다면 미겔과 안젤라는 굶어 죽었을 것이다.

언젠가부터 안젤라는 쇼군을 '우리의 수호신'으로 부르게 되었다.

새로운 거처인 고물 차를 발견한 것도 쇼군이었고, 미겔과 안젤라가 잠든 사이에는 쇼군이 보초를 서 주었다. 순찰하는 경찰이 오면 쇼군이 재빨리 알려 줬다. 안젤라와 미겔은 고물 차에서 빠져나와 보이지 않는 곳에 몸을 숨기고 경찰들이 보이지 않을 때까지 기다렸다.

쇼군은 자신이 가진 힘을 모두 짜내서 미겔과 안젤라를 지켜 주었던 것이다.

처음에 미겔은 쇼군을 원망했었다.

쇼군이 권총을 발견하지 않았더라면 부모님이 살해당하지 않았을 거라고.

그러나 미겔과 안젤라를 위해 열심히 돌아다니는 쇼군을 원망할 수는 없었다.

쇼군은 대가를 바라지 않았다. 그저 미겔과 안젤라를 위해 헌신을 다했다.

쇼군의 온몸에는 오직 순수한 사랑만이 가득했다.

부모의 죽음은 슬프고 괴로운 현실이었지만, 미겔은 쇼군과 안젤라와 힘을 합쳐 살아가는 나날들에서 조금씩 충족감을 느낄 수 있었다.

그저 의미도 없이 쓰레기 더미를 파헤치는 것과는 달랐다. 어떻게 하면 다른 사람의 주의를 끌지 않고 물건을 훔칠 수 있을까. 어떻게 하면 고물 차 안에서 누나와 개하고만 먹고 자는 생활을 들키지 않을 수 있을까.

머리를 써야 했다. 그러나 머리를 써 무언가를 발견하는 것은 기쁨이었다.

늘 허기가 졌고 잠이 부족했다.

그래도 미겔은 살아 있었다. 안젤라에게 사랑받고 안젤라를 사랑하고 쇼군과 함께 힘을 합쳐 하루하루를 싸워 냈다.

쇼군의 모습이 이상해진 것은 그런 나날이 1년 이상 계속된 후였다.

이상을 알아차린 건 미겔이었다.

쇼군이 어디에선가 구해 온 닭고기를 구워서 고기는 미겔과 안젤라가 먹고 뼈는 쇼군에게 주었다.

그런데 그날, 쇼군은 뼈를 쳐다보지도 않았다. 힘없는 얼굴로 땅에 엎드려 계속 거친 숨소리를 냈다.

"안젤라, 쇼군이 이상해. 뼈를 안 먹어."

미겔이 안젤라에게 말했다. 안젤라는 쇼군의 등을 쓸어 주었다.

"정말이네. 몸이 안 좋은 것 같아."

"어떻게 하지. 수의사에게 가야겠다."

"돈이 없어."

안젤라는 슬픈 듯이 읊조렸다. 안젤라는 짐작했던 것이다. 쇼군이 떠나 버릴 것을. 그러나 미겔은 그걸 인정할 수 없었다.

"내가 돈을 벌어 올게."

"바보 같은 소리 하지 마. 얼마나 드는지 알고."

"그래도 뭐라도 해야지. 쇼군, 기다리고 있어."

미겔은 시장을 향해 내달렸다. 1년간 도둑질이 많이 늘어 있었다. 소매치기 기술은 이제 안젤라보다 미겔이 한 수 위였다. 돈깨나 두둑하게 갖고 있을 것 같은 놈의 지갑을 털면 됐다. 그 돈으로 쇼군을 수의사에게 데리고 갈 것이다.

쇼군이 없는 삶은 생각할 수 없었다. 쇼군이 곁에 있어 줬기 때문에 미겔도 안젤라도 이런 생활을 견딜 수 있었던 것이다.

찾았다. 뚱뚱하게 살이 찐 중년 남성이었다. 탱크톱 위에 셔츠를 걸치고 있었는데, 청바지 뒷주머니에 꽂힌 지갑이 보였다. 목과 손목에 금으로 된 액세서리를 두른 걸 보니 지갑 속에도 돈이 가득 들어 있을 게 틀림없었다.

미겔은 자연스레 남자에게 접근했고 틈을 노렸다. 남자가 걸음을 멈추고 지인인 듯 보이는 사람과 이야기를 나누기 시작했다.

미겔이 남자 뒷주머니에서 지갑을 슬쩍했다. 하지만 그대로 도망치던 미겔은 남자에게 어깨를 붙잡혔다.

"이 애송이가 남의 지갑에 뭐 하는 거야?"

변명을 하기도 전에 얻어맞았다. 남자는 가차 없었다. 미겔을 때리고 걷어차고 들이받았다. 지갑을 넘겨줘도 용서해 주지 않았다.

정신을 차려 보니 미겔은 시장 구석에 쓰러져 있었다. 피투성이 소년이 쓰러져 있어도 아무도 도와주지 않았다.

일어서자 온몸이 욱신거렸다. 머리가 깨질 듯 아팠다. 미겔은 비틀거리며 안젤라와 쇼군이 기다리는 고물 차로 걸음을 옮겼다.

"미안해, 쇼군. 미안해, 안젤라……."

가까스로 고물 차까지 도착했을 때 울고 있는 안젤라가 보였다.

"안젤라……."

묵직하고 서늘한 응어리가 가슴 아래 느껴졌다. 미겔은 아픔도 잊고 안젤라 곁으로 달려갔다.

쇼군이 눈을 감고 있었다. 쇼군은 움직이지 않았다.

"쇼군."

미겔이 쇼군의 몸을 흔들었다.

쇼군은 죽어 있었다.

6

“다음 날부터 안젤라는 몸을 팔아 돈을 벌게 되었어. 쇼군이 없으니 그날 당장 먹을 걸 찾는 일도 어려웠거든.”

미겔이 말했다.

“안젤라는 아직 열 살 정도였을 거 아냐?”

하미의 목소리가 떨렸다.

“아이를 좋아하는 변태는 어디든 있어. 사실 몸을 파는 건 나라도 됐어. 남자아이를 좋아하는 변태도 만만찮게 있으니까. 그래도 안젤라는 나에게 그런 일은 시키지 않았어.”

동쪽 하늘이 하얘지기 시작했다. 다몬은 변함없이 남쪽을 바라보고 있었다.

“그래서 넌 진짜 도둑이 된 거네.”

“나 같은 꼬맹이들을 모아 놓고 도둑질을 시키는 두목 같은 남자가 있었거든. 그 녀석의 심부름을 거들었지.”

하미가 한숨을 내쉬었다.

"쇼군은 말 그대로 너희 남매의 수호신이었네."

"응. 쇼군이 없었다면 우린 벌써 죽었을 거야."

미겔이 껌을 입속에 집어넣었다. 담배를 피우고 싶었지만 껌을 씹는다. 이렇게 하다 보면 담배도 끊을 수 있을 것이다.

"쇼군 다음엔 개를 안 키웠어?"

하미가 물었다. 미겔의 인생 이야기에 푹 빠져 있었다.

"기르고 싶었지만 기를 수 없었어. 거리에서 거리로, 나라에서 나라로, 훔치고 이동하면서 살아왔거든. 안젤라하고도 벌써 몇 년째 못 만나고 있어."

껌을 씹으며 미겔이 고개를 갸웃거렸다. 어째서 하미를 상대로 신변담을 늘어놓고 있는지 잘 기억나지 않았다. 정신 차려 보니 이야기를 하고 있었다.

적어도 하미는 잘 들어 주는 사람이었다.

"손 씻으려는 건가 보네."

하미가 말했다.

"왜 그렇게 생각하지?"

"그 개 말이야. 손 씻으면 한곳에 정착할 수 있잖아. 거기에서 함께 살려는 거잖아?"

"우린 요 몇 개월, 후쿠시마와 미야기에서 절도를 해 왔어. 시체에서 물건을 훔치는 것과 같은 거야. 이젠 질렸어."

"알라가 널 축복할 거야."

"난 기독교 신자야."

"상관없어. 넌 범죄에서 손을 뗄 거잖아. 왠지 나도 기쁘네."

"우린 만난 지 얼마 안 됐어."

"그래도 상관없어. 우린 이제 형제야."

미겔이 씹고 있던 껌을 뱉어 포장 껍질로 감쌌다. 호세와 리키도 형제 같은 사이였지만 이제 이 세상에는 없다.

모두 죽어 버렸는데 미겔만이 살아 있다.

남 말하기 좋아하는 이들은 뒤에서 미겔을 역병신(疫病神)이나 사신(死神)으로 불렀다.

미겔하고 일하면 죽게 되니까 그만두는 게 좋다 — 선배에게 그런 충고를 듣고 미겔의 권유를 거절한 젊은 친구들은 수없이 많았다.

쇼군이 죽은 것도 내 탓일지 모른다. 나는 역병의 신이다. 그래서 수호신을 원했다.

정신 차리고 보니 다몬이 미겔을 올려다보고 있었다. 미겔의 세세한 감정까지 알아차린 듯이.

"넌 좋은 녀석이야."

미겔은 다몬의 머리를 쓰다듬었다.

"이제 일본에는 안 돌아올 생각이야?"

하미가 물었다.

"응. 고향으로 돌아가서 안젤라와 살 거야. 안젤라한테 딸이 있거든."

"이름이 뭔데?"

"마리아."

"마리아에게 행복이 있길."

노래하듯 하미가 말했다.

"기껏 형제가 됐는데 이제 곧 헤어져야 하니 아쉽네."

"그게 인생이야."

미겔이 대답했다.

"멀리 떨어져도 연결고리는 사라지지 않아."

"그렇네. 우린 영원한 형제야."

하미가 왼손을 내밀었다. 순간 미겔은 주저했지만 그 손을 잡았다. 하미는 도둑도 범죄자도 아니다. 미겔과 의형제 약속을 맺었다고 해서 죽진 않을 것이다.

"서류 같은 번거로운 절차 없이 중고차 파는 곳 알아?"

미겔이 물었다.

* * *

트럭에서 내리자 미겔은 오른손으로 여행 가방 손잡이를, 왼손으로 다몬의 목줄을 잡았다.

"밤까지 기다려 주면 니가타까지 태워 줄게. 돈 쓸 필요 없어."

하미가 땅에 무릎을 대고 다몬을 안으며 말했다.

"그럴 것까진 없어."

중고차 업자와는 열 시에 만나기로 했다. 어딘가에서 아침을 먹고 다몬과 어슬렁어슬렁 걷다 보면 시간은 쉽게 때울 수 있을 것이다.

하미가 일어났다.

"그럼, 잘 지내고."

"혹시 우리 고향에 올 일 있으면 꼭 연락해."

미겔은 하미와 포옹했다. 트럭에서 내리기 전에 연락처를 교환했다.

"코다 하페즈."

하미가 말했다.

"무슨 말이야?"

"이란어로 잘 가라는 작별 인사야."

미겔은 끄덕였고 하미가 트럭에 타는 것을 지켜봤다.

"아디오스, 아미고."

창문 밖으로 얼굴을 내밀고 손을 흔드는 하미에게 말했다. 하미가 웃었다.

"잘 지내, 형제여."

하미는 일본어로 말했다. 트럭이 움직이기 시작했다. 미겔과 개가 내린 곳은 우오누마 시의 교외 편의점이었다.

"그럼, 먼저 배 좀 채우자, 다몬."

미겔은 다몬에게 물과 먹을 것을 주었다. 자신은 하미가 준 삼각김밥을 입에 물었다.

다몬은 순식간에 식사를 마치고 남쪽으로 고개를 돌려 코를 킁킁거리며 냄새를 맡았다.

“그렇게 친구가 좋아?”

미겔이 다몬에게 말을 걸었다.

“난 네 형제가 될 수 없니?”

다몬은 미겔을 쳐다보지도 않았다. 남쪽을 향해 눈을 가늘게 뜨고 계속해서 냄새를 맡았다.

“좋아, 그러면 네가 죽을 일은 없겠다.”

다몬의 목걸이에서 목줄을 풀었다.

“가라.”

다몬의 엉덩이를 쳤다.

“네가 지켜야 할 녀석 곁으로 가.”

다몬이 고개를 돌려 그를 쳐다보았다.

“괜찮아, 가. 넌 이제 자유야.”

다몬이 걷기 시작했다. 10미터 정도 떨어진 곳에서 걸음을 멈추고 뒤돌아보았다.

“맘 바뀌기 전에 어서 가.”

미겔은 손으로 쫓는 시늉을 했다. 다몬이 달리기 시작했다. 전력으로 질주했다. 뒷모습을 보이며 점점 멀어져 갔다.

“아디오스, 아미고.”

미겔이 나지막이 읊조리며 손에 든 목줄을 놓았다.

7

하미는 리모컨으로 TV 볼륨을 올렸다. 저녁 식사 후의 단란한 시간이었다. 하미는 아내와 커피를 마시고 있었다. 딸 에미는 시바견 겐타와 장난을 치고 있었다.

"오늘 저녁, 니가타항 북쪽 부두에서 신원 미상의 외국인 한 명이 사망한 채 발견되었습니다. 시신에는 여러 군데 찰과상이 있었다고 합니다. 니가타 현 경찰은 죽은 남성이 후쿠시마 현과 미야기 현에서 범행을 일삼았던 절도단의 일원으로 보고 수사를 진행하고 있습니다."

시신을 비추지도, 이름을 거론하지도 않았다.

그러나 하미는 그 사람이 미겔이란 걸 알았다.

미겔이 죽은 것이다.

"왜 그래?"

아내가 물었다. 하미는 고개를 저으며 TV를 껐다.

"아무것도 아냐. 오늘은 피곤하네. 샤워하고 자야겠다."

"그래. 내일도 일찍 나가지? 항상 고생이 많네."

아내 뺨에 키스를 하고 하미는 욕실로 향했다. 에미와 장난치던 겐타가 다몬이란 이름의 개와 겹쳐 보였다.

미겔은 죽었다. 다몬은 어떻게 됐을까.

"미겔은 다몬을 남쪽으로 보내 줬을 거야."

하미는 페르시아어로 중얼거렸다. 그리고 스페인어로 말했다.

"아디오스, 아미고."

부부와
개

1

"뭐야?"

나카야마 다이키는 당황해 걸음을 멈췄다. 몇 미터 앞 덤불 속에서 뭔가가 튀어나왔다.

멧돼지인가, 아니면 새끼 곰인가. 후자라면 근처에 어미 곰이 있을 테니 위험하다.

거친 등산로를 달려도 흐트러지지 않던 심박 수가 올라간다.

좌우로 두리번거리던 녀석이 다이키가 있는 걸 알아차렸다. 그리고 몸을 돌려 다이키와 마주했다.

"개잖아!"

다이키가 온몸의 긴장을 풀었다. 녀석은 분명 개였다. 셰퍼드와 비슷한 몸집과 털을 가지고 있었는데 덩치가 한참 작은 것 같았다. 잡종인 걸까.

"이런 데서 뭐 하는 거야?"

다이키가 개에게 말을 걸었다. 개의 귀가 조금 올라갔다. 거무스름한 입가에 묻은 털은 뭐지? 들쥐 같은 것을 포식했는지도 모른다. 겨우 알아본 목줄이 너덜너덜했다.

"어딘가에서 도망쳐 왔니? 이런 산속에 혼자 사는 건 힘들 텐데?"

다이키가 메고 있던 배낭 옆 주머니에서 물통을 꺼내 안에 든 물을 마셨다.

나뭇잎 사이로 햇볕이 내리쬐는 등산로는 무더웠다. 이곳은 우시다케의 산 중턱이었다. 다이키는 일주일에 두 번, 등산로 입구에 차를 대고 산 정상까지 뛰어 올라갔다 뛰어 내려왔다.

다이키에게 이 산은 산악 마라톤을 하기엔 더할 나위 없이 좋은 연습장이었다.

물을 마시는 다이키를 개가 물끄러미 쳐다봤다.

"목마르냐?"

다이키가 개에게 말을 걸었다. 알아들었는지 개가 다이키에게 다가왔다.

"나눠 줄게."

다이키는 왼손을 개의 입가로 가져가 손바닥에 물통의 물을 흘렸다. 개는 능숙한 혀 놀림으로 물을 핥아 먹었다.

"너 꾀죄죄하구나."

개의 몸이 더러웠다. 주인 곁을 도망쳐 오랫동안 산속을 헤맨 게 틀림없었다.

거무스름해진 입 주변은 피가 응고된 듯했다.

"배도 고픈 거 아니야?"

물을 다 마시자 다이키는 배낭을 내려 행동식(行動食)으로 준비해 온 과자를 개에게 주었다. 개는 우걱우걱 과자를 먹었다. 자세히 보니 갈비뼈가 튀어나와 있었다.

"혼자면 사냥감을 잡는 것도 힘들겠는데."

과자를 다 먹은 개가 등산로 앞쪽을 바라봤다. 눈을 가늘게 뜨고 코끝을 킁킁거렸다.

뭔가 냄새를 맡는 듯했다.

"먹잇감 냄새 맡는 거야? 가서 잘 잡아. 그럼 난 이만 갈게."

다이키는 배낭을 다시 둘러멨다. 개의 머리를 가볍게 두드리고 다시 달리기 시작했다.

갑자기 개가 다이키 앞쪽으로 달려가 멈춰 섰다. 그리고 뒤돌아선 채 송곳니를 드러내고 으르렁거렸다.

"뭐, 뭐야……."

개가 짖기 시작했다. 낮고 힘 있는 포효였다.

"물이랑 음식 베푼 은혜를 원수로 갚는 거냐?"

다이키는 달리기를 멈추고 경계했다. 개는 계속 짖었다.

"좀 봐줘……."

머리를 긁적이며 뒤를 돌아보았다. 산 정상까지 40분 정도 남은 지점이었다. 이대로 되돌아가기에는 그랬다.

다시 한 번 개에게 눈길을 보냈다. 변함없이 송곳니를 드러내며 짖고 있는데 다이키에게 달려들 것 같지는 않았다.

"나, 먼저 좀 가 볼게. 알겠지? 산 정상까지 가고 싶다고."

갑자기 개가 짖던 걸 멈췄다. 그리고 다이키에게 흥미가 떨어졌다는 듯이 좁은 등산로 한쪽으로 비켜선다.

"가도 되는 거야?"

말을 걸었지만 반응이 없었다. 다이키는 고개를 갸웃거리며 다시 달리기 시작했다.

"이상한 개네."

어중간하게 쉬었던 탓인지 다리가 무거웠다. 페이스를 너무 올리지 않도록 조심하면서 등산로를 올라갔다. 개와 헤어진 후 등산로는 쭉 이어졌고 드디어 오른편으로 완만하게 굽은 길이 나왔다.

굽잇길을 다 돌았을 때 다이키가 걸음을 멈췄다. 등산로 정중앙에 검은 덩어리가 떨어져 있었다. 김이 나고 있었다. 야생동물의 똥이었다.

"설마……."

저 정도로 큰 배설물을 남기는 동물은 반달가슴곰밖에 없었다. 만날 일은 없겠지만 이 산에도 곰은 있다.

김이 나는 상태를 보니 몇 시간도 안 지났다. 다이키는 등산로 양쪽 숲의 기척을 살폈다. 아무것도 느낄 수 없었고 아무 소리도 안 들렸다.

"저 녀석 덕분인가……."

다이키는 뒤를 돌아봤다. 그 개가 무섭게 짖어서 곰도 두려움을 느끼고 도망친 건지도 모른다.

"오늘은 여기에서 접어야겠다."

뒤로 돌아 등산로를 내려가기 시작했다. 개와 헤어진 장소까지 와서 걸음을 멈췄다. 개는 보이지 않았다.

"어이, 멍멍아. 갔냐?"

숲을 향해 소리를 질렀다. 멀리서 마른 풀 밟는 소리가 들렸다. 다이키는 다시 경계했다.

"멍멍아, 너냐? 맞으면 짖어 봐."

주먹을 쥔다. 산악 마라톤을 시작했을 때는 배낭에 곰을 쫓는 방울을 매달고 곰 격퇴용 스프레이를 안에 꼭 넣고 다녔다. 그러던 것이 몇 년 차, 한 번도 곰을 만나지 않게 되자 무용지물로 여겨져 가지고 다니지 않게 됐다.

걷는 등산이나 뛰는 산악 마라톤이나 짊어지는 짐은 1그램이라도 가벼운 게 좋다는 건 상식이다.

가까이 다가오는 발소리는 곰으로 생각되지 않는 가벼운 소리였다.

덤불이 흔들리며 아까 그 개가 등산로로 튀어나왔다.

"아직 있었구나."

다이키가 개를 향해 미소 지었다.

"아까 짖은 게 곰을 쫓으려고 그랬던 거구나. 냄새로 곰이 가까이 있는 걸 알았나 보네. 그치?"

개가 다이키를 올려다봤다. 흐린 구석 하나 없는 맑은 눈은 강한 의지를 느끼게 했다.

"넌 생명의 은인이야. 어때, 나 따라올래? 내 개가 되면 굶을 걱정은 이제 없어."

개가 꼬리를 흔들었다.

"그래, 내 개 할래? 그럼, 같이 가자."

다이키는 개를 보면서 달리기 시작했다. 개도 다이키가 달리는 속도에 맞춰 따라온다.

영리한 개다—다이키는 생각했다.

어떤 이유로 주인과 헤어지게 된 걸까, 주인도 찾고 있는 게 아닐까.

"네 주인, 어디에 있니?"

다이키가 물었다. 당연했지만 개는 아무런 반응도 보이지 않았다.

2

"나 왔어. 새 가족 데리고 왔어."

다이키의 밝은 목소리가 울렸다. 사에는 그 소리를 흘려듣고 계속 하던 일을 했다.

"왔다고 하잖아. 안 들려?"

현관에서 다이키가 목소리를 높였다. 사에는 혀를 차며 하던 일을 멈췄다.

"이번 주 안으로 발송해야 할 작은 서랍장 마무리 작업 중이야. 할 말 있으면 나중에 해."

"이리 와 봐. 새 가족이라니까."

"가족?"

사에는 고개를 갸웃하며 일어섰다. 표정이 경직되는 것이 느껴졌다. 다이키가 벌이는 시답잖은 일로 작업이 중단될 때마다 항상 이렇게 표정이 얼어붙는다.

양손으로 뺨 근육을 풀며 현관으로 향했다. 화장기 없는 얼굴의 피부는 거칠었다.

일이 바빠지니 기초화장을 할 여유도 없었다.

"뭐야, 가족이라니?"

사에는 하려던 말을 꾹 참고 멈춰 섰다.

다이키가 오른손에 끈처럼 생긴 것을 잡고 있었다. 그 끈에 연결된 것은 꾀죄죄한 개였다.

"뭐야, 그 더러운 개는?"

"우시다케에서 산악 마라톤 연습하고 있었는데 이 녀석 덕분에 목숨을 구했다니까. 곰을 쫓아 줬어. 은혜 갚으려고 집에서 키우려고 하는데, 괜찮지?"

사에는 입술을 깨물었다. 일단 의견을 물어보는 태도를 보이지만 실은 상대방의 마음을 고려할 생각은 전혀 없다는 것을 알고 있다.

다이키가 키우기로 정했으면 키우는 것이다.

"나, 샤워하고 가게에 얼굴도장 좀 찍고 올 테니까, 미안한데 이 개 좀 씻겨 줄래? 쓰다듬기만 했는데 손이 새까맣게 될 정도로 더러워."

"저기, 나 이번 주 안으로 발송해야 하는 상품이 있어서 그걸……."

"어쨌든, 부탁할게. 차 안에 사온 개 사료하고 샴푸 있어."

다이키는 목줄을 사에에게 넘기고 욕실로 사라졌다.

"진짜 제멋대로라니까."

사에는 다이키의 뒷모습을 노려봤다. 목줄이 당겨지는 것이 느껴져 개에게 시선을 돌렸다.

개는 움직임 없이 차분한 눈으로 사에를 올려다봤다.

"정말 많이 더럽네. 들개였니? 근데 사람을 잘 따르네."

다이키의 막무가내에는 화가 치밀지만 천진무구한 개의 시선은 거스를 수 없었다.

"이리 와. 깨끗하게 해 줄게."

사에는 개와 함께 밖으로 나갔다. 지은 지 80년 된 오래된 민가를 구입해 리모델링한 집은 정원이 널찍했다. 하늘은 끝없이 푸르렀고 날씨는 무더웠다. 그러나 개를 씻기기엔 더없이 좋은 오후였다.

차고 주변은 땅에 콘크리트가 발려 있었다. 차량 개조가 편하도록 다이키 혼자 만든 것이었다.

다이키의 차 백미러에 목줄을 걸었다.

"잠깐만 기다려."

차 안에는 다이키가 말한 대로 개 사료와 배변 시트 봉지, 개 샴푸가 있었다.

뒷좌석에 보이는 꾀죄죄한 것은 개가 원래 차고 있던 목줄이었다.

사에는 목줄을 손으로 집어 들었다. 이름표가 달려 있었는데 잉크가 너무 흐릿해져 읽을 수가 없었다.

"이름을 몰라 어쩌지."

사에는 샴푸를 꺼내고 차 문을 닫았다. 창고 옆 수도에 연결된 호스를 손으로 잡아 호스헤드를 샤워로 바꿨다. 평소엔 세차 때문에 제트 위치로 맞춰져 있다.

"머리 감은 적 있어?"

개에게 물었다. 개는 그저 사에를 바라볼 뿐이다.

"두려워하지 마. 깨끗하게 해 줄게. 너도 불결한 건 싫지? 멍멍이들은 청결한 걸 좋아하잖아."

레버를 잡자 호스헤드에서 물이 뿜어져 나왔다. 개는 순간, 주저하는 모습을 보였지만 금세 안정을 되찾았다.

"착하네. 날 믿는구나."

사에는 개에게 물을 끼얹었다. 개는 금세 흠뻑 젖었다. 발밑으로 떨어지는 물이 시커멓다.

"개 목욕시키는 게 얼마만이야."

온몸 구석구석 물을 끼얹으며 사에는 중얼거렸다.

친정에는 늘 개가 있었다. 아버지가 개를 너무 사랑하셨다. 하지만 개를 씻기는 건 늘 사에 담당이었다.

가나자와에 있는 대학에 가기 위해 집을 나온 후엔 개와 함께하는 생활도 인연이 없었다.

"벌써 20년이 넘었네……."

사에는 허리를 굽혀 개의 젖은 털 속에 손가락을 집어넣었다. 부드럽게 마사지하듯이 손가락을 안쪽으로 뻗어나갔다.

샴푸하기 전에 가능한 한 더러운 걸 씻어 내고 싶었다.

입고 있던 티셔츠에 물이 튀었다. 청바지 자락도 젖었다. 내일 빨래하려던 참이었는데 마침 잘됐다.

"다음엔 샴푸야."

일단 물을 멈추고 샴푸 액체를 용기에서 직접 개 등에 뿌렸다. 충분한 양을 묻히고 양손으로 거품을 낸다.

개는 참을성 있게 사에가 하는 대로 가만히 있었다.

"기특하네, 너."

사에는 개의 눈을 들여다봤다. 샴푸하는 게 좋진 않지만 필요하다면 참는다—그런 마음이 느껴졌다.

"사람을 믿는구나."

샴푸는 거품이 거의 안 났다. 너무 많이 더러운 탓이다. 샴푸를 씻겨 내고 다시 한 번 샴푸로 거품을 냈다.

"봐봐, 점점 보기 좋아지네. 너도 기분 좋지?"

사에는 끊임없이 개에게 말을 건넸다. 긴장을 풀어 주는 데는 계속 말을 건네는 것이 제일 좋다.

"잘 모르는 사람 집에 와서 물어보지도 않고 목욕시키니까 싫겠지. 근데도 잘 참고 정말 너 대단해."

사에는 개의 온몸에 빈틈없이 거품을 묻히다 말고 멈췄다.

"말랐네. 깡말랐어. 샴푸 다 하면 밥 많이 먹자."

사에는 샤워 호스로 샴푸를 씻겨 냈다. 개의 몸에서 떨어지는 물은 더 이상 까맣지 않았다.

다 씻긴 후 창고 안에서 오래 써 왔던 목욕 수건을 몇 장 갖고 와서 개의 몸을 닦았다. 수건을 석 장쯤 쓰니 그제야 몸에서 물방울이 안 떨어졌다.

그 다음엔 드라이어로 말려 주고 싶었는데 가지러 가면 다이키와 얼굴을 마주쳐야 했다. 그건 싫었다.

"산책 나가자. 이런 햇살엔 30분만 걸으면 금방 마를 거야."

사에가 목줄을 잡았다.

* * *

산책에서 돌아오니 다이키의 차가 보이지 않았다. 아까 말한 대로 가게에 간 모양이다.

다이키는 아웃도어 용품 전문점을 운영하고 있다. 매출이 잘 나오는 것도 아닌데 여름엔 산악 마라톤 연습과 실전으로, 가을에서 초봄까지는 산악 스키를 탄다고 가게를 비우고 아르바이트생에게 맡긴다.

부부의 수입원은 사에가 경영하는 인터넷 쇼핑몰이다. 쇼핑몰에서는 사에가 가꾸는 무농약 채소와 스테인드글라스로 직접 만든 작은 소품들을 판다. 5년 전에 시작했는데 입소문을 타면서 고객이 조금씩 늘어나 재작년에 연 매출 500만 엔을 넘겼다. 경비는 따로 드는 것이 거의 없어서 그걸로 부부 둘이 집과 차를 살 때 받은 대출을 갚으며 먹고산다.

다이키가 산악 마라톤에 빠지게 된 것은 3년 전쯤부터였다. 사에의 인터넷 쇼핑몰 사업이 궤도에 오르면서 자신이 죽기 살기로 열심히 일하지 않아도 된다는 걸 안 순간, 가게 경영을 내팽개치고 일주일의 절반을 산에서 보내게 되었다.

다이키는 회유어(回遊魚)다. 계속 움직이지 않으면 침잠해 버린다. 예전부터 그랬다. 에너지가 넘치고 쾌활하고 낯가림이란 것이 전혀 없다. 누구든 만난 지 몇 초 만에 친구가 된다.

이 개도 그런 식으로 다이키를 만나서 여기까지 온 것이겠지.

개의 발바닥을 걸레로 닦고 집 안으로 들어오라고 불렀다. 개는 집 안에서 키우는 것이다, 가족이니까—아버지는 그렇게 말씀하셨고 실내에서 키우는 걸 싫어하는 엄마의 반대를 무릅쓰고 강행했다.

주방 식탁 위에 아무렇게나 올려놓았던 사료 봉지에서 내용물을 꺼내 속이 움푹 파인 그릇에 담고 개 앞에 두었다.

개는 계속해서 냄새를 맡을 뿐 먼저 달려들지 않았다.

"어려워하는 거야? 먹어도 돼."

사에가 말하자 개가 사료를 먹기 시작했다. 상당히 배가 고팠을 것이다. 용기는 순식간에 비워졌다.

사에는 사료를 더 주었다.

"더 이상은 안 돼. 한꺼번에 너무 많이 먹으면 사료가 위 속에서 부풀어서 큰일 날 수가 있거든."

개는 눈 깜짝할 사이에 사료를 먹어치웠다. 더 먹고 싶다는 눈으로 사에를 쳐다봤지만 받아 주지 않았다.

주방 구석에 배변 시트를 펼쳤다.

"오늘부터 여기가 네 집이 될 것 같아. 맘대로 해도 좋은데 아무 데나 오줌 누면 안 돼. 똥이랑 오줌은 여기야. 난 일도 마무리해야 하고 빨래도 해야 해서 너랑 같이 있을 수 없어. 알겠지?"

개는 귀를 올리고 말을 듣는 듯했지만, 사에가 말을 다하자 흥미를 잃었다는 듯이 하품을 했다.

사에는 욕실로 가서 개를 씻기며 젖은 티셔츠와 청바지를 새것으로 갈아입었다. 다이키가 산악 마라톤을 할 때 입고 갔던 셔츠와 바지도 함께 세탁기에 집어넣고 스위치를 켰다.

주방으로 돌아오니 개는 거실에 가 있었다. 창밖이 내다보이는 곳에 자리를 차지하고 웅크리고 있다. 마치 계속 이 집에서 살았던 것처럼 너무나 차분한 태도다.

"밖을 보는 거야? 아니면 뭔가를 찾는 거야?"

말을 걸자 귀가 올라간다. 그러나 그뿐이다. 개는 가만히 움직이지 않고 창밖을 바라봤다.

"이름 지어 줘야겠네."

그렇게 말은 했지만 마음속으로 이미 이름을 지어 놓은 뒤였다.

클린트—사에가 어릴 때 친정에서 키우던 복서였다. 클린트 이스트우드의 팬이었던 아버지가 붙인 이름이었다. 온순한 수컷 개였고 사에의 가장 친한 친구이기도 했다.

"그럼, 난 일이 있어서 말이야."

클린트—소리를 내지 않고 속으로 이름을 불러 본다.

개가 고개를 돌렸다. 알고 있다는 듯 꼬리를 흔들었다.

사에는 마음속이 따뜻해지는 것을 느꼈다.

개와 함께 살아가는 기쁨을 어떻게 잊고 살았지. 개가 주는 사랑과 기쁨이 왜 떠오르지 않았지.

사에는 클린트 곁으로 다가가 허리를 낮추고 등에 손을 올렸다. 샴푸를 막 끝낸 털은 기분 좋게 부드러웠다. 이렇게 하고 있으니 이미 몇 년이나 클린트와 함께 살고 있는 듯한 착각에 휩싸였다.

몸을 옆으로 기울여 클린트의 몸에 볼을 가까이 댔다. 클린트는 싫어하는 기색 없이 사에를 받아 주었다.

3

땜납 붙이는 작업에 집중하고 있는데 스마트폰으로 전화가 걸려왔다.

다이키였다.

사에는 혀를 찼다. 집중이 끊기면 다시 작업으로 돌아가는 게 귀찮아진다. 일하는 시간에는 전화하지 말라고 입에 침이 마르도록 말했는데 자신의 말은 다이키에게 마이동풍이다.

"여보세요?"

마뜩찮은 목소리로 전화를 받았다.

"여보세요, 난데, 아까 가즈아키한테 전화가 와서 오늘 밤 한잔하러 가기로 했어. 저녁밥 할 것 없어."

가즈아키는 다이키의 스키 동료다. 다이키는 겨울이 되면 동료들과 어울려 다테야마 병풍산 같은 곳에 가서 산악 스키를 즐겼다.

"당신, 오늘 개 데리고 온 건 알지?"

"그럼. 잊을 리가 있나. 그 녀석은 내 생명의 은인이야."

"그 생명의 은인이 집에서 보내는 첫날인데 술을 마시러 간다고?"

"중요한 얘기가 있다니까."

다이키는 물러서는 기색 없이 대답했다.

"스키 시즌 이제 막 끝났잖아."

"스키 얘기만 하는 거 아니라니까. 어쨌든 개는 네가 있으면 괜찮은 거잖아? 친정에서 개 키웠잖아, 그치?"

"그건 그런데……."

"그럼 부탁할게."

"잠깐만—."

멀어지는 목소리를 사에는 필사적으로 불러 세웠다.

"왜 그러는데?"

"그 개한테 이름 붙여 줘야지. 그래서 내가 생각했는데—."

"톰바야. 아까 떠올랐어. 이름 좋지? 알베르토 톰바."

다이키가 입에 올린 건 왕년의 유명한 스키선수 이름이었다.

"난—."

"그럼 이만."

사에가 말을 잇기도 전에 전화가 끊겼다. 늘 있는 일이라 화도 나지 않는다.

어느새 클린트가 발밑에 있었다.

"톰바래. 그런 이름 싫지 않니? 알았다 오바도 아니고."

사에는 클린트의 머리를 쓰다듬었다.

"산책 갔다가 밥 먹자."

오후 다섯 시를 지나고 있는데 밖은 아직 충분히 밝다. 여름이 다가오며 해가 길어지고 있었다.

현관으로 향하자 클린트가 따라왔다. 밖에 나가는 걸 제대로 알고 있는 것이다.

예전에 사람이 키운 게 틀림없지만 아무튼 영리한 개였다.

목걸이에 목줄을 연결해 밖으로 나왔다. 조금 축축한 공기가 맨 살결을 어루만졌다.

집 밖으로 나와 논밭이 펼쳐진 지역을 향해 걷기 시작한다.

도야마 시내라고는 해도 사에와 다이키가 사는 곳은 산간의 작은 집락촌이다. 이웃 주민은 노인들뿐이고 어린아이들 목소리를 들을 일이 없다.

조금 서쪽으로 가면 난토 시, 남쪽으로 가면 기후 현과 맞닿아 있다. 사방이 산으로 둘러싸인 곳이다.

사에의 친정은 같은 도야마 시라 해도 바닷가에 있었다. 지금도 산보다는 바다 근처에서 살고 싶지만 다이키는 정반대다. 만능 스포츠맨처럼 보이지만 다이키는 수영이 젬병이었다.

바다 근처에 살다 쓰나미가 오면 난 죽겠지—3년 전, 도호쿠 태평양 연안을 덮친 쓰나미 뉴스 영상을 보면서 다이키는 진심으로 두려워했다.

어쨌든, 산간의 시골 마을에 자리를 잡은 것은 첫째도 둘째도 다이키의 뜻이다. 사에의 의견은 물어보지도 않았다.

처음 만났을 때부터 그랬다. 웃는 얼굴이 멋진, 다정하고 듬직한 스포츠맨. 다이키는 주저 없이 리드를 정말 잘했다.

사랑에 빠져 프러포즈를 받고 결혼하고 나서야 사에는 자신의 경솔함을 깨달았다.

다이키는 누구에게나 공평하게 다정했다. 아내든 친구든 그저 지인이든 구별이 없었다.

주저함이 없다는 것과 매사를 깊이 생각하지 않는다는 건 종이 한 장 차이이다. 중요한 결단을 내릴 때조차도 다이키는 깊이 생각하지 않고 당시의 기분에 따라 매사를 결정했다.

상대의 마음을 고려해 리드하는 것이 아니라, 자신이 하고 싶은 대로 하기 위해 선두에 서고 싶어 했다.

다이키는 그런 남자였다. 나쁜 사람이란 뜻이 아니다. 단지 남편으로 고를 남자는 아니었다.

나쁜 사람은 아니다. 그래서 사에는 견디고 있다.

나쁜 사람은 아니다. 그 하나 때문에 이혼을 주저했다. 차라리 다이키가 성질 더러운 무능력자였으면 좋겠다 싶었다. 그러면 사에는 이미 훨씬 전에 결혼이라는 속박에서 벗어났을 것이다.

길을 걷고 있으니 논 주변의 잡초를 뽑는 데 열심인 노파의 모습이 눈에 들어왔다. 굽어진 허리를 보니 왼쪽 세 번째 집 이웃인 후지타 스미인 것 같다. 이미 90세 가까이 되었지만 여전히 정정한 여걸이다.

사에가 채소를 막 기르기 시작했을 때 이것저것 알려 주던 은사이기도 하다.

"사에짱, 개 기르는 거야?"

사에와 클린트를 알아본 스미가 허리를 폈다. 클린트의 귀가 올라갔지만 그뿐이다. 클린트는 차분했다. 어떤 상황에서도 대처할 수 있는 자신감이 있는 듯했다.

"남편이 산에서 발견해 집으로 데리고 왔어요. 잘은 모르지만 곰을 쫓아 주었다네요."

사에는 논두렁길로 들어가 스미 옆에 발걸음을 멈췄다.

"똑똑해 보이는 멍멍이네."

"정말 똑똑해요. 저희 집에 오늘 막 왔는데 몇 년 전부터 있었던 것처럼 가르쳐 줄 게 하나도 없어요. 아마 좋은 사람이 키웠던 것 같은데 왜 길을 잃었을까……."

"보통 얼굴이 아냐."

클린트는 스미가 내민 손에 코를 대고 조심스레 냄새를 맡았다.

"고구마, 먹으련? 배고플 때 먹으려고 찐 걸 갖고 왔는데 이 나이가 되면 배도 잘 안 고파."

스미는 분홍색의 귀여운 허리가방을 열어 알루미늄 포일에 감싼 고구마를 꺼냈다. 갑자기 클린트의 코가 바쁘게 움직이기 시작했다.

"줘도 될까?"

스미가 의사를 물었다.

"물론이죠."

"우리 밭에서 캔 고구마야. 농약 같은 거 일절 사용 안 했어."

스미는 알루미늄 포일을 벗겨 고구마 끝을 떼어 클린트 입으로 가져갔다. 클린트가 얌전히 고구마를 먹었다.

"오, 예의도 바르구나."

스미가 활짝 웃었다. 클린트의 기품 있는 모습이 맘에 든 모양이다. 계속해서 고구마를 클린트에게 먹였다.

"착하네. 정말 착하구나."

고구마를 다 먹이자 스미는 클린트의 머리를 부드럽게 쓰다듬었다.

"다이키는 뭐 해? 그 녀석이 이 개 데리고 왔다며? 또 자기 맘대로 굴면서 뒷정리는 사에짱에게 맡긴 거야?"

사에는 쓴웃음을 지었다.

"그런 남자랑 얼른 헤어져. 사에짱이랑 결혼하고 싶은 남자 얼마든지 있으니까. 뭣하면 내가 찾아 줄 수도 있어."

"그때는 잘 부탁드려요."

사에는 스미의 말을 웃어넘겼다.

"나쁜 남자는 아닌데 여자를 불행하게 해. 딱 그런 얼굴이야. 이미 불혹 넘겼지? 그런데도 아이처럼 말이야. 아이인 채로 어른이 된 거야."

"그런 건지도 모르겠는데…… 그래도 좋은 점도 있어요."

"일도 제대로 안 하고 산이나 달리고 스키나 타고, 혼자면 뭐 상관없는데 아내가 있는 남자가 그러는 건 아니지."

스미는 파리를 쫓듯이 면전에서 손을 흔들었다.

"빨리 헤어지라니까. 인생에서 피해 보는 건 사에짱이야. 이 아이, 이름이 뭐지?"

"클린트예요."

사에가 대답했다.

"그 마카로니 웨스턴에 나왔던? 클린트, 또 고구마 줄 테니까 말 잘 듣고 사에짱을 위로해 줘. 알겠지?"

"고구마 감사했습니다. 그럼 또."

"아, 잠깐만. 한 가지 더 할 얘기가 있는데, 사에짱."

돌아가려고 발걸음을 돌리는데 스미가 불러 세웠다.

"뭔데요?"

"내년부터 이 논, 사에짱이 해 보지 않을래?"

"스미 씨의 논을요?"

사에는 이미 마을의 농협에서 빌린 600평 논에서 쌀농사를 짓고 있었다. 부부 둘이서 1년 동안 먹고 양가나 지인에게 햅쌀을 보내도 잔돈이나마 벌 만큼 소출이 됐다. 이 이상 수확

량을 늘려도 의미가 없고 농약 없이 재배하는 쌀은 수고가 더 들었다.

"이제 농사지을 기력이 없어서 말이야. 사에짱, 인터넷 같은 데서 채소 팔고 있지?"

"네."

"무농약 채소가 그렇게 잘 팔리는데 쌀도 팔리지 않을까 해서."

스미의 말은 일리가 있었다. 인터넷 쇼핑몰 고객의 요청 중에 무농약 쌀은 팔지 않느냐는 문의도 꽤 있었다.

"팔릴 거 같긴 한데…… 지금 600평 논으로도 벅차서요."

"철없는 남편에게 도와 달라면 되잖아."

"그 사람은 그 사람 나름대로 바빠서—."

"노느라 바쁜 것뿐이잖아. 어쨌든 생각해 봐. 몸은 힘들어도 휴경지로 놔두는 건 차마 내키지 않아서."

"그렇죠, 휴경지는 좀 그렇죠……."

쌀농사를 그만둔다는 것은 논 주변의 풀 뽑기도 하지 않게 된다는 뜻이다. 사람 손을 안 타는 논밭은 순식간에 황폐해진다. 그리고 그건 이웃 논밭에도 영향을 미친다.

"생각해 볼게요."

사에가 말했다.

"철없는 남편도 제대로 일 좀 해야 할 텐데."

스미는 그렇게 말하고 사에와 클린턴에게 등을 보였다. 매년 작아지는 등을 바라보면서 사에는 한숨을 삼켰다.

"그럼 먼저 가 볼게요."

스미의 등에 대고 말하며 목줄을 다시 잡고 걷기 시작했다. 클린트는 사에의 속도에 맞춰 따라왔다.

말을 걸어 주지도 이야기에 끄덕여 주지도 않는다.

그저 거기에 있다. 하지만 그것만으로도 구원받는 기분이 드는 건 왜일까.

사에는 클린트에게 시선을 떨구고 미소를 지었다. 클린트는 정면을 바라보며 걸었다.

4

"다녀왔어."

다이키가 작은 소리로 말하면서 현관문을 열었다. 집이 캄캄했다. 사에는 이미 잠든 걸까.

좀 더 일찍 귀가할 생각이었는데 이야기하느라 시간 가는 줄을 몰랐다. 정신 차려 보니 자정이 넘었고 대리운전을 불러 귀가한 참이었다.

사에가 깨지 않도록 어둠 속에서 손을 더듬어 집 안으로 들어왔다.

"뭐야?"

뭔가가 숨 쉬는 느낌이 들어 다이키는 얼어붙었다. 허공에 하얀 점이 두 개, 떠 있었다.

"톰바냐?"

오늘 우시다케에서 만난 개가 생각났다. 샴푸에 잘 사용하는 향료 냄새가 살짝 코끝에 감돌았다.

눈이 어둠에 익자 저편에 개의 윤곽이 떠올랐다.

톰바가 복도 정중앙에 선 채 이쪽으로 얼굴을 돌리고 있었다.

"놀래키지 마. 심장 멎는 줄 알았잖아."

야생동물이 집 안에 침입했다 해도 이상하지 않았다. 다이키가 사는 곳은 그런 시골이었다.

신발장 위에 늘 두는 헤드램프를 잡고 스위치를 눌렀다. 불빛에 톰바가 눈을 가늘게 떴다.

"몰라볼 정도로 깨끗해졌구나. 잘 씻겨 줬네. 사에는 그런 여자야."

다이키는 톰바의 머리를 쓰다듬으며 거실로 향했다. 소파에 몸을 던졌다.

"과음했네……."

혼잣말을 하며 관자놀이를 손가락으로 눌렀다.

톰바가 와서 발밑에 웅크렸다.

"밥은 먹었냐?"

말을 걸었지만 톰바는 눈을 위로 치켜뜨며 다이키를 볼 뿐이었다.

"이리 와. 생명의 은인…… 아니, 은견이라 해야 하나. 은견에게 감사를 표하지."

손짓을 하자 톰바가 일어나 소파의 빈 공간으로 올라왔다.

다이키는 톰바를 끌어안았다.

산에서 쓰다듬었을 때와 다르게 털은 부드럽고 기분 좋은 촉감이었다.

"사에는 벌써 잊었는지 몰라도 결혼하기 전에 자주 말했었어. 언젠가 개와 살고 싶다고 말이야. 내가 칠칠치 못해서 못 키우게 했는데 무슨 인연인지 너랑 만났어. 넌 아마 하느님이 보내 준 선물인가 봐."

톰바의 등을 부드럽게 어루만졌다. 사에가 자신에게 불만이 쌓여 있다는 건 알고 있다. 아닌 게 아니라 남편으로서 변변치 못하니까. 제대로 된 벌이도 안 되는 취미로 가게를 운영하면서 여름엔 산악 마라톤, 겨울은 산악 스키라는 취미에 빠져 지낸다.

사실 사에와 함께 땀방울 흘리면서 농사도 열심히 짓고 인터넷 쇼핑몰의 발송 작업을 도와줘야 하는 것이 맞다.

알고 있어도 안 된다.

스키는 어릴 때부터 탔다. 중학교 때는 현(縣) 대회에서 우승했고 고교에서는 단체 선수로도 나갔다. 꿈은 점점 커졌고 언젠가 나가노 올림픽에 출전하는 것이 구체적인 목표가 되었다.

그러나 고3 겨울, 큰 부상을 입었다. 속도를 주체 못 해 굉장히 심하게 넘어져 구르다가 딱딱한 눈덩이에 스키판이 꽂혔다. 오른발이 고스란히 충격을 받았고, 오른쪽 정강이뼈가 조각나면서 심한 복잡골절을 당했다.

수술과 재활로 어떻게든 일상생활을 하는 데 지장은 없었지만 최고 수준의 경기에 복귀하진 못했다.

타고난 낙천적인 성격으로 좌절을 극복하는 것은 그다지 어렵지 않았다. 그러나 경사면을 활주하는 속도감과 스릴을 잊을 수 없었다.

경기에 복귀할 수 없다면 스키장에서 타는 것은 의미가 없었다.

다행히 주변에는 산악 스키를 즐기는 친구들이 정말 많았다.

직접 산을 걸어올라 스키를 타고 내려오는 산악 스키의 매력은 금세 다이키를 매료시켰다. 고도 1,000미터 정도의 비교적 오르기 쉬운 산부터 시작해 서서히 고도가 높은 산을 정복해 갔다.

설산을 오르기 위해선 체력은 물론 기술도 필요했다. 다이키는 스키뿐 아니라 등산 그 자체에도 빠졌다.

그렇게 여름 동안 설산에 맞설 체력을 기르기 위해 시작한 것이 산악 마라톤이었다.

산악 마라톤에도 금세 빠졌다. 고도가 높은 산등성이를 달리는 상쾌함은 특별했다.

훈련의 일환이었지만 산악 마라톤은 금세 주목적이 되어 몇몇 대회에 출전하며 이기는 기쁨도 맛보았다.

그래서 일은 내팽개치고 산으로 달려갔다.

성격에 결함이 있는 것이다. 몸을 움직이지 않으면 살아 있는 것 같지 않았다. 산에서 몸을 움직이고 있을 때만 나답게 살아 있다는 실감이 들었다.

"사에가 받아 주니까 자꾸 더 해 달라고 하는 것 같아."

톰바가 가만히 바라봤다.

돌연 TV 뉴스 등에서 종종 보던 재판정의 모습이 떠올랐다. 검찰과 변호사가 각각 의견을 주장한다. 판사는 그것을 조용히 경청하고 있다.

톰바는 그 판사 같았다. 개인적인 감정을 배제하고 의견에 귀 기울여 판결을 내리는 것이다.

나는 유죄인가, 무죄인가?

그런 생각을 하며 다이키는 쓴웃음을 지었다.

"과음했네, 오늘 밤은."

다이키는 자리에서 일어났다. 헤드램프 불빛에 의지해 주방으로 가 냉장고에서 스포츠 드링크 페트병을 꺼냈다.

냉장고를 닫으려고 하는데 반투명 플라스틱 용기가 눈에 띄었다. 찐 다음 한 입 크기로 자른 고구마가 들어 있었다.

사에가 톰바를 위해 준비한 것이겠지.

"고구마, 먹을래?"

주방까지 따라온 톰바에게 물었다. 톰바의 귀가 올라가며 꼬리가 좌우로 흔들렸다.

"좋아. 이미 밤도 늦었으니까 조금만이다."

용기에서 고구마 다섯 개를 꺼내 톰바에게 주었다. 톰바는 고구마를 다 먹고 나서 주방 식탁 아래에 얼굴을 파묻었다. 다이키가 사 온 배변 시트가 펼쳐져 있었고, 그 위에 물을 채운 도자기 그릇이 놓여 있었다.

"사에가 준비해 주었니? 센스가 있어, 아내는."

다이키는 페트병에 든 내용물을 한 번에 들이켰다.

사에는 모든 집안일을 혼자서 하고 돈도 번다. 잔소리도 안 하고 불평을 늘어놓지도 않는다. 그러나 다이키를 보는 눈초리는 결혼 초기와는 상당히 달라졌다.

"알고 있어."

다이키는 물을 다 마신 톰바에게 말했다.

"알고 있다고. 이대로는 안 된다는 거. 산악 마라톤이랑 스키 동료들도 학을 떼. 나 같은 빵점짜리 남편은 없을 거라고."

다이키는 거실로 돌아와 다시 소파에 앉았다. 톰바도 소파에 올라와 다이키의 허벅지에 턱을 괴었다.

"알고 있어, 톰바. 그래도……."

불혹이 되자 체력이 떨어지는 걸 피부로 느끼고 있었다.

지금까지는 일주일에 한 번, 산속을 달려도 유지되던 체력이 두 번은 달려야 불안감이 사라진다. 달리는 것만으로는 부족해져서 피트니스 센터에 가기도 한다.

그런 식으로 가게 경영도 대충 했고 사에와 함께 있는 시간도 점점 짧아졌다.

사에가 자신을 보는 눈이 점점 달라지고 있다. 사랑하는 아내와의 거리가 점점 벌어지고 있다.

어떻게든 해야 한다—알고는 있는데 뭘 어떻게 하면 좋을지 모르겠다.

아는 것은 초조함이 더해진다는 사실뿐이다.

그래도 가능한 한 위를 목표로 하고 싶다. 최고 수준의 산악 마라톤 선수로 활약할 수 있는 것은 언제까지일까.

"앞으로 5년이다, 사에. 5년만 지나면 그만둘 거야. 그러니까, 그때까지 참아 줘."

다이키는 사에가 자고 있는 침실을 향해 이야기했다.

뭐가 최고 수준의 선수라는 거야, 네가 프로선수냐? 아니잖아—다이키를 야유하는 동료들의 목소리가 귓가를 맴돌았다.

"앞으로 5년이면 돼. 5년. 그러면 농사든 뭐든 도울 거야."

졸음이 밀려왔다. 다이키는 헤드램프에 손을 뻗었다.

불을 끄기 직전에 판사와 같은 태도로 다이키를 올려다보는 톰바의 얼굴이 시야에 들어왔다.

톰바의 머리를 쓰다듬으며 다이키는 눈을 감았다.

이내 잠이 밀려왔다.

5

아침부터 시간이 분주히 흘러간다. 여름 채소—양상추 같은 잎채소 주문이 물밀듯이 쇄도했다. 아직 아침도 밝기 전에 일어나 밭에서 수확한 채소들을 상자에 담아 발송 작업을 마친다. 그 사이 식사 준비를 하고 클린트를 산책시키러 나가야 한다.

숨 돌릴 새도 없어 몸이 삐걱거린다.

적어도 식사 준비와 클린트 산책 정도는 자기가 한다고 하면 좋을 텐데. 다이키는 여덟 시가 지나서야 일어나 배고프다고 징징거리며 클린트를 귀여워하기만 하고 산책에 데리고 갈 마음이 조금도 없다.

누구 덕분에 먹고사는 거야.

누구 덕분에 취미에 정신 팔려 지낼 수 있는 건데.

발송용 전표에 펜을 휘갈기며 날카롭게 서는 마음을 어찌

할 길이 없다.

"그럼 갔다 올게."

그렇게 말하고 다이키가 가게로 향한 것은 오전 열한 시를 넘긴 시각이었다.

다이키는 낮이 다 되어서 문을 열고 오후 여섯 시에 가게 문을 닫는다. 요즘 세상에 그렇게 장사를 할 수 있는 것도 사에가 자는 시간도 아껴가며 일하는 덕분이다.

허벅지에 따뜻한 감촉을 느껴 사에는 제정신으로 돌아왔다. 클린트가 몸을 밀착했다.

"아, 미안해. 클린트."

사에는 펜을 놓고 클린트의 등에 손을 얹었다. 개는 사람의 감정 흐름에 민감하다. 자꾸 짜증이 묻어나는 사에를 알아챈 것일지 모른다.

"좀 내가 짜증냈지, 거슬렸어?"

클린트는 사에의 발밑에 웅크렸다. 그러나 얼굴은 밖을 향하고 있다. 언제부터인가 클린트가 늘 서쪽을 바라본다는 것을 알아차렸다. 정확하게는 남서쪽이다.

서쪽에 뭔가 있니?—클린트에게 몇 번이나 물었지만 대답은 당연히 돌아오지 않았다.

단순한 우연일까. 아니면 원래 키우던 집이 서쪽에 있는 것일까.

인터넷의 SNS에 클린트의 사진을 올리고 주인은 없는지 물어보기도 했다. 이만큼 훈련이 잘된 개니까 말이다. 주인이 애정을 쏟았음에 틀림없었다. 뭔가 착오가 있어 클린트가 주인을 잃어버린 것이라면 주인은 혈안이 되어 클린트를 찾고 있을 터였다.

그러나 주인에게서 답은 없었다. 단서가 될 만한 정보도 전혀 없었다.

"넌 정말 어디서 왔니?"

웅크린 채 서쪽을 바라보는 클린트에게 말을 걸었다. 귀를 올릴 뿐 클린트는 움직이지 않는다.

스마트폰이 울렸다. 사에는 반사적으로 스마트폰을 잡았다.

"여보세요?"

"〈바람의 마을〉인가요?"

여자 목소리가 사에의 인터넷 쇼핑몰 이름을 댔다. 아직 삼십 대로 느껴졌다. 목소리가 까랑까랑했다.

"네, 그런데요."

"지난번에 무농약 양상추랑 오이를 주문한 사람인데요, 어제 도착했거든요."

목소리에 적의가 묻어난다. 경계심이 일었다. 클린트가 일어나 사에의 표정을 살핀다.

"양상추를 잘랐는데 안에서 애벌레가 나왔어요, 애벌레요."

"죄송합니다. 저희 채소는 모두 무농약 유기농으로 재배하고 있습니다. 수확할 때 확인은 하는데 가끔 못 보고 놓칠 때도 있습니다. 그래서 홈페이지에 그러한 설명을 드리고 있습니다만—."

"무슨 소리 하는 거예요? 애벌레라니까요, 애벌레. 무농약이든 뭐든, 애벌레가 있는 채소를 파는 게 제정신인가요. 잘못 먹었으면 어떻게 책임질 건데요?"

이야기하면 할수록 상대방 목소리는 신경질적으로 변했다.

"그러니까요, 그런 경우도 있다고 홈페이지에 설명해 드렸고요."

"내가 잘못했다는 거예요? 주의사항도 안 읽고 주문한 제가 잘못됐다는 거예요?"

"아니요. 그게 아니라—."

"나는요, 몸에도 좋고 맛있는 채소를 먹고 싶을 뿐이라고요. 애벌레가 붙어 있는 줄 알았으면 주문하지도 않았어요. 무슨 생각으로 그래요?"

애벌레는 상관없잖아. 잘 씻어서 먹으면 아무 문제도 없다고—그렇게 외치고 싶은 것을 사에는 참았다.

"정말 죄송합니다. 원하시면 환불 처리해 드릴게요."

"당연한 거 아니에요? 벌레 있는 이런 채소를 누가 돈 내고 먹어요. 그렇게 해서 돈 받으면 사기죠, 사기."

스마트폰을 잡은 손이 떨렸다.

때때로 엉뚱한 클레임을 거는 손님은 있지만 이 정도로 오만한 말을 듣는 것은 처음이었다.

상대를 향한 욕이 목구멍까지 끓어올랐다.

클린트와 눈이 마주쳤다.

도와줘, 클린트. 날 도와줘—클린트에게 간청했다.

클린트가 사에의 허벅지 위에 턱을 얹었다. 클린트의 따스함이 얼어붙었던 사에의 마음을 금세 녹였다.

"그럼, 바로 처리해 드릴 테니 수고스러우시겠지만 홈페이지에서 환불 절차를 진행해 주세요. 불편을 드려 정말 죄송합니다."

"두 번 다시 주문 안 해요."

일방적으로 전화가 끊겼다.

사에는 입술을 악물며 클린트의 머리를 쓰다듬었다.

"고마워. 네가 없었다면 화냈을지 몰라. 손님 상대로 장사하면서 그러면 안 되는데……."

클린트가 머리를 들고 사에의 손을 날름 핥았다.

그런 거, 신경 쓰지 마—그렇게 말해 주는 것 같았다.

"그래. 정신 차려야지. 할 일은 엄청 많고 기다려 주지 않으니까."

사에는 펜을 쥐고 발송 작업을 다시 시작했다.

얼마 지나자 다시 전화가 울렸다. 화면으로 조심스레 전화를 건 상대를 확인한다.

다이키였다.

"여보세요, 나야."

"알아, 왜?"

퉁명스런 목소리가 나왔다.

"날씨가 아까울 정도로 너무 좋아서 지금 우시다케 가서 뛰고 오려고. 저녁은 햄버거 먹고 싶은데."

다이키는 늘 그렇듯 사에의 기분 따위 안중에도 없었다.

"정신없이 바빠 죽겠는데 남편은 도와주기는커녕 산악 마라톤 취미나 즐기러 간다고 하고, 엄청 힘든 건 아닌데 햄버거처럼 손 많이 가는 요리는 못 해."

사에는 봇물 터진 듯 쏘아붙였다.

"어? 뭐 화났어?"

"아니."

예전에는 천진난만하다고 생각했던 부분이 지금은 무신경하다고밖에 생각되지 않는다. 다이키는 다른 사람 마음을 읽는 능력이 절망적일 정도로 부족하다.

"사에도 알겠지만, 나, 단순작업 잘 못해. 도와주고는 싶은데, 힘들어."

"그 말투, 좀 어떻게 안 돼? 열받아."

"미안, 미안."

다이키는 조금도 미안한 것 같지 않은 목소리로 말했다. 화가 더 치밀었다.

"암튼, 갔다 올게. 저녁, 간단하게 먹어도 괜찮으니까."

전화가 끊겼다. 사에는 스마트폰을 꽉 쥔 채, 한숨을 내쉬었다.

“수고한다든지, 고생이 많다든지, 왜 그런 말을 못할까? 그 한마디면 살 수 있을 것 같은데.”

사에는 두 손으로 얼굴을 감쌌다. 갑자기, 어찌할 수 없는 맘에 가슴이 답답하고 눈물이 흘렀다.

정말 좋아했었는데. 불타는 사랑을 했는데. 결혼해서 행복해질 거라 맹세했는데.

팔을 뻗어 클린트를 어루만졌다. 클린트만이 위안이 되었다.

“곁에 있어 줘서 고마워.”

사에는 클린트의 털에 얼굴을 묻고 울었다.

6

"톰바, 이리 와 봐."

다이키는 소파에 몸을 던지며 톰바를 불렀다. 톰바가 가볍게 달려와, 소파 위로 뛰어올랐다. 톰바를 끌어안고 머리와 등, 가슴을 세게 쓰다듬었다.

톰바는 기쁜 듯이 표정을 풀었다.

"점심에 뭔 일 있었어? 사에 기분 안 좋지?" 다이키가 톰바에게 말을 건넸다. "나 돌아온 후 밥 다 먹을 때까지 한마디도 안 했어."

다이키는 욕실을 살폈다. 저녁 설거지를 마치면 목욕하러 들어가는 것이 사에의 습관이었다.

"저녁밥도 인스턴트 카레였어. 아무리 바빠도 예전에는 제대로 만들어 줬는데. 푹 끓여서 걸쭉해진 비프 카레. 사에가 만든 카레 정말 좋아하는데 한동안 안 먹은 것 같아…… 아,

아니다. 지난달에 먹었다."

다이키는 쓴웃음을 지으며 머리를 긁적였다.

"아무튼, 사에가 요새 계속 기분이 안 좋네. 너한테 화풀이하거나 안 그래?"

톰바가 꼬리를 흔들었다.

"뭐, 그럴 여자가 아닌 건 알지만. 피곤한가 보다. 너무 일을 많이 해서 그래."

입으론 그렇게 말해도 사에가 자는 시간도 아까워하며 일하는 덕분에 자신이 하고픈 것을 하면서 사는 것을 잘 알고 있다.

"그래도 나름 신경 쓰고 있는데, 부족한가?"

톰바는 꼬리를 계속 흔들었다. 지금까지는 사에의 기분이 안 좋으면 집안 공기가 가라앉아 가만히 있기가 힘들었다. 그런데 톰바가 있으니 뭔가 달랐다.

쉬지 않고 흔드는 꼬리가 정체된 공기를 휘저어 주기 때문일까.

"너도 부족하다고 생각해? 그게 내 단점이지. 사람 마음을 모른다고 해야 하나? 자꾸 내 일에만 정신이 팔리게 돼. 어떻게 하면 되겠니?"

톰바가 소파에서 뛰어내렸다. 거실을 가로질러 문 쪽에 멈춰 서서 뒤돌아본다.

"뭐야? 따라오라고?"

다이키가 일어서자 톰바가 복도로 나갔다.

뒤를 따라간다. 톰바는 현관 앞에 있었다. 벽에 걸린, 산책 갈 때 하는 목줄을 올려다보며.

"지금부터 산책 나가자고? 그건 아니지."

다이키는 멈춰 서서 허리에 양손을 올렸다.

톰바가 갑자기 목줄에 흥미를 잃었다는 듯이 다이키 옆을 지나 거실로 돌아갔다.

"뭐야, 도대체?"

다이키도 고개를 갸웃하며 거실로 돌아갔다. 톰바는 소파 위에서 몸을 웅크리고 엎드렸다.

"너 무슨 말을 하고 싶은 건데? 하고 싶은 말 있으면 제대로 말해."

톰바를 밟지 않도록 신경 쓰면서 소파 끝에 앉았다.

"목줄을 나한테 보여 주고는 싶은데 산책 가자는 건 아니고? 어렵네…… 아니, 개가 사람한테 퀴즈 내냐?"

혼자서 북 치고 장구 치던 다이키가 힘없이 웃었다.

"네가 말을 했으면 정말 좋겠다."

톰바를 쓰다듬었다. 그 순간, 몸에 전류가 흐르는 기분이 들었다.

"맞아…… 요새 사에가 해도 뜨기 전에 밭에 나가서 수확하고 있지. 네 아침 산책 정도, 내가 대신하는 게 좋겠다. 그런 말이지, 톰바?"

톰바가 목줄 쪽으로 다이키를 데려간 것은 그런 의미일지도 몰랐다.

"그 정도로 머리가 좋을 줄은 몰랐는데 힌트를 얻은 것 같네. 이걸로 사에 마음이 풀어지면 좋겠다. 잠깐만 기다려."

다이키는 주방으로 향했다. 냉장고에서 캔맥주와 찐 고구마를 꺼내 소파로 돌아왔다.

캔맥주 뚜껑을 따고 캔을 톰바 코에 살짝 들이댔다.

"건배. 사에 마음이 풀어지길."

맥주를 한 모금 들이켜고 톰바에게 고구마를 주었다.

"이건 힌트를 준 데 대한 감사야. 내일부터 아침 산책은 나랑 가자. 조금 일찍 일어나야겠다."

다이키는 웃으며 맥주를 연거푸 들이마셨다.

7

밭 수확을 마치고 귀가하자 다이키와 클린트의 모습이 안 보였다.

며칠 전에 다이키가 갑자기 "톰바 아침 산책은 내가 갈게"라고 말을 꺼냈다.

어차피 작심삼일로 끝나겠지 했는데 다이키와 클린트의 아침 산책은 아직 이어지고 있다.

산책을 다녀오는 건 고마운데 클린트 식사 준비까지는 생각하지 못하는 것이 다이키답다.

결국, 사료를 미지근한 물에 데우고 그릇을 깨끗이 닦아 물을 담는 것은 사에의 일이었다.

딱딱한 사료를 그대로 먹이고 그 후에 물을 마시면 위 안에서 사료가 팽창해 위경련 등의 병을 일으킬 수 있다.

클린트가 처음 집에 왔을 무렵, 가끔 다이키가 클린트에게 사료를 그대로 주었는데 사에가 그런 말을 하며 주의를 주자 "귀찮네"라는 한마디를 남긴 이후 사료엔 손도 안 대려고 한다.

"뭐가 귀찮대. 당신 밥 만드는 게 훨씬 귀찮아. 그리고 톰바가 아니라 클린트야."

다이키는 클린트를 계속 톰바로 불렀다. 사에는 클린트라고 부른다. 상내방이 다른 이름으로 개를 불러도 다이기나 사에 모두 신경 쓰지 않았다. 클린트도 어느 이름으로 불려도 잘 반응한다.

"그런 부부가 돼 버렸네."

사에는 용기에 담은 사료에 주전자의 미지근한 물을 부었다.

미지근한 물은 금세 식겠지. 사료도 몇 십분 후에는 불어서 형태를 잃어버릴 것이다.

사랑도 그렇다. 사에와 다이키 사이에 있던 사랑은 십수 년이라는 세월 동안 식어 형태를 잃어버렸다. 이제, 다시 돌아갈 수 없다.

그런 생각만으로도 이유 없이 눈물이 흘러내렸다. 다이키 때문에 슬픈 거라고 생각하자 화가 났고 급기야 눈물이 흐른다.

다이키를 선택한 것은 자신인 것이다. 그러니 이건 자업자득이다.

사에는 자신에게 말했다.

더 이상, 다이키를 우둔하다고 생각하고 싶지 않았다.

눈물은 멈추지 않았다. 밭 작업을 하느라 손에 묻은 흙을 닦고 젖은 손으로 눈물을 훔쳤다.

마지막으로 화장한 것이 언제였더라—문득 그런 생각이 들었다.

아무리 생각해도 떠오르지 않는다. 화장하고 옷을 갖춰 입고 외출한 것이 몇십 년 넘게 지난 일처럼 느껴진다.

침실로 가 옷장 의자에 앉았다. 거울을 들여다본다. 농사 일로 머리는 땀에 젖었고 화장기 없는 얼굴은 푸석했다. 이제 갓 마흔을 넘긴 나이인데 거울에 비친 얼굴은 육십 대 같았다.

이건 아니다. 아무리 못해도 눈썹을 그리고 립스틱을 발라야겠다.

그런 생각이 들어 화장품을 살펴보았다.

눈썹 그리는 펜슬을 깎아야 하는데 깎을 도구가 보이지 않았다. 립스틱은 온통 유행과는 거리가 먼 색이었다.

사에는 거울에서 등을 돌렸다.

이렇게 살려고 한 게 아닌데.

사랑하는 사람과 결혼해 행복한 가정을 만들고 싶었다. 아이가 안 생긴 건 누구 탓도 아니다. 그래도 웃음이 끊이지 않는 부부로 살 수 있었을 것이다.

지금은 진심으로 웃을 수 있는 것은 클린트가 곁에 있어 줄

때뿐이었다.

"빨리 돌아와, 클린트, 제발."

사에는 힘없이 축 늘어졌다.

8

"오늘은 우시다케에 가자. 너랑 만난 그 산 말이야."

운전대를 잡으며 다이키가 말했다. 톰바와 집 주변을 도는 것도 이제 질려 버렸다.

몇 년이나 정해진 코스를 개와 산책하는 주인들 마음을 모르겠다.

주인이 싫증났으니 개도 질렸을 것이다.

중간에 편의점에 들러 행동식으로 쓸 식료품을 사들였다.

등산이든 산악 마라톤이든 행동식은 필수품이다. 흔히들 당 떨어졌다는 말을 하는데 체내 에너지가 고갈되면 극도의 저혈당 쇼크 상태에 빠지는 것을 말한다. 그렇게 되면 자력으로 움직일 수 없게 된다.

그렇게 되지 않도록 쉽게 에너지로 변환할 수 있는 음식을 갖고 다닐 필요가 있다.

사는 김에 개가 먹는 육포도 샀다.

"톰바에게도 행동식은 필요하니까."

물은 집에서 갖고 왔다. 톰바와 산책 나온 김에 산속을 달리는 것이다. 본격적인 훈련은 아니니 필요 이상으로 신경 쓸 것도 없다.

늘 주차하던 곳에 차를 세우고 러닝슈즈로 갈아 신었다. 준비운동으로 몸을 충분히 풀고 배낭을 메고 톰바의 목줄을 잡았다.

가능하면 맘껏 달리게 하고 싶은데 톰바가 제대로 따라와 준다는 확신이 없는 이상 목줄 없이는 힘들다. 만일 산속에서 톰바를 놓쳐 찾지 못한다면 사에는 평생 자신을 용서하지 않을 것이다.

"자, 가자."

다이키가 달리기 시작하자 톰바도 달렸다. 다이키가 달리는 속도에 맞춰 함께 달렸다. 그 달리는 모습이 우아했다.

"좋아, 톰바."

등산로에 들어서자 톰바는 다이키 뒤로 물러섰다. 길이 좁아 나란히 달릴 수 없었다.

다이키는 달리면서 목줄 길이를 조절했다. 많이 달려 익숙한 등산로도, 톰바가 함께하니 새로웠다.

"어때? 기분 좋지, 톰바."

톰바가 웃었다. 다이키 얼굴에도 웃음이 번졌다.

"그치. 공기는 맑고 최고지? 사에는 산악 마라톤이 왜 좋은지 몰라."

다리 근육도 심폐 기능도 최고 컨디션이다. 평소 하던 산악 마라톤보다 좀 빠른 속도지만 숨이 차지도 않았고 근육이 불평을 하지도 않았다.

고도가 올라갈수록 산세도 가팔라졌다.

달리는 속도를 올리려다가 다이키는 그만두었다.

산악 마라톤이라면 근육에 더 부하를 줄 필요가 있다. 그러나 오늘은 톰바 산책 대신 나온 것이다.

스포츠라면 자꾸 잘해 보려고 하는 것이 자신의 나쁜 버릇이라고—다이키는 쓴웃음을 지으며 생각했다.

30분 정도 달렸을 때 다이키는 걸음을 멈췄다.

"쉬었다 가자, 톰바."

물을 마시고 거칠어진 호흡을 가다듬는다. 톰바도 호흡이 거칠지만 표정은 태연했다.

그때 더러워진 상태를 보면 몇 주나 산속을 헤맸을 것이다. 산에는 익숙하겠지. 이까짓 걸로 녹초가 될 리도 없다.

"너도 물 마실래?"

톰바가 다이키를 올려다봤다. 물통 뚜껑에 물을 채우고 톰바 입가에 가져갔다. 톰바는 철퍽철퍽 소리를 내며 물을 마셨다.

"넌 타고난 달리기 선수야. 부럽다."

톰바 머리를 쓰다듬고 물통을 배낭에 다시 넣은 김에 구연산이 든 알약을 꺼내 입에 넣었다.

그것만으로 몸이 개운해지는 기분이 드는 것은 지나치게 긍정적인 성격 탓일까.

톰바에게 육포를 주었다.

"목줄 없어도 괜찮지? 어디 맘대로 가거나 하지 않을 거지?"

육포를 씹는 톰바에게 물었다. 목줄을 잡은 채 달리는 것이 번거로웠다.

톰바가 육포를 다 먹자 다이키는 목줄을 풀어 배낭에 집어넣었다.

"앞으로 30분 정도 달린 후 돌아갈까? 사에가 걱정할지 모르니까."

톰바 머리를 톡 치고 다이키는 다시 달리기 시작했다.

열 걸음 달릴 때마다 뒤를 확인한다. 톰바는 잘 따라오고 있었다.

"좋아, 잘하고 있어, 톰바."

다이키가 외쳤다.

9

“어디까지 간 거야, 진짜.”

다이키와 클린트가 돌아오지 않았다. 몇 번이나 전화했지만 다이키의 스마트폰은 연결되지 않았다. 라인(LINE)으로 문자를 보내도 답이 없다.

“사고라도 당한 건가?”

안절부절못하며 사에는 차에 올라탔다.

근처 논길을 구불구불 달리며 돌아다녔지만 다이키와 클린트의 모습은 어디에도 보이지 않았다. 농사일을 하는 지인에게 물어봐도 다이키를 봤다는 답은 없었다.

“어디까지 간 거야?”

불안과 짜증이 점점 커져갔다.

클린트에게 무슨 일이 생기면 절대로 다이키를 용서하지 않을 것이다.

운전대를 잡으며 그런 생각을 했고, 그런 자신이 기가 막혔다.

만일 무슨 사고라도 났다면 클린트뿐 아니라 다이키도 무사하지 않을지 모른다. 그러나 다이키가 큰 부상을 입었다 해도 클린트가 무사하다면 그걸로 됐다고 생각하는 자신이라니.

십수 년 인생을 함께해 온 남편보다 함께 산 지 한 달도 안 된 개를 더 소중히 여기는 것이다.

사에는 차를 갓길에 세웠다. 좌석 등받이에 체중을 실은 채 눈을 감았다.

"이제 우린 안 돼……."

혼잣말을 하며 입술을 깨물었다.

10

시야가 트이자 허물어지기 쉬운 급사면이 나타났다. 등산로는 점점 좁아지고 크고 작은 돌과 바위가 눈에 띄게 많아졌다. 등산로 왼편은 낭떠러지여서 만일의 사태가 일어나면 50미터 가까이 미끄러져 추락하게 된다.

다이키는 달리는 속도를 늦추고 흔들리는 돌을 조심한다.

"너도 조심해야 해, 톰바."

뒤에 있는 톰바에게 말을 건넸다. 톰바의 리드미컬한 숨소리가 답 대신 돌아왔다.

첫 휴식 지점에선 30분만 더 달리고 하산할 생각이었는데, 달리는 동안 저도 모르게 푹 빠져서 벌써 한 시간 가까이 계속 달리고 있다.

이 급사면을 벗어나면 쉬자. 톰바도 지쳤을 것이다.

기온이 급격하게 올라갔다. 몸은 땀범벅이 되고 목은 바싹 바싹 말랐다. 땀을 너무 많이 흘린 탓인지, 오른쪽 허벅지 안쪽 근육에 이따금씩 경련이 일었다.

"주체 못 하고 너무 내달렸나 보다."

다이키가 중얼거렸다. 젊었을 때는 그날의 컨디션 같은 건 생각하지 않고 몸을 움직일 수 있었는데 지금은 그렇게 할 수 없었다.

컨디션의 호조 난조가 확실할 뿐만 아니라 좋다고 너무 달리면 도중에 방전되고 만다.

그러나 배낭에 늘 넣어 다니는 아미노산 보충제를 먹으면 근육 경련은 금세 좋아진다.

"쉴 때 물과 영양 보충제 먹자."

100미터 정도 달리면 급사면이 끝나고 다시 삼림대가 나온다. 거기에서 쉬어갈 생각이다.

"이제 조금 남았어, 톰바. 조금 더 달리다 쉬었다가 내려가자."

등산로가 급사면에서 삼림대로 바뀌는 포인트가 눈에 들어왔다.

이제 조금 남았어—그런 생각을 하는 순간, 갑자기 등 뒤의 톰바가 짖었다.

"뭐야? 곰?"

반달가슴곰과 맞닥뜨릴 공포에 다리가 얼어붙었다. 달리다 멈췄다. 관성을 버티려고 다리에 힘을 주니 오른쪽 허벅지 근육에 쥐가 났다.

"윽!"

아픔에 얼굴을 찡그리며 왼쪽 다리로만 섰다. 다리가 휘청거렸다. 흔들리는 돌을 밟았던 것이다.

큰일 났다—그런 생각과 동시에 균형을 잃었다. 몸이 왼쪽으로 기울면서 다리가 공중에 떴다.

필사적으로 팔을 뻗어 보았지만 손은 허공을 허우적댈 뿐이었다.

"톰바!"

도와 달라고 톰바를 불렀다.

소용없었다. 다이키는 낭떠러지로 미끄러져 떨어졌다.

"톰바, 사에—."

사랑하는 사람들의 이름을 불렀다. 뭔가에 몸이 크게 부딪혔고 다이키는 의식을 잃었다.

11

헬리포트에 착륙한 헬리콥터에서 산악구조대 유니폼을 입은 남자들이 내렸다. 헬리콥터 밖으로 끌어낸 들것을 남자들이 밀면서 이쪽으로 다가왔다.

사에는 마른침을 삼켰다.

정오가 지나도 다이키와 클린트는 돌아오지 않았고, 설마 하는 맘에 우시다케로 차를 몰았다. 등산로 근처에 다이키의 차가 세워져 있었다.

산에서 무슨 일이 생긴 것이다.

그런 생각이 든 사에는 경찰서로 향했다.

도야마 현 경찰 소속의 산악구조대가 절벽 아래로 추락한 다이키의 시신을 발견한 것은 오후 다섯 시 가까이 되었을 무렵이었다.

나이가 많은 구조대원이 사에 앞으로 왔다.

"면허증을 소지하고 있어서 남편 분이 틀림없다고 생각합니다. 혹시 모르니 시신을 확인해 보시겠습니까?"

들것에 실린 다이키의 시신에는 시트가 씌워져 있었다.

"안 보는 게 좋나요?"

사에가 되물었다. 추락해 바위에 부딪힌 시신의 처참함은 다이키에게 수없이 들어왔다.

"얼굴만이라도 확인해 주세요. 상당히 손상이 심하니 그 점은……."

"알겠어요."

구조대원이 시신을 덮은 시트를 걷었다. 사에는 눈을 감았다.

"남편이에요."

반사적으로 말했다.

"감사합니다. 뭐라 드릴 말씀이 없습니다."

구조대원은 시트를 다시 올렸다. 다이키를 향해 손을 모으고 고개를 숙였다.

"그럼, 시신을 경찰에 운송하겠습니다."

"저기요—."

사에가 구조대원을 불러 세웠다.

"무슨 일이시죠?"

"남편이 추락한 장소 근처에서 개 못 보셨나요? 셰퍼드와 비슷한 잡종인데요. 남편과 함께 산에 있었을 거예요."

“등산로에 올랐던 구조대원들이 그 개를 봤다고 합니다. 남편 분이 추락한 급사면 등산로에서 시신을 가만히 내려다보고 있었다고 하던데요. 구조대원을 알아보곤 몸을 돌려 달아나 버렸다고 하네요. 개 주인일 거라 생각해 구조대원들이 나눠서 탐색했는데 아직 못 찾았다고 합니다.”

“그렇군요…….”

사에는 가슴을 쓸어내렸다. 클린트는 무사한 것이다. 그 사실을 안 것만으로 살았다는 생각이 들었다.

“강아지 이름을 알려 주시겠어요? 이름을 부르면 나타날지도 몰라요.”

“클린트…… 톰바예요.”

사에는 웃었다. 다이키와 함께 산속에 갔으니 계속 톰바로 불렸을 것이다. 그렇다면 사에가 이름 붙인 클린트보다 톰바라는 이름에 반응할 것 같았다.

“그럼, 대원들에게 전할게요.”

“잘 부탁드립니다.”

사에는 다시 고개를 숙였다. 구조대원들이 주차장 쪽으로 들것을 밀고 간다.

시신을 찾았다는 부음을 들었을 때 터져 나온 눈물은 진즉에 말라붙었다.

내가 널 생각해서 다이키가 죽은 거야—죄책감이 가슴을 후벼 팠다.

"죽었으면 좋겠다고 생각한 게 아니야."

사에는 하늘을 올려다봤다.

"클린트, 빨리 돌아와. 부탁이야."

저물어 가는 하늘을 향해 기도했다.

* * *

"멍멍이, 아직 못 찾았다고?"

불단 앞에서 향을 피우고 난 후 스미가 사에를 돌아봤다.

사고사여서 다이키의 시신은 행정해부(行政解剖)를 하게 되었고 자택으로 돌아온 것은 일주일 후였다. 장례식은 그저께 끝났다. 클린트가 사라진 지 벌써 열흘 가까이 지났다.

"서방뿐만 아니라 멍멍이도 없어져서 너무 힘들지?"

"네. 정말이지, 너무 쓸쓸하고 외롭고."

사에가 미소 지었다.

"그래, 은혜를 모르는 개네."

"그건 아니에요."

사에는 말했다.

"아니라니 뭐가?"

"우린 한 무리였어요. 근데 그 무리가 무너진 거예요. 그래서 클린트는 떠나간 거고요. 자기의 진짜 무리를 찾기 위해서요."

"무슨 말인지 모르겠어, 사에짱. 괜찮지?"

"전 괜찮아요. 맞다, 내년에 할머니 논, 제가 열심히 가꿔 볼게요."

"정말?"

"네. 앞으로도 열심히 일할 생각이라서요."

사키 찻주전자를 따라 스미에게 찻잔을 건넸다. 스미가 차를 마신다.

그래. 일해야 해. 아침부터 밤까지 바쁘게 일하면 죄책감에 괴로워할 시간도 없어지겠지.

그런데, 그전에 개를 기를 것이다.

사에는 자신의 찻잔을 기울였다.

그리고 새로운 내 사람을 만드는 것이다.

"그러고 보니, 아는 사람 중에 강아지 분양 받을 사람을 찾고 있던데, 사에짱 어때?"

사에의 마음을 읽었다는 듯 스미가 입을 열었다.

"저 할래요."

사에가 바로 대답했다.

매춘부와
개

1

미와는 차창을 열었다. 흙먼지 섞인 공기가 차 안으로 밀려 들어온다. 섣달의 찬바람을 맞아도 온몸의 열기가 식지 않는다.

땀이 눈에 흘러든다. 이마에 맺힌 땀을 손으로 닦는데 피부가 까칠하다.

"아, 싫다."

진흙투성이가 된 손을 물티슈로 정성껏 닦았지만 완전히 지워지지 않았다. 네일 아트를 한 손톱 안에도 흙이 들어갔다.

얼른 집에 들어가 뜨거운 욕조에 몸을 담그고 싶다. 피부 속까지 물든 더러움을 씻어 내고 싶다.

콘솔에서 담배를 꺼내 물었다. 불을 붙이려는데 손이 떨렸다. 아무리 기다려도 떨림은 진정될 기미를 보이지 않았다. 미와는 포기하고 불을 붙이지 않은 담배를 차창 밖으로 던져 버렸다.

다음 순간, 헤드라이트 불빛에 무언가 들어왔다. 급히 브레이크를 밟았다. 흙먼지가 심하게 피어올라 미와는 당황해 창문을 닫았다.

"뭐지?"

차를 세우고 주변을 살폈다. 사슴이나 멧돼지인가. 설마 곰은 아니겠지.

흙먼지가 잠잠해졌다. 헤드라이트 불빛이 비추는 주변에 야생동물의 모습은 없었다.

"기분 탓인가?"

미와는 참았던 숨을 내뱉으며 다시 이마의 땀을 손으로 닦았다. 피부가 거칠었다. 손도 계속 떨렸다.

"정말 싫다."

액셀을 밟으려다가 그제야 전방에 뭔가 누워 있는 것을 알아차렸다. 차에서 10미터쯤 떨어진 곳이었다. 개과 동물인 것 같은데 크기로 보니 여우나 너구리는 아니다.

"새끼 곰은 아니겠지?"

미와는 눈을 깜박였다. 시골에 살았던 할아버지의 말이 귓가에 울렸다.

—새끼 곰 근처에는 반드시 어미 곰이 있으니까 함부로 다가가면 위험해.

그러나 임도(林道)에 누워 있는 것은 곰으로도 안 보였다.

조심스레 경적을 울려 보았다. 차의 헤드라이트 불빛 외에 무엇 하나 인공 불빛이 없는 숲속에서 경적 소리가 어둠 속으로 빨려 들어가듯 사라졌다.

누워 있던 것이 얼굴을 들었다. 불빛을 받아 눈이 영롱하게 빛났다. 개다. 떠돌이 개나 들개일까.

"비켜."

다시 경적을 울렸다. 개는 움직이지 않았다. 머리를 들고 꼬리를 살랑살랑 흔들었다.

"비키라니까. 치인다고!"

외치면서 다시 한 번 경적을 울렸다. 역시 개는 움직이지 않았다.

"좀 제발."

왜 항상 이런 일을 당하는 걸까. 그런 생각이 들자 눈물이 쏟아졌다.

이제 두 번 다시 울지 않겠다고 맹세한 것이 불과 몇 시간 전인데.

"제길!"

외치며 문을 열었다. 움직이면 바로 닫을 생각이었는데 역시 개는 움직이지 않는다. 얼굴을 들어 차 쪽을 바라보고 천천히 꼬리를 흔들 뿐이다.

그 모습이 도움을 청하는 것처럼 보였다.

미와는 차 뒤로 돌아가 트렁크를 열었다. 진흙이 묻은 삽을 잡았다.

"도와 달라고? 갑자기 뛰어들거나 하진 않을 거지? 난 삽을 갖고 있으니까 달려들면 날려 버릴 거야."

양손으로 삽을 쥐고 신경을 곤두세우며 개에게 다가갔다.

셰퍼드와 비슷한데 그것치곤 몸집이 작다. 셰퍼드와 다른 개의 잡종인 걸까.

"너 왜 그러니?"

말을 걸자 개가 꼬리를 더 많이 흔들었다. 사람에게 익숙한 건지 모르겠다.

"다쳤니?"

개의 하반신 털이 무언가에 젖어 몸에 달라붙어 있었다.

"피인가?"

미와는 공포를 잊고 개에게 다가갔다. 개는 거친 숨소리를 내고 있었다.

"만지기만 할게. 물지 마."

개를 겁주지 않기 위해 가만히 팔을 뻗어 뒷다리를 만졌다. 젖은 손가락을 눈앞에 가까이 댔다. 피였다.

"다쳤구나. 어떻게 하지."

상의 주머니 속에서 스마트폰을 꺼내려다 미와는 그만두었다.

이런 시간에 마을과 떨어진 산속에 있는 이유를 어떻게 설명할지 적당한 거짓말이 떠오르지 않았던 것이다.

"잠깐만 기다려."

개에게 말을 걸고 차로 돌아갔다. 삽을 트렁크에 다시 두고 대신 방수포를 꺼내 뒷좌석에 깔았다. 혹시나 해서 트렁크에 넣어 둔 것인데 설마 이런 식으로 도움이 될 줄은 상상도 못 했다.

개가 있는 곳으로 돌아왔다.

"괜찮아? 안아 줄게."

상의는 이미 진흙으로 더럽혀져 있었다. 개의 피가 묻어도 상관없었다.

개를 안아 올렸다. 개는 깡말랐다. 슬플 정도로 가볍다.

"병원에 가자."

눈을 들여다보자 개가 미와의 코끝을 살짝 핥았다.

* * *

개의 왼쪽 허벅지가 칼날처럼 날카로운 뭔가에 당한 듯 벌어져 있었다.

응급 동물병원 수의사는 멧돼지가 어금니로 문 자국 같다고 말했다.

상처를 봉합하는 긴급수술이 이뤄졌고 그밖에 자잘한 검사도 진행했다.

미와는 일단, 귀가했다.

샤워를 하고 더러워진 몸을 씻어 내고 가벼운 식사를 한 후 병원으로 되돌아왔다.

자신이 기르는 개가 아니다. 그대로 방치해도 됐다. 개한테는 병원에 데려가 준 것만으로도 감지덕지일 것이다.

그러나 오늘 그 시간 그 장소에서 만났다는 점이 미와의 마음에 걸렸다.

그리고 그 개의 눈이 걸렸다. 거의 죽을 지경의 중상을 입고 도움을 요청하면서도 어딘가 초연해 보이던 눈.

왜 그런 눈을 하고 있었는지 알고 싶었다.

병원 접수처에서 상태를 물어보니 수술은 무사히 마쳤다고 알려 주었다. 생명에는 지장이 없다고.

안심하고 있는데 담당의가 왔다.

"멧돼지한테 부상당한 게 맞는 것 같더라고요. 그 개, 스가이 씨 개가 아니라고 하셨죠?"

"네. 우연히 길가에 쓰러져 있는 걸 발견했어요."

"산골짜기에서요?"

"네."

"마이크로칩이 들어 있었는데 그 정보에 따르면 이와테 현에서 기르던 개더라고요. 이름은 다몬이고 네 살 수컷이에요. 내일 주인에게 연락해 볼게요."

"저기, 개 상태는 어때요?"

수의사가 하품을 눌러 참았다. 새벽녘이 다가오고 있었다.

미와에겐 아무렇지 않은 시간이지만 보통 사람에겐 잠이 쏟아지는 게 당연했다.

“허벅지 상처는 보이는 것만큼 심하지는 않았어요. 혈액검사 결과, 감염증도 다른 병도 문제없는 것 같고요. 단지, 꽤 말랐더라구요. 영양실조 직전인 것 같아요. 수액으로 영양제 좀 투여할까요? 이틀 정도 입원하면 건강해질 거예요.”

“주인을 못 찾으면 저 애는 어떻게 되는 거예요? 이와테에서 이런 곳까지 오다니, 일반적이진 않네요.”

미와가 묻자 수의사 얼굴이 희미하게 어두워졌다.

“보건소가 데리고 갑니다. 보건소에서 새 주인을 찾게 될 텐데 못 찾을 경우에는…….”

“안락사 시키나요?”

“그게 싫으면 직접 개 주인이 되시면…….”

“제가요?”

미와는 자신을 손가락으로 가리켰다.

“이 아이의 경우, 아무래도 셰퍼드가 섞인 잡종인 것 같아서 키우고 싶다는 사람이 나타날 확률은 적다고 봐요. 인기 견종이라든가 토종견 잡종이라면 또 얘기가 달라지지만요.”

미와는 시선을 떨궜다. 개가 건강해질 때까지는 시간을 내 몇 번이라도 병문안을 올 생각이었다. 그러나 키우는 건 또 다른 얘기다.

“당장 결정할 필요는 없습니다. 주인이 와서 데리고 갈 수도 있고요. 아직 마취가 안 풀려서 자고 있는데 보고 가시겠어요?"

수의사 말에 생각하기도 전에 고개를 끄덕였다.

"그럼, 이쪽으로 오세요."

처치실이라는 팻말이 걸려 있는 방으로 안내 받았다. 진찰대 옆을 지나 안으로 들어가니 케이지들이 쌓여 있었다. 그중의 하나, 중간 높이의 케이지 안에 개가 누워 있었다. 왼쪽 앞다리에 수액 튜브가 연결된 채로.

"마취가 풀려도 체력이 떨어진 상태라 이대로 아침까지 잘 거예요."

미와는 케이지에 얼굴을 가까이 대고 안을 들여다봤다. 간호사가 씻어 줬는지 지저분하던 털이 깨끗했다. 온화하게 웃는 얼굴이 자신감에 찬 듯 보였다.

"너, 멧돼지랑 싸웠니?"

"상처가 얕아서 다행이었어요. 여기에도 가끔 멧돼지 어금니에 찔린 사냥견이 올 때가 있는데 이 정도로 끝나지 않거든요."

"이 아이, 사냥견이에요?"

"아닌 것 같아요." 수의사가 미소 지었다. "10분 정도 후에 간호사가 부르러 올 거예요. 그때까지는 함께 계셔도 좋아요."

수의사는 떠나갔다. 미와는 계속 개를 바라봤다.

"그런 산엔 왜 있었던 거야? 혼자서 멧돼지랑 왜 싸웠던 거야?"

물어봤지만 개는 잠에 깊이 빠져 있었다.

"네 주인은 어디에 있니? 이와테에서 왜 이런 먼 곳까지 왔어?"

대답해 주지 않는다는 걸 알면서도 계속해서 궁금한 것들이 머릿속에 떠올랐다.

"괜찮아. 만약 주인과 연락이 안 닿으면 내가 새로운 주인이 되어 줄게."

미와는 처치실을 나와 접수처로 곧장 향했다.

"저 아이 주인이 되려면 뭘 어떻게 해야 돼요?"

접수처에 있던 중년 여성 직원이 눈을 동그랗게 떴다.

2

"나 왔어."

미와가 목소리를 내며 집 안으로 들어왔다. 레오가 눈앞에 있었다. 문을 열기 전부터 레오가 기다리고 있다는 것을 알고 있었다.

임도에서 쓰러져 있는 것을 발견했을 때와 비교하면 몸집이 두 배 정도 커졌다. 매일 정성껏 빗질해 준 털은 윤기가 났다.

퇴원한 지 15일 정도가 지났다. 마이크로칩에 적힌 주인과는 결국 연락이 닿지 않아 미와가 데려오기로 한 것이다. 레오는 함부로 짖는 일도 실수하는 일도 없이 서서히 미와와의 새로운 생활을 받아들였다.

다몬이라는 이름은 전 주인을 떠올릴 것 같아서 사용하기 망설여졌다. 레오라고 이름 붙인 것은 예전에 어디선가 본 적 있는 애니메이션의 주인공이었던 하얀 사자와 분위기가 비슷하다고 느꼈기 때문이다.

미와가 손을 내밀자 레오가 냄새를 맡고 천천히 손등을 핥기 시작한다.

모르는 남자들이 만져 더러워진 몸을 깨끗이 닦아 주기라도 하는 것 같아 늘 맘껏 핥게 내버려 둔다.

"잘 있었어?"

만족해하는 레오를 보며 미와는 신발을 벗었다. 욕실로 직행해 꼼꼼히 손을 씻는다.

개 사료를 용기에 담아 주방 구석에 두었다.

레오는 용기 앞에 앉아서 미와를 올려다본다.

"오케이."

말을 하자 그제야 레오가 엉거주춤 일어나 용기에 얼굴을 집어넣는다. 미와는 주방 식탁 의자에 앉아 레오가 먹는 모습을 지켜봤다.

방 두 개짜리 아파트는 혼자 살기에는 휑할 정도로 너무 넓었다. 그러나 이렇게 레오와 살기 시작하니 딱 좋았다. 미와가 집을 비우는 동안 레오는 집 안을 자유로이 걸어 다닐 수 있다.

용기는 순식간에 바닥을 드러냈다.

"좀 쉬고 있어."

용기를 씻은 미와는 레오에게 말하고 욕실로 향했다. 천천히 샤워를 마치자 한 시간 정도가 지나 있었다.

식사 후 바로 산책 나가지 않을 것—레오가 퇴원하던 날,

수의사가 개를 기르기 위한 초보적인 것들에 대해 많이 알려주었다. 개 사료는 위 안에서 팽창한다. 그럴 때 심한 운동 등을 하면 위경련을 일으킬 확률이 높아진다.

"배 좀 꺼졌지? 산책 갈까?"

레오는 욕실 문 앞에서 기다리고 있었다. 미와가 샤워를 마친 후에 산책을 나가는 것을 알고 있다.

"레오는 똑똑해."

레오에게 목커버와 목줄을 채우고 미와는 스니커즈를 신었다.

"오늘은 멀리 나가 볼까."

아파트를 나와 주차장으로 향한다. 차를 보고 레오가 살짝 짖었다. 화내는 것이 아니라 흥분하는 것임을 최근에 알게 되었다.

레오를 뒷좌석에 태우고 출발했다. 동트기 전 오오츠 시내는 사람은 물론 차량 통행도 거의 없다.

제한속도를 넘는 스피드로 차를 몰았다.

미와는 차가 좋았다. 운전하는 것도 그저 앉아 있기만 하는 것도. 이 경차는 이른바 개인 룸이다. 차에 올라타 문을 잠그면 아무에게도 방해 받지 않는.

시간을 내 혼자서 드라이브를 하는 것이 미와의 유일한 기분 전환이었다.

"그런데 지금은 네가 기분 전환이 돼, 레오."

미와는 뒷좌석의 레오에게 말을 걸었다. 레오는 한곳을 바라보고 있었다. 차의 진행 방향—지금은 서쪽이다. 북쪽을 향하면 왼쪽을 보고 남쪽으로 향하면 오른쪽을 본다. 동쪽으로 가면 바로 뒤를 바라본다.

레오가 무엇을 찾고 있는지 미와는 전혀 알 수 없었다.

"고토(湖東) 쪽으로 가 볼까. 이 시기 이 시간대에는 분명 아무도 없을 거야. 맘껏 놀아도 돼."

미와가 말을 걸어도 레오는 반응을 보이지 않는다. 그저 가만히 한 방향을 바라보고 있을 뿐이다.

교차로의 신호가 빨간색으로 바뀌었다. 미와는 브레이크를 밟았다. 반대 차선에서 차가 달려온다. 블루 허슬러였다.

"차, 바꿔야 하는데……."

허슬러를 보면서 혼잣말을 했다. 미와가 운전대를 잡은 차량은 1년 전에 신차로 구입한 것이었다. 주행거리도 아직 5천킬로밖에 되지 않았다.

그러나 얼른 팔아 버리고 싶었다.

신호가 파란색으로 바뀌었다. 액셀을 밟자 공회전을 하던 차량이 다시 움직이기 시작했다.

"허슬러…… 경차는 질렸는데. 바꾼다면 어떤 걸로 할까?"

차에 타는 것은 좋아하는데 딱히 원하는 차종은 없었다. 연비가 좋으면 다 좋다. 다음에 나나에한테 상담을 받아 볼 생각이다.

나나에는 차를 너무 좋아한 나머지 한 달에 한 번, 스즈카까지 나가서 서킷 주행을 즐긴다. 미와와 같은 일을 하는 것도 차량 개조 비용을 벌기 위해서다.

비와코에 이르자 길은 북쪽으로 뻗어 있었다. 레오는 왼쪽을 향해 창밖으로 얼굴을 돌렸다.

한동안 북쪽으로 올라가니 호수 근처에 요트가 정박해 있는 마리나가 보이기 시작했다. 그 앞 교차로에서 우회진해 막다른 지점에서 왼쪽으로 도니 공원과 해수욕장이 나왔다. 목적지는 여기다. 여름엔 해수욕객들로 넘치는데 시즌이 끝나면 방문하는 이가 드물었다.

차의 진행 방향이 바뀔 때마다 레오도 바라보는 방향을 바꿨다.

"뭘 찾고 있니?"

물어봤지만 대답은 돌아오지 않는다. 미와는 한숨을 내쉬며 카오디오의 스위치를 켰다. 하루야가 즐겨찾기 선곡을 해 놓은 노래들이 흘러나왔다.

건너뛰어도 셔플로 바꿔 봐도 흘러나오는 노래는 하루야가 좋아하는 곡뿐이다.

"아, 진짜."

미와는 입술을 비틀며 오디오를 껐다. 창문을 열었다. 몸이 떨릴 정도로 차가운 바람이 흘러든다.

"아, 기분 좋다."

미와가 외쳤다.

룸미러로 비치는 레오의 시선이 미와에게 향했다.

"너도 기분 좋지? 개는 추운 걸 좋아하잖아."

바람에 휩쓸리지 않을 거라고 소리를 지른다. 레오의 꼬리가 흔들린다.

"있잖아, 레오, 네가 대신 아무 노래나 불러 봐."

미와는 말을 끊고 먼 곳을 향해 짖는 흉내를 냈다. 레오가 고개를 갸웃했다.

"닮지 않았어? 전혀 아니야?"

곤란한 표정을 짓듯 고개를 갸웃거리는 레오의 모습이 웃겨서 미와는 웃었다.

갑자기 레오가 짖었다. 먼 곳을 향해 짖는 소리다.

미와는 웃음을 멈추고 레오의 울음소리에 귀를 기울였다.

길게 끝을 늘이는 울음소리에는 힘도 있었고 어딘가 애절함도 있었다.

"누군가를 부르는 거야? 친구? 주인?"

미와가 물었다. 레오는 대답하지 않고 계속 짖었다.

* * *

"바보 같아, 나."

미와는 호수를 바라보며 멍하니 중얼거렸다. 투명한 수면은 동쪽 하늘에 떠오른 햇빛을 받아 반짝반짝 빛났다.

맘껏 물가를 뛰며 돌아다니던 레오가 발밑에서 혀를 쭉 내밀고 가쁜 숨을 내쉬고 있었다.

"아침 해는 동쪽에서 솟아오르잖아. 호수 일출을 보고 싶으면 반대쪽 고세이(湖西)에 가야 하는데 말이야."

비와호 동쪽은 석양을 보기엔 적합하지만 일출은 볼 수가 없다.

"예전부터 내가 그렇다니까. 뭔가 하나씩 덜렁거려. 머리가 나쁜 거겠지."

미와는 그 자리에 주저앉아 레오의 머리를 부드럽게 쓰다듬었다.

"다리 말이야, 이제 완전히 괜찮아진 것 같네."

다쳤던 레오의 뒷다리도 만져 본다. 막 퇴원했을 때는 뒷다리를 끌며 걸었는데 지금은 그런 모습도 사라졌다. 상처 주변의 털도 다 자랐다.

"진짜 놀랐었어. 무섭기도 했고. 너 발견했을 때 말이야."

미와는 피식 웃었다.

"근데 알고 있어? 너, 똑똑한데 나랑 닮아서 좀 모자란 구석이 있어. 산에서 다쳤는데 임도까지 어떻게든 나온 건 거기서 기다리면 누군가 사람이 지나갈 거라 생각한 거잖아?"

얼굴을 바라보니 레오가 콧등을 핥았다.

"아, 멋쩍어서 숨기려고 하네. 넌 똑똑한데 요즘 같은 때에,

그런 시간대에 그런 임도 지나가는 사람은 없어. 내가 지나가서 다행이었지. 아니면, 내가 거길 지나갈 줄 알았어?"

그 임도는 샛길은 없고 산허리에서 끊겨 있었다. 지나간 차는 반드시 돌아올 수밖에 없었다.

"설마."

미와는 고개를 저으며 이번에는 레오의 등을 쓰다듬었다.

바람막이 주머니에 넣어 둔 스마트폰이 울렸다. 장갑을 벗자 살짝 젖은 손등에 바람이 닿는다. 빠르게 체온이 내려가는 느낌이다.

올겨울은 따뜻하다고 했는데 겨울은 겨울이다. 낮에는 따뜻해도 아침저녁으로는 나름 쌀쌀하다.

주머니에서 스마트폰을 꺼냈다. 전화를 건 사람은 기무라였다.

하루야가 형처럼 모시는 남자다. 다정하고 허우대가 좋고 여자에게 인기가 많다. 그러나 속내는 시커멓다.

미와는 전화를 받지 않고 스마트폰 전원을 껐다.

"추워졌네."

바지 자락에 묻은 모래를 털면서 일어섰다.

"차로 돌아가자."

레오의 목커버에 목줄을 연결했다. 레오는 미와가 하는 대로 잠자코 있었다. 더 놀고 싶다고 떼를 쓰지 않는다. 늘 말을 잘 듣고 미와를 잘 따른다.

인터넷에서 개 훈련법을 따로 찾아봤지만 그럴 필요는 전혀 없었다. 맥이 빠질 정도로.

레오와 함께 차 뒷좌석에 올라탔다. 편의점에서 산 미네랄워터 뚜껑을 열고 레오의 물그릇에 담아 준다. 레오는 순식간에 물을 마셨다.

미와도 물을 입에 머금었다.

"같이 자자."

몸을 옆으로 눕히자 레오가 배 위에 올라탔다. 무겁다기보다 레오의 따뜻함을 느끼는 기쁨이 더 컸다.

집에 있었다면 기무라가 들이닥쳤을지도 모른다. 하루야가 모습을 감춘 지 15일이 지났다. 하루야는 기무라에게 돈을 빌렸을 것이다.

이곳 차 안에 있으면 누구에게도 방해 받을 일이 없다.

미와는 눈을 감았다. 레오의 체온과 쏟아져 들어오는 아침 햇살 덕분에 추위를 느낄 수 없었다.

3

러브호텔을 나와 주차장으로 향했다. 미와가 소속된 데이트 클럽은 직원이 데려다주고 데려오는 일은 하지 않았다. 미와처럼 클럽과 계약한 여자는 스마트폰으로 알려 준 러브호텔로 직접 가서 손님에게 돈을 받고 알아서 귀가한다.

자신의 몫을 제외한 돈은 나중에 돈 받으러 오는 남자에게 건넨다.

가끔 돈을 갖고 도망칠까, 생각도 들지만 실제로 돈을 갖고 달아난 여자의 말로를 들으면 리스크를 무릅쓸 가치가 없다는 것을 깨닫는다.

손님은 하룻밤에 많아야 세 명이다. 근처에 오고토(雄琴)라는 안마방 거리가 있어서 빨리 끝내고 싶은 손님들은 그쪽으로 걸음을 옮긴다. 안마방은 시시하다는 사람들이 미와가 있는 데이트 클럽에 전화를 걸어온다.

일주일에 한 번 직원이 돈을 걷으러 오는데 그 사이 벌어들이는 액수는 빤하다.

미와는 스마트폰을 손에 쥐었다. 이미 한밤중이었다. 오늘은 그만 장사를 접고 싶었다. 어차피 더는 손님도 없을 것이다. 연말이라 다들 바쁘고 쓸데가 많아 지갑 사정도 좋지 않을 테니까.

코인주차장이 보였다. 미와는 가방 안에서 지갑을 꺼내려다가 걸음을 멈췄다. 미와의 차량 보닛 쪽으로 누군가가 다가오고 있었다.

스마트폰을 다시 쥐었다. 데려다주고 오는 건 없어도 긴급사태 발생 시 출동하는 남자가 몇 명, 늘 대기소에서 기다리고 있다. 손님과 트러블이 발생했을 때는 전화 한 통이면 달려와 주기도 했다.

미와는 상대를 자세히 응시했다. 가로등 불빛에 남자의 실루엣이 흐릿했다. 아무래도 담배를 피우고 있는 듯했다.

"오오, 미와. 오랜만이네."

실루엣이 미와 쪽을 향했다. 체구를 보니 상대가 기무라인 것을 알 수 있었다. 긴장했던 미와는 터져 나오려는 한숨을 참았다.

"무슨 용건?"

통명스럽게 물었다.

"네가 전화를 안 받으니까, 이렇게 일부러 찾아온 거 아냐."

기무라는 담배를 던져 버리고 신발 굽으로 밟아 뭉갰다.

"밤엔 바쁘고 낮에는 자고 있어."

가까이 올수록 기무라의 표정이 또렷해진다. 언제나 그렇듯 거짓된 웃음이 단정한 얼굴에 붙어 있다.

"하루야와 연락이 안 돼. 벌써 2주가 지났어."

"내가 번 돈 갖고 나가서 아무 소식 없어. 어차피 또 도박하면서 싸돌아다니겠지."

미와가 대답했다. 파친코와 마작은 물론 경마에 경륜, 경정까지 하루야는 도박이라면 뭐든 손을 댔다. 오오츠(大津)에는 보트 경기장이 있고, 지금은 없어졌지만 경륜장도 있었다. 교토와 다카라즈카까지 가면 경마장도 있다. 하루야 같은 사람들이 많이 있어도 이상할 게 없었다.

하루야는 도박여행이라 말하며 전국의 경마장과 경륜장을 돌아다녔고, 한 달 가까이 돌아오지 않는 일도 허다했다.

그러니까 돈이 있는 한 노는 데만 정신을 팔고, 돈이 떨어지면 미와 곁으로 돌아왔다. 또 미와를 등쳐 먹기 위해.

"도박하며 다닌다는 건 연락을 서로 했다는 거네, 지금까지는."

"나한테 말해도 곤란해."

기무라가 새 담배를 물었다.

"그 자식이 돈을 빌렸어."

예상대로였다.

"그렇구나."

미와는 일부러 쌀쌀맞게 대꾸했다.

"좀 돈이 필요해서. 바로 돌려받고 싶어."

"하루야한테 말해."

"연락이 안 되니까 여기에 왔잖아. 네가 하루야 여자니까 대신 돈 갚아."

"헛소리하지 마. 몸 팔아서 번 돈, 하루야가 몽땅 가져가서 나도 지금 힘들어."

미와는 기무라 옆을 지나 차에 올라타려 했다. 기무라가 왼팔을 잡았다.

"도망가지 마. 아직 얘기 안 끝났어."

"지금 나한테 뭔가 하면, 오오조노 씨가 가만히 안 있어."

미와는 데이트 클럽 경영자 이름을 댔다. 오오조노는 세이류카이(青竜会) 넘버 투의 아우뻘 되는 존재였다.

"허튼짓 안 해. 그냥 잠깐 얘기 좀 하자."

"갚고 싶어도 갚을 돈 없다고 했잖아. 요즘 일도 많이 없어. 단골도 젊은 여자애들한테 다 뺏기고."

미와는 스물넷이었다. 사회에서는 젊은 여자로 통하지만 이 세계에서는 이미 꺾인 여자다. 돈으로 여자를 사는 남자들은 갓 스무 살 남짓한 여자애들에게 몰린다.

"이런 장사도 안 되는 곳에서 일하니까 그렇지. 너, 교토나 오사카에 안 갈래? 그런 도시로 가면 너도 다시 잘나갈 수 있어."

"그딴 얘긴 딴 여자들한테나 해."

미와는 기무라의 손을 뿌리치고 주차요금을 지불했다. 기무라는 더 이상 집요하게 들러붙지 않았다.

"어쨌든 돈 못 돌려받으면 곤란해. 하루야한테 나한테 전화하라고 말해."

"나도 연락이 안 된다니까. 어차피 경마나 경륜해서 번 돈으로 신나게 놀고 있을 거야. 돈 떨어지면 돌아오겠지."

"그니까 돈 떨어지기 전에 그 자식을 잡고 싶다고."

"나한테 말해도 소용없어."

미와가 차에 올라탔다. 문을 닫고 시동을 건다. 기무라는 차 옆에 서서 담배를 물며 미와를 가만히 바라봤다.

"하루야에서 나로 갈아타. 좋은 남자 돼 줄게."

기무라가 말했다.

"미친."

미와가 조그맣게 내뱉고 기어를 드라이브에 넣었다. 기무라가 짧아진 담배를 손가락으로 튕겼다. 담배는 앞 유리에 맞고 불꽃을 일으켰다.

거칠게 차를 출발시켰다. 기무라가 과장스럽게 피했다. 얼굴에 달라붙은 엷은 미소가 기분 나빴다.

오늘 밤 손님은 변태적인 플레이를 요구한 쓰레기였다. 안 그래도 신경이 날카로운데 기무라 때문에 짜증이 밀려왔다.

큰길에 나오기 직전 교차로에서 신호가 빨간색으로 바뀌었다. 브레이크를 밟자 시동이 멈췄다.

미와는 브레이크 페달을 다리로 세게 누르고 눈을 감았다.

레오의 얼굴을 떠올린다.

"도와줘, 레오. 다시, 날 정화시켜 줘."

머리에 떠오른 레오에게 기도했다. 그러나 레오는 사람을 들여다보는 듯한 눈으로 미와를 바라볼 뿐이었다.

* * *

미와는 조심스럽게 아파트로 다가갔다. 기무라가 앞질러와 있을 가능성도 있었다. 그 정도로 끈질긴 남자니까.

걱정은 기우였다. 기무라의 모습은 없었고 미와는 안심하며 아파트로 들어섰다. 엘리베이터를 타고 6층으로 올라가 열쇠로 문을 열었다.

항상, 문 앞에서 기다리고 있던 레오의 모습이 안 보였다.

"레오?"

신발을 벗으며 불렀지만 레오가 나타나지 않는다.

"무슨 일이야, 레오?"

엄습하는 불안감에 미와는 가방을 던져 버리고 집 안으로 들어섰다. 레오가 거실과 주방의 정중앙 부근에 웅크리고 있었다. 주변이 오물로 어지럽혀져 있었다. 아마도 위 속의 것을 게워 낸 듯했다.

"레오, 무슨 일이야? 무슨 일이 있었던 거야?"

더러워지는 것도 개의치 않고 레오를 안아 올렸다. 레오는 미와의 품 안에서 축 늘어졌다.

"아닐 거야. 그러지 마. 레오, 정신 차려!"

레오가 눈을 떴다. 머리를 들어 미와의 뺨을 날름 핥았다. 그러나 혀에도 늘 느껴졌던 힘이 없다.

"병원에 갈 거야, 레오. 정신 차려."

레오를 안고 일어서 현관으로 향했다. 문도 안 잠그고 집을 나왔다. 엘리베이터가 1층에 도착할 때까지의 시간이 영겁처럼 느껴졌다.

차까지 뛰어가 레오를 뒷좌석에 눕혔다.

"무슨 일이야, 정말."

미와는 차를 몰았다. 레오를 발견한 밤에 찾았던 야간 응급 외래가 있는 동물병원으로 급히 달렸다. 도중에 병원에 전화를 걸어 레오의 상태를 전했다. 병원 측은 도착하면 바로 진찰할 수 있도록 대기하겠다고 말해 주었다.

"레오, 힘내. 죽으면 안 돼."

불안과 공포로 가슴이 죄어왔다. 아주 짧은 시간 함께 지냈을 뿐인데 레오는 이제 미와에게 없어서는 안 되는 존재가 되었다. 레오가 없는 생활은 생각할 수 없다.

동물병원에는 10분 만에 도착했다. 낮이라면 족히 30분은 걸렸을 것이다.

병원에는 전화로 얘기한 대로 수의사와 간호사가 대기하고 있었다. 주차장에 세운 차까지 들것을 가져와 레오를 싣고 처치실로 운반했다. 도중에 미와는 수의사에게 자세한 상황을 설명했다.

"호흡은 힘들어 보이는데 구토는 없는 것 같네."

레오의 맥을 짚은 수의사가 말했다.

"우선, 혈액 검사를 할게요. 검사 결과에 따라서는 엑스레이를 찍거나 MRI를 찍을 수도 있습니다."

"뭐든 해 주세요."

미와가 기도하듯 말했다.

대기실에서 기다리는 동안에도 미와는 끊임없이 기도했다.

하느님, 부탁입니다. 레오를 살려 주세요. 저한테서 레오를 빼어가지 마세요.

어릴 때부터 신에게 빌었던 적이 없었다. 애초부터 신을 믿지도 않았다.

그러나 지금은 믿지 않는 신에게도 매달리고 싶었다.

처치실에서 수의사가 나왔다. 미와가 소파에서 일어나 수의사에게 달려갔다. 수의사는 종이를 손에 쥐고 있었다.

"급성신부전입니다."

수의사의 말이 가슴을 파고들었다. 수의사가 손에 든 종이를 미와에게 보였다. 혈액 검사 결과가 나와 있었다.

요소가 어쩌고저쩌고 수의사가 말했지만 그 말들은 미와의 귀를 그냥 스쳐 지나갔다.

신부전이라면 위험한 거 아냐?

머릿속에서 같은 생각만 맴돌았다.

"스가이 씨?"

몇 번이나 이름이 불린 끝에 미와는 제정신으로 돌아왔다.

"아, 네."

"요새 물 마시는 양이 굉장히 늘었거나 하지 않았어요?"

미와는 끄덕였다. 그러고 보니 최근 며칠 평소의 두 배 이상 물을 마셨다.

"혈액 검사만으로는 원인을 알 수 없지만 아마도 바이러스나 뭔가가 원인인 것 같아요."

"바이러스라고요?"

"이 아이, 산속을 헤매고 다닌 것 같아요. 그러면서 진드기한테 물리기도 하거든요. 그 진드기가 옮긴 바이러스가 아닌가 싶어요. 감염된 후 어느 정도 잠복기를 거친 후 발병하는 일도 자주 있거든요. 바이러스와 싸우기 위해 신장에 부하가 걸려서 요소를 배설하는 평상시의 활동이 불가능해진 거예요."

"나을 수 있어요?"

미와가 물었다. 가능하다면 어떻게든 도와 달라고 수의사에게 매달리고 싶을 정도였다.

"만성이 아니고 급성이니까, 혹시 모르니 하루 입원시키면서 상태를 지켜봅시다. 스테로이드로 면역을 억제시키고 독소 배설 촉진제를 투여하면 일주일 정도 지나서 회복될 거예요."

"일주일이요?"

미와가 자신의 귀를 의심했다.

"네. 상처 회복 정도를 봐도 이 아이는 기초체력이 있어 보이니 그 정도나 또는 더 빨리 회복할 것 같아요."

"감사합니다."

"건강해지면 필요 없겠지만, 그래도 걱정되면 일주일 후에 다시 한 번 혈액 검사를 해 봅시다."

"네. 감사합니다. 정말 감사합니다."

수의사가 쓴웃음을 지었다.

"스가이 씨는 개 키우는 거 처음이라고 하셨죠? 건강했던 개가 축 늘어지고 토해서 깜짝 놀라셨겠지만 빨리 데려오셔서 그나마 중증이 안 된 거예요. 제가 하는 건 검사와 약 처방뿐이니까요."

"그래도 감사합니다."

미와는 깊숙이 머리를 숙였다.

* * *

집으로 돌아오자 피로가 몰려왔다. 하늘이 희끄무레해지고 있었다.

샤워를 하고 화이트 와인을 유리잔에 한 잔 따라 홀짝홀짝 들이켰다.

레오가 없다. 그것만으로도 집이 두 배 이상 휑해진 느낌이었다.

외롭고 허전하다.

외로움을 달래기 위해 와인을 한 잔 더, 유리잔에 따랐다.

스가이 씨는 개 키우는 거 처음이라고 하셨죠?

수의사 말을 떠올린다. 내가 개를 키운 적은 없다. 그러나 할아버지가 키우셨던 개는 잘 기억하고 있다.

할아버지는 후쿠이 현과 맞닿은 산골에서 농사를 짓고 사냥을 하셨다. 할머니가 오십 대의 젊은 나이에 돌아가신 후로는 쭉 혼자 사셨다. 그러나 사냥이라는 직업상, 할아버지 집에는 늘 개가 있었다.

미와의 아버지는 스가이 집안의 차남이었다. 나고야에서 대학을 졸업한 후 할아버지를 생각해 오오츠에 직장을 구해 거기에 정착했다. 큰아버지는 도쿄에서 직장을 구했고, 고모는 오사카에 있는 집으로 시집을 간 탓이다. 할아버지 곁에 누군가는 있어 드려야 한다고 생각했던 모양이다.

그렇지만 아버지도 일이 너무 바빴다. 할아버지 얼굴을 뵈러 가는 것은 1년에 몇 번뿐이었다. 추석과 설날, 그리고 골든위크 연휴 정도였다.

할아버지는 대하기 어렵고 말주변이 없는 노인이었다. 손녀인 미와에게 말을 건넨 적도, 미소를 지으신 적도 드물었다. 미와는 할아버지가 무서웠다.

그러나 그 까칠한 얼굴도 당시 기르던 기슈견 야마토에게 말을 건넬 때에는 풀어졌다.

어린 미와는 야마토에게 마법을 거는 힘이 있다고 믿었다. 야마토는 무서운 할아버지를 웃게 하고 무섭지 않게 하는 마법의 힘을 갖고 있다고.

할아버지 댁에 가면 미와는 항상 야마토 곁에 있곤 했다. 그러면 할아버지의 웃는 얼굴을 볼 수 있었기 때문이다. 게다가 야마토를 만지면 따뜻했다. 야마토는 미와에게도 다정했다.

야마토가 죽었다고 들은 것은 초등학교 3학년 때였다.

미와는 야마토와 할아버지를 생각하며 밤새 울었다.

할아버지는 야마토의 죽음을 계기로 사냥을 그만두었다. 나이가 드신 탓도 있을 것이다.

그 이후로 미와 주변에 개가 있었던 적은 없다.

화이트 와인을 홀짝인다.

할아버지와 야마토를 떠올린 것이 얼마만일까.

"할아버지랑 야마토가 보고 싶네."

미와는 중얼거렸다.

레오는 야마토와 닮은 것 같다.

야마토가 할아버지에게 그러했듯이 레오도 미와의 마음을

따뜻하게 해 주고 웃게 해 주는 마법의 힘을 지녔다.

"쓸쓸해, 레오야."

미와는 유리잔을 테이블에 놓고 침대로 기어가 이불 속으로 파고들었다.

늘 레오가 따뜻하게 해 주었던 이불이, 슬플 정도로 차가웠다.

4

"거기가 아니잖아, 레오."

늘 가던 산책 코스에서 벗어나려는 레오를 다그쳤다. 레오는 그제야 미와 옆을 따라 걷기 시작한다.

미와는 한숨이 나오려는 것을 참았다.

최근 레오가 자기 맘대로 골목을 돌려고 하는 일이 늘었다. 북쪽을 향해 걸을 때는 왼쪽으로 가려 하고 남쪽을 향해 걸으면 오른쪽으로 돌려고 한다.

차에 타고 있을 때랑 똑같다.

레오는 서쪽으로 가고 싶어 한다. 미와는 그런 확신이 들었다.

산을 헤매고 멧돼지와 싸워 큰 부상을 입은 것도 서쪽을 향해 가던 도중임에 틀림없다.

서쪽에 뭐가 있는 것일까.

잃어버린 주인이 있을까?

설마. 아무리 그래도 그건 아니지. 레오 주인은 이와테에 있다.

부정해 보지만 레오라면 혹시라는 생각도 든다. 주인이 이와테에서 어딘가로 이사했을지 모르니까.

예전에 TV 뉴스인가 어디에서 수백 킬로인지 수천 킬로인지를 달려서 주인과 재회한 개 이야기가 소개된 적이 있다.

개는 사람에겐 없는 신비한 힘을 갖고 있는지 모른다.

"주인 보고 싶어?"

미와가 레오에게 말을 건넸다. 들릴 테지만 레오는 아무 반응도 보이지 않고 미와의 속도에 맞춰 걸을 뿐이다.

"나랑 함께 있어도 안 즐겁니? 행복하지 않은 거야?"

레오가 걸음을 멈추고 천천히 고개를 든다. 사려 깊은 눈이 미와를 담고 있다. 빨려 들어갈 듯한 담흑색 눈동자의 깊숙한 곳에도 그 질문에 대한 답은 보이지 않는다.

"미안해. 이상한 말을 해서."

미와는 다시 걷기 시작했다.

투약 덕분인지 레오는 완전히 회복됐다. 재검사 결과도 너무 좋았고 증상이 재발하지 않을 거라고 수의사가 확실히 보장해 주었다.

컨디션이 원래대로 돌아오면서 동트기 전 산책도 재개했다.

일을 마치고 귀가하면 레오에게 밥을 주고 샤워를 한다. 그런 후 산책을 나간다. 샤워로 뜨거워진 몸에 겨울 공기가 기분 좋게 와 닿아 저도 모르게 걷는 거리가 늘어났다.

긴 거리를 매일 걷는 덕분인지 미와의 컨디션도 좋아졌다.

레오와 만나기 전에는 몸에 밴 남자들 냄새가 너무 싫어 들이붓듯이 술을 마시지 않으면 잠을 이룰 수 없었다.

지금은 주량도 줄었다. 귀가할 때마다 손을 핥아 주며 레오가 미와의 더러움을 깨끗하게 씻어 준다.

간선도로로 나왔다. 오른쪽으로 꺾어 넓은 인도를 잠시 걷는다. 다음 교차로에서 다시 오른쪽으로 돌면 작은 상점가가 나온다. 그대로 가로지르면 주택가의 좁은 길을 걷게 된다.

간선도로를 달리던 차가 전방에서 유턴을 했다. 혼다 스포츠카다. 휠과 엔진을 좀 손본 듯했다. 엔진 소리가 유달리 컸다.

스포츠카가 미와와 레오 옆에 멈췄다.

"오, 멍멍이 아냐! 언제부터 기르기 시작했어?"

조수석 창문이 열리고 기무라가 얼굴을 내밀었다.

"얼마 전부터."

미와는 무뚝뚝하게 대답했다.

"하루야가 동물 싫어하지 않았나? 돌아오면 난리 치는 거 아냐?"

"개 못 키우게 하면 일 그만둔다고 말하면 바로 오케이 할걸."

미와의 거짓말에 기무라가 웃었다.

"그건 오케이 할 수밖에 없겠네. 그래서 언제, 하루야랑 얘기한 거야?"

"도박하러 나가기 전이야."

"벌써 한 달째야."

"웬일로 따고 있는 거 아냐? 돈 떨어지기 전엔 안 와."

"그 말은 거꾸로 돈 떨어지면 바로 네 옆으로 온다는 거잖아. 하루야는 도박에 영 소질이 없으니까 한 달이나 계속 딸 리 없지."

"평생 한 번 있을까 말까 한 행운이 온 건지도 모르지. 가자."

미와는 레오에게 말을 건네고 걷기 시작했다.

"하루야를 네가 죽인 게 아니냐는 소문을 퍼뜨리는 놈들이 있어."

기무라의 목소리에 발걸음을 멈췄다.

"같은 데이트 클럽에서 일하는 여자에게 죽이고 싶다고 말한 적 있지? 하루야가 쓰레기이긴 하지. 너한테 죽어도 어쩔 수 없지. 그렇게 말하는 놈들도 있어."

"죽이고 싶다고 말하는 거랑 진짜 죽이는 건 다른 얘기야."

미와는 고개를 돌렸다. 심장이 마구 요동쳤다.

레오가 송곳니를 보이며 으르렁거렸다.

"얼마 전에 말이야, 주차장에서 만난 날 밤. 네가 좀처럼 안 돌아와서 심심해서 차 안을 봤거든. 트렁크에 방수포가 쌓여 있더라고. 구석에 얼룩 같은 것도 있던데, 그거 하루야 피 아니야?"

떨려오는 몸을 간신히 참았다. 기무라는 속을 떠보는 것이다. 거기에 놀아나면 안 된다.

그 방수포는 금세 처분했어야 했다. 그런데 레오와 살게 되면서 비쁘게 지내다 보니 차 속에 넣어 두고 잊고 있었던 것이다.

"경찰서에 가 볼까? 친구 모리구치 하루야가 한 달 전부터 행방불명이라고. 어떻게 할까, 미와?"

"맘대로 해."

"하루야한테 빌려준 50만 엔, 제대로 다 갚으면 방수포 일은 잊어 줄게."

"딱히 잊을 필요 없어."

"어디 산속에 묻힌 것 같다고 말하면 경찰이 바로 시신을 찾을까?"

미와는 머리를 흔들었다. 목줄을 끌어당겨 계속 으르렁대는 레오의 주의를 딴 데로 돌렸다.

"낼모레까지 기다려 줄게. 50만 엔 부탁한다."

기무라의 얼굴이 사라졌다. 스포츠카의 엔진이 요란한 소리를 냈다.

레오가 짖었다.

스포츠카는 배기가스를 내뿜으며 떠나갔다.

"레오, 그만해."

레오는 계속 짖었다.

"그만하라니까!"

미와는 목줄을 거칠게 잡아당겼다. 레오가 짖는 걸 멈췄다. 곤혹스런 눈길로 미와를 올려다본다.

미와를 지켜 주려고 한 건데 왜 그만둬?

그렇게 말하는 눈길이다.

"미안해."

미와는 그 자리에 주저앉아 레오를 끌어안았다.

기무라와 이야기하는 동안 참았던 것이 무너졌다. 온몸의 떨림이 멈추지 않는다.

"어떡해? 레오, 나, 어떡해?"

레오는 꼬리를 흔들며 미와의 뺨을 핥았다.

위로해 주는 거란 생각이 들자 눈물이 흘렀다.

"고마워, 레오. 사랑해, 레오."

레오의 따스함이 떨림을 멎게 해 준다. 레오의 다정함이 가슴을 후벼 팠다.

"너희들의 마법은 사람을 웃음 짓게만 하는 게 아니구나. 곁에 있는 것만으로도 사람에게 용기와 사랑을 주는구나."

할아버지도 야마토에게서 용기와 사랑을 받았던 것이다. 깊숙한 산골에서 홀로 사셔도 야마토가 있어서 아무렇지 않으셨을 것이다.

야마토가 죽은 후 할아버지는 눈에 띄게 수척해졌다.

미와의 아버지가 다시 개를 키우면 된다고 말해도 완고하게 거부하셨다.

내가 죽으면 남겨진 개는 어떻게 되는 거냐. 네가 돌봐 줄 거냐.

할아버지의 그 말씀에 아버지는 입을 다무셨다. 아버지는 돌보고 싶어도 어머니가 그것을 허락하지 않았겠지.

어머니는 동물을 좋아하지 않았다. 아버지는 일 때문에 집을 비우시는 일이 많았다. 데리고 온 개를 돌보는 일은 결국 어머니가 하게 될 테니까.

야마토가 죽고 5년 후 집에서 쓰러져 있는 할아버지를 발견했다. 택배기사가 처음 발견한 것이다. 할아버지는 병원으로 옮겨졌지만 이미 숨이 멈춘 뒤였다.

만일 할아버지가 야마토 다음에 개를 또 키웠다면 그 개는 어떻게 되었을까.

미와의 등이 시리고 떨려왔다.

"내가 없어지면, 넌 어떻게 되는 거야, 레오?"

레오에게서 조금 떨어져 눈을 들여다봤다.

레오는 그 시선을 고스란히 받아들이며 미와를 올려다볼 뿐이었다.

* * *

가불을 요청하자 야나기다 점장은 떨떠름한 표정을 지었다. 미와가 열심히 일해 반드시 갚겠다고 약속하자 10만 엔 다발을 다섯 개 건네주었다.

"넌 종업원이니까, 이자는 안 받을게. 그래도 안 갚으면 오고토에 갈 줄 알아."

안마방에서 일하라는 뜻이다. 미와는 고개를 끄덕이며 돈을 가방에 넣었다.

그때 마침 전화가 걸려왔다. 미와의 단골손님이었다.

사무실을 나와 손님이 기다리는 러브호텔로 향했다.

전화를 건 남자는 점잖은 손님이었다. 얼토당토않은 요구는 하지 않고 돈도 잘 지불한다. 경제적 여유가 있을 때는 팁도 두둑이 챙겨 준다.

약간 조루증이 있어 입으로 해 주면 바로 사정하는데 그러면 따로 안 해도 된다고 친절히 말해 준다.

그런 손님은 편하다고 생각하다가 고개를 젓는다.

몸을 팔 바에야 손과 입으로만 애무하는 것이 훨씬 낫다고 생각하는 술집 여자들이 많다.

그러나 자신은 그곳을 처박히는 것보다 입으로 해 주지 않아도 된다는 것에 안도감이 들었다.

당하는 게 전제다. 그 이외의 번거로움은 없을수록 좋다.

문을 노크하자 손님이 웃는 얼굴로 맞아 주었다. 샤워를 하고 목욕 수건을 두른 채 침대에 누웠다.

손님이 올라타 수건을 벗기고 가슴과 사타구니를 더듬기 시작한다. 미와는 남자의 음경에 손을 뻗었다. 음경은 이미 흥분된 상태였다.

부드럽게 음경을 주무르며 눈을 감는다. 마음은 다른 장소에 가 있다. 몸과 마음을 분리시킨다. 그렇게 해서 역겨운 현실에서 시선을 돌린다.

문제는 마음이 어디로 갈지 자신이 제어할 수 없다는 것이다.

불과 한 시간 전으로 갈 때도 있고 어린 시절로 돌아간 적도 있다.

오늘, 마음이 향한 곳은 그날이었다.

하루야의 친구에게서 전화가 걸려왔다. 경마로 큰돈을 벌었으니 빌려준 돈을 갚아라. 그런 내용이었다. 미와는 가만히 전화를 끊고 하루야의 경마 친구에게 전화를 걸었다.

하루야가 큰돈을 땄다는 거 정말이야? 사실이었다. 하루야는 일요일 한신에서 열린 경마에서 10만 엔짜리 당첨금 3연단(1등, 2등, 3등 말을 맞히는 경마 방식 – 옮긴이) 경마권을 1천 엔어치 샀다. 거의 100만 엔을 딴 셈이다.

하루야의 얼굴은 그저께 봤다. 기분이 좋아 보여서 도박으로 용돈 정도 벌었겠지 싶었는데 설마 100만 엔이나 되는 돈을 수중에 넣었으리라고는 짐작도 못했다.

경마에서 따면 돌려줄게—하루야의 입에서 몇 번이나 그 소리를 들었는지.

하루야는 도박 빚을 갚기 위해서라고 매번 울며 애원했고, 미와는 마지못해 술집에서 일하게 되었다.

술집에서 돈을 벌자 하루야는 점점 더 도박에 빠지게 되었고 빚 액수도 커져갔다.

그때마다 가게를 옮기다가 결국엔 몸을 팔게 되었다.

그렇게까지 해서 갖다 바쳤는데 경마에서 딴 돈을 나 몰라라 하는 것이다.

100만 엔을 달라는 게 아니다. 적어도 여행을 데리고 간다든지, 맛있는 것을 사 준다든지 하는 감사 표시는 해야 되는 것 아닌가.

미와는 밸이 뒤틀리는 분노에 휩싸였다.

이대로 집에 있으면 폭발할 것 같았다. 차를 타고 정처 없이 드라이브에 나섰다.

비와코를 한 바퀴 돌아 오오츠로 돌아왔다. 날은 완전히 어두워져 있었다. 데이트 클럽에는 컨디션이 안 좋다는 거짓말을 하고 휴가를 받았다.

거리 중심부에 가까운 큰 교차로에서 빨간 신호에 걸렸을 때 안쪽 모퉁이 스테이크하우스 유리창 너머로 하루야의 모습이 보였다.

하루야는 스테이크를 입안 가득 물고 레드 와인을 마시고 있었다. 하루야의 맞은편 자리에 앉아 있는 사람은 처음 보는 젊은 여자였다.

무언가가 머릿속에서 튀었다.

스테이크에 레드 와인?

나한텐 하다못해 불고기도 한 번 사 준 적 없는데.

결국, 미와는 하루야에게 돈을 벌어다 주고, 하고 싶을 때 하게 해 주는 여자에 지나지 않았던 것이다.

그런 남자를 위해 자기 몸을 팔아왔던 것이다.

이제 끝내자. 하루야에게 휘둘리는 삶도 지긋지긋했다.

생활용품점에서 나이프, 로프, 방수포, 삽을 샀다. 다른 가게에서 이민 가방을 구입했다.

구체적인 계획을 세운 건 아니다. 막연히 자신이 해야 한다고 생각했던 것을 했을 뿐이다.

하루야는 다음 날 아침에 귀가했다. 어젯밤에 뭘 했는지 물어도 마작했다고 태연스럽게 거짓말을 했다.

자꾸 져서 말이야. 미와, 미안한데, 돈 좀 또 빌려줄래?

그 말을 듣는 순간, 마음을 정했다.

등을 돌린 하루야에게 나이프를 들고 아무렇게나 다가가 찔렀다.

몇 번이나 찔렀다.

움직이지 않는 하루야의 옷을 갈기갈기 찢어 쓰레기봉투에 담았다. 낑낑대며 하루야를 욕실로 옮기고 배수관으로 피가 흘러내리는 것을 바라봤다. 더 이상 피가 안 나오는 걸 확인하고 거실로 돌아와 피로 더럽혀진 바닥과 벽을 깨끗하게 청소했다.

하루야를 가방에 욱여넣고 샤워를 했다. 욕실에 묻은 것들도 말끔하게 씻어 냈다.

밤이 되기를 기다려 가방을 차에 옮겨 실었다. 혹시 피가 묻을까 트렁크에 방수포를 깔았다. 피를 닦아 낸 나이프와 삽도 트렁크에 던져 넣었다.

할아버지가 살던 산골에서 가까운 산으로 향했다. 예전에 할아버지와 함께 올랐던 적이 있는 산이었다. 중간까지는 차로 달릴 수 있는 임도가 있는데, 그다음엔 나무와 덤불숲을 헤치고 올라가야 했다.

이런 산골까지 오는 것은 사냥꾼밖에 없는데 최근에는 그 사냥꾼도 없어졌다.

산을 오르면서 할아버지가 중얼거리던 말을 떠올렸다. 거기에 묻으면 시신도 발견할 수 없을 거야.

교통 법규를 지키며 차를 몰았다. 마주 오는 차량이 스쳐 지나갈 때마다 가슴이 두근거렸다. 멀리 순찰차의 빨간색 경광등 불빛을 발견할 때는 이걸로 끝이라고 마음을 내려놓았다.

그러나 순찰차가 가까이 오는 일은 없었고 중간에 트러블을 만나지도 않았다.

땀범벅에 진흙 범벅이 되면서 산 중턱 부근에 구덩이를 파고 그 속에 가방과 나이프를 버렸다. 구덩이를 다 메웠을 때엔 녹초가 되었다.

얼른 집으로 돌아가 샤워를 하고 푹 자고 싶었다. 눈뜨면 이 동네를 뜨는 것이다. 하루야는 여기저기 빚을 지고 있다. 그러니 하루야가 모습을 감추면 빚쟁이는 미와에게 들이닥칠 것이다.

미와가 하루야의 여자라는 것을 모르는 사람은 없었다.

어디로 갈까. 오키나와가 좋겠다. 홋카이도도 좋다. 미와의 구강 애무는 유명했다. 어디에 가도 입으로 돈을 벌 수 있을 것이다. 그게 안 된다면 또 몸을 팔면 된다.

그런 생각을 하면서 임도를 내려가고 있을 때 레오와 만난 것이다.

뭐, 그날 밤 그런 장소가 아니었으면 더 좋았겠지만.

레오와 살기 시작한 후 몇 번이나 그런 생각을 했다.

그러나 시간은 되돌릴 수 없다. 미와와 레오는 만나야 해서 만난 것이다.

* * *

거친 숨소리에 정신이 돌아왔다.

눈을 뜨자 손님이 미와를 감싸 안은 채 허리를 흔들고 있었다.

그 얼굴에 하루야의 얼굴이 겹쳤다.

"싫어."

미와는 반사적으로 손님을 밀쳤다. 손님이 침대 끝까지 굴러서 대자로 뻗었다. 콘돔을 낀 음경이 우뚝 서 있었다.

"가, 갑자기 왜 그래?"

손님의 얼굴이 분노로 일그러졌다. 화났을 때의 하루야와 똑 닮았다.

미와는 남자의 얼굴을 걷어찼다. 정강이에 극심한 통증이 밀려왔다.

방구석 테이블 위에 위스키 병이 놓여 있었다. 손님이 마신 술이었다.

미와는 병을 거꾸로 잡고 얼굴을 감싼 채 신음하는 손님의 머리를 내려쳤다.

손님은 바닥에 엎드려 움직이지 않았다.

서둘러 옷을 입었다.

다른 사람과 얼굴을 마주치지 않도록 조심하면서 러브호텔을 빠져나왔다.

차에 올라타자 숨이 턱 막혔다.

죽었을까? 안 죽었다 한들 손님은 클럽에 민원을 제기할 것이다. 50만 엔이라는 돈을 막 빌렸는데 이 꼴이라니.

점장들은 분개하고 미와는 험한 꼴을 당할 것이다.

"도망가야 해."

시동을 걸며 미와는 혼잣말을 했다.

그러면 레오는 어떻게 되는 거지?

머릿속에 웅크리고 있는 또 다른 자신이 물었다.

어떻게 할지 번민하고 있는데 불현듯 할아버지의 얼굴이 뇌리에 떠올랐다.

내가 죽으면 남겨진 개는 어떻게 되는 거냐?

할아버지가 입을 열었다.

네가 교도소에 들어가면 남겨진 레오는 어떻게 되는 거냐?

할아버지가 가만히 미와를 바라봤다. 그 눈이 레오와 똑 닮아 있었다.

미와는 운전대에 얼굴을 파묻고 소리 내어 울었다.

5

레오는 변함없이 서쪽을 바라보고 있다.

미와는 입술을 깨문 채 운전대를 잡았다.

조수석에 던져 둔 스마트폰에 문자가 도착했다. 어차피 기무라일 것이다. 내용은 판에 박은 듯 똑같겠지.

돈은 어떻게 됐어?

미와는 콧방귀를 뀌었다.

"교도소까지 돈 찾으러 올래?"

이번에는 전화가 걸려왔다. 점장이었다. 그 손님이 죽었다는 뉴스는 아무리 찾아도 나오지 않았고 빌린 돈은 사무실 우편함에 넣어 두었다.

괜히 전화를 받아 불같은 화를 감당할 필요가 있을까.

표지판이 시가(滋賀)에서 교토로 들어선 것을 알린다. 차량 계기판에 남은 기름이 얼마 없다는 표시가 떴다.

가능하면 서쪽으로 가서 기름이 떨어지면 거기서 경찰서를 찾아 자수할 생각이었다.

"경찰서 가기 전에……."

미와는 중얼거렸다.

서쪽으로, 서쪽으로.

레오는 서쪽으로 가고 싶어 한다. 목적지는 모르지만 되도록 근처까지 데려가 주자.

국도를 벗어나 산골로 들어섰다.

아직 교토 시내라고 생각했지만 주변은 숲과 산뿐이다. 국도와 달리 교통량도 적다.

미와는 눈에 들어온 편의점에 차를 세웠다. 물과 개 사료를 사서 다시 차를 몰았다.

계기판의 경고 램프가 깜박이기 시작한 것은 교탄바쵸(京丹波町)에 들어섰을 무렵이었다. 좁은 길이 마을의 산과 산을 연결할 뿐이었다. 산속 좁은 구역에는 논밭이 가득했다.

미와는 임도 한쪽 길로 차를 몰았다. 근처 숲은 이미 낙엽도 지고 애잔한 분위기를 풍기고 있었다.

10분 정도 임도를 달린 후 차를 멈췄다. 준비해 둔 용기에 편의점에서 산 사료를 담았다. 용기를 손에 들고 차에서 내렸다.

트렁크 문을 열자 레오가 뛰어내렸다.

"먹어."

미와가 말했다.

"처음 만났을 땐 빼빼 말랐었잖아. 그러면 먹잇감 찾는 것도 힘들지. 그러니까, 지금 있을 때 맘껏 먹어."

용기는 금세 비워졌다. 미와는 사료를 더 주었다. 그것도 또 눈 깜짝할 사이에 레오 배 속으로 들어갔다.

사료를 다 먹은 레오가 미와를 올려다봤다.

"이제 만족해? 물 마실래? 조금밖에 없어. 많이 마시면 위경련 일으킬 수도 있어."

마개를 연 페트병을 기울인다. 떨어지는 물을 레오는 잘도 마신다. 물이 절반 정도 줄었을 때 미와가 마개를 닫았다.

"그리고, 이거."

미와가 호주머니에서 부적 주머니를 꺼냈다. 안에는 손으로 쓴 메모를 접어 넣었다.

이 아이의 이름은 다몬입니다. 시가 현 산속에서 멧돼지와 싸워 부상 입은 것을 제가 발견했습니다.

잃어버린 주인과 다시 만나기 위해 서쪽으로 가고 있는 것 같습니다. 만약 이 아이와 만나면 다몬이 서쪽으로, 주인 곁으로 갈 수 있도록 도와주세요. 부탁입니다. 다몬은 매우 착한 아이입니다. 같이 있으면 가족으로 삼고 싶어집니다. 그러나 다몬에게는 진짜 가족이 있습니다. 꼭 가족을 만나게 해 주세요. 이 글을 읽는 당신도, 저랑 같은 마음이면 좋겠습니다.

하느님, 다몬이 착한 사람과 만날 수 있게 해 주세요. 다몬이 가족과 재회할 수 있게 해 주세요.

미와

미와는 부적 주머니가 떨어지지 않도록 레오의 목줄에 꿰어 달았다.

"레오."

이름을 부르자 레오가 몸을 비볐다.

똑똑한 개다. 지금이 작별할 때라는 걸 알고 있었다.

"네 가족은 어떤 사람들일까? 왜 널 잃어버렸을까? 착한 사람들이겠지? 네가 이렇게나 보고 싶어 하잖아. 내게도 그런 가족이 있었으면 좋겠다."

미와는 레오를 끌어안았다.

하루야와 사귀게 되면서 가족과는 멀어졌다. 어머니가 막말로 하루야를 비난했기 때문이다.

술집에서 일하게 되면서부터는 연락까지 완전히 끊겼다. 부모와 남동생 얼굴을 제대로 볼 수 없었기 때문이다. 엄마 말이 결국 맞았다는 걸 인정하는 것도 속상했다.

TV 뉴스를 보고 그 착한 엄마 아빠가 얼마나 마음 아파하실까. 남동생은 어떻게 생각할까.

가족의 따스함을 버리고 하루야를 선택한 것은 자신이다. 하루야가 하라는 대로 타락한 것도 자신이다. 하루야를 죽인 것도 바로 자신이다.

자신이 선택한 길을 걸어와 지금 여기에 있다.

다른 누군가를 비난할 수 없다.

"너랑 만나서 다행이야. 내 밑바닥 인생에서 그게 최고의 사건이야. 너랑 함께 있는 동안은 정말로 행복했어."

레오가 미와의 뺨을 핥았다.

나도 행복했어—그렇게 말해 주는 것 같았다.

"정말로 똑똑하고 착한 아이네. 고마워, 레오. 가족과 꼭 다시 만나야 해. 그리고 더 많이 행복해져야 해."

미와는 레오의 따스한 감촉을 아쉬워하며 일어섰다.

레오는 미와를 올려다봤다.

"가도 돼. 가렴."

레오가 몸을 돌렸다. 숲속으로 달려간다.

"이제, 멧돼지랑 싸우면 안 돼."

멀어지는 레오의 등 뒤로 마지막 말을 하고 미와는 입술을 깨물며 눈물을 참았다.

노인과
개

1

야이치는 리모컨으로 TV 채널을 바꾸며 찻잔에 든 소주를 홀짝였다.

제대로 된 방송이 없다고 얼굴을 찡그리며 사슴 고기 육포를 빨아 먹었다. NHK 뉴스가 화면에 나오자 리모컨을 테이블에 놓고 다시 소주를 마셨다.

총리의 얼굴이 나왔다. 정부 관료 중 누군가가 또 뭔가를 저지른 모양이다.

"상스러운 상판대기하고는."

야이치는 옆 동네 현을 기반으로 둔 총리에게 독설을 내뿜으며 찻잔에 소주를 따랐다. 그러나 찻잔을 쥔 손을 입가로 가져가다 말고 멈췄다.

TV 음성에 섞여 다른 소리가 들려온 것이다.

귀를 기울인다.

또다시 소리가 들렸다. 무언가 마른 잎을 밟는 소리였다.

야이치가 엉덩이를 들었다. 발소리를 죽이고 위패가 모셔진 방으로 건너갔다. 불단 옆에 있는 총기 보관함의 자물쇠를 풀고 사냥총을 꺼냈다.

장탄을 하고 멜빵에 팔을 끼워 넣고 어깨에 총을 걸쳤다.

곰치고는 발소리가 작다. 사슴은 무리로 다닌다. 아마도 배고픈 멧돼지가 내려온 것 같다.

다행히 오늘 밤은 보름달이 떠 있었다. 불빛이 없어도 사냥감을 충분히 죽일 수 있다.

트레킹화를 신고 뒷문을 통해 밖으로 나왔다. 사냥감은 아직 정원을 어슬렁거리고 있었다.

총을 어깨에서 빼서 양손으로 잡았다.

올봄에 늘 같이 다니던 마사카도를 잃고 사냥을 멀리했다. 그러나 아직 기술은 녹슬지 않았다.

집 벽에 바짝 붙어서 정원으로 향했다. 하늘에는 휘영청 밝은 달이 떠 있고 건조한 가을의 찬 공기가 살갗을 간질였다. 술기운이 사라졌다. 총을 겨누었다. 양팔을 붙이고 총대를 뺨에 갖다 댄다.

순간이 승부를 가른다. 상대가 이쪽을 알아차리기 전에 끝내야 한다.

야이치는 발걸음을 서둘렀다. 발소리로 상대의 위치를 추측해 총구를 그쪽으로 향한다.

순식간에 정원으로 뛰어나가 방아쇠를 당기려는 순간, 손가락이 뻣뻣해졌다.

정원을 서성거리는 것은 개였다. 마르고 꾀죄죄했다. 개가 총을 겨누는 야이치를 정면으로 응시했다. 의지력 강한 눈빛이었다.

"뭐야, 놀래키지 마."

야이치가 총을 내렸다.

개는 그 자리에 선 채 야이치를 바라봤다. 아마도 며칠 동안 먹지 못한 듯 빼빼 말랐지만 약해 보이지는 않았다.

강한 개다—야이치는 한눈에 알아봤다. 무리를 지키고 이끌 수 있는, 심신 모두 건강한 개가 틀림없다. 잘 가르치면 뛰어난 사냥견이 될 것이다.

"이리 와."

야이치가 말했다. 개가 야이치를 향해 걸어왔다. 사람에게 익숙하다. 떠돌이 개지만.

야이치가 현관문을 열었다. 안으로 들어서자 개도 따라왔다.

"넌 여기에 있어."

문간에서 손가락으로 가리키며 지시했다. 개가 걸음을 멈췄다. 이쪽이 하는 말을 제대로 이해하는 듯했다.

야이치는 거실을 가로질러 주방으로 향했다. 총에서 탄약을 빼내고 날름쇠를 제자리로 조정한 후 거의 사용할 일 없는 식탁 위에 두었다. 업무용 냉동고를 열었다.

잡아서 해체한 사슴과 멧돼지 고기가 쌓여 있다. 500그램 정도의 사슴 고깃덩이를 꺼내 전자레인지에 넣고 해동 버튼을 눌렀다. 편수 냄비에 물을 붓고 문간으로 돌아왔다.

개는 문간에 엎드려 있었다. 야이치가 다가가자 고개를 든다. 야이치에게 마음을 내준 건 아니다. 그렇다고 경계하는 것도 아니다.

"마셔."

편수 냄비를 개 앞에 내려놓았다. 개가 일어서서 냄비에 코를 박고 물을 마셨다.

"어디에서 왔니? 쏴 죽일 뻔했잖아."

야이치는 물을 마시는 개에게 말했다. 개는 귀를 세웠지만 멈추지 않고 계속 물을 마셨다.

"배도 고팠지? 고기가 녹으면 먹게 해 줄게."

개가 물을 마시다 말고 잠시 멈췄다. 먹게 해 주겠다는 말에 반응한 것 같다.

"밥을 얻어먹는지 아닌지 알아듣는구나. 똑똑하다, 너."

야이치가 말했다. 개는 다시 물을 마시기 시작했다.

개를 관찰한다. 토종견과 셰퍼드의 잡종 같았다. 토종견에 비해선 몸통이 길고 허리가 내려갔다. 꼬리도 길다. 잿빛 털에 마른 잎과 나뭇가지가 묻어 있다. 말랐지만 골격은 강인한 근육으로 덮여 있었다. 목걸이 같은 것은 보이지 않았다.

개는 물을 다 마시자 다시 엎드렸다.

야이치는 빈 냄비를 들고 주방으로 돌아갔다. 해동은 아직 안 됐는데 전자레인지를 멈추고 고기를 꺼냈다. 아직 안쪽이 얼어 있었는데 저 개라면 상관없을 것이다.

고기를 크게 잘라 냄비에 던져 넣고 문간으로 갖고 갔다.

개가 일어섰다. 고기 냄새를 맡은 것이다. 금방이라도 달려들고 싶을 텐데 야이치 말을 지켜 문간에서 벗어나지 않는다.

“똑똑한 개네.”

야이치는 감탄하듯 말하며 발밑에 냄비를 놓아 두었다.

물을 주던 때와 달리 개는 야이치를 바라본 채 움직이지 않았다.

“먹어도 돼.”

야이치가 말하자 그제야 냄비에 코를 박았다. 쩝쩝 소리를 내며 아직 해동되지 않은 고기를 씹었다.

“총 집어넣고 올게.”

야이치가 혼잣말을 하며 주방에 두었던 총을 들고 위패가 모셔진 방으로 향했다.

소총은 호와공업이 제작한 M1500이라는 제품이다. 구입한 지 20년 가까이 지났지만 매일 손질을 게을리하지 않아서 지금도 멀쩡하다.

그러나 최근에는 사용할 일이 거의 없었다.

일과처럼 분해하고 청소하고 조립하며 “이런 일은 해서 뭐해”라며 투덜댈 뿐.

얼른 수렵 면허를 반납해 총에서도 손을 떼면 좋은데 그게 잘 안 되는 건 50년 이상 계속해 온 생업에 대한 미련 때문일 것이다.

M1500을 보관함에 넣고 자물쇠를 잠갔다.

문간으로 돌아오자 고기를 다 먹은 개가 눈을 감고 엎드려 있었다.

잠이 든 것이다.

상당히 피곤했던 모양이다.

야이치는 거실에 앉았다. 찻잔에 손을 뻗어 소주를 마시며 잠든 개의 얼굴을 질리지도 않고 계속 바라봤다.

2

마사카도가 쓰던 목걸이와 목줄을 채운 개를 경트럭 짐칸에 싣고 야이치는 오랜만에 마을까지 나섰다.

가마타 동물병원 주차장에 경트럭을 세우고 개를 데리고 안으로 들어갔다. 진료 시작까지 아직 시간이 남아서인지 대기실에는 아무도 없다.

"야이치 씨네."

접수를 마치려고 하는데 가마타 세이지 원장이 얼굴을 내밀었다. 이 마을에서 동물병원을 연 지 30년이 넘은 수의사다. 야이치는 지금껏 사냥견들의 건강을 가마타 원장에게 맡겨 왔었다.

"오, 또 개를 키워? 마사카도가 죽었을 때 사냥은 이제 안 하겠다고 했잖아."

"떠돌이 개야, 가마타 선생. 어젯밤 우리 집 정원에 왔다니까."

"요즘 세상에 떠돌이 개라니 신기하네."

"오늘은 건강 진단이랑 목욕 좀 받으려고 왔어. 너무 마르고 꾀죄죄해서. 오랫동안 산속을 헤맨 거 같아."

"그러면 전염병이나 진드기가 걱정이네."

"그리고 그거 말이야, 사진 찍어서 인터넷에 올리는 것도 해 줬으면 하는데."

가마타는 보호받는 개와 고양이의 주인을 찾기 위해 인터넷 홈페이지를, 동물병원 사이트에 개설했다. 사진을 올리고 외형이나 성격의 특징을 적어 주인을 찾는 것이다. 덕분에 무사히 집으로 돌아간 개와 고양이가 상당수 있었다.

"그런 거라면 쉽지. 마이크로칩이 들어 있는지 확인해 볼게. 문진표를 작성해 줘. 바로 봐 줄게."

가마타는 개의 머리를 두세 번 쓰다듬고 진찰실로 사라졌다.

"가타노 씨, 그럼 문진표 작성 부탁 드려요."

접수처 간호사가 말했다. 야이치는 문진표를 받은 후 대기실의 장의자에 앉았다.

문진표를 작성하려던 손이 딱 멈췄다. 개 이름을 적는 칸이 있었다.

잠시 망설인 끝에 노리쓰네라고 적었다.

마사카도는 다이라노 마사카도에서 딴 이름이다. 노리쓰네는 다이라노 노리쓰네다.

야이치는 겐페이 무사 이름을 개에게 붙이는 일이 많았다.

노리쓰네라고 이름을 적었지만 나머지 칸은 채울 수 없었다. 나이와 건강 상태 등등 아는 것이 하나도 없었다.

"이것밖에 못 적어서 미안해요."

야이치는 문진표를 접수처에 제출했다.

"이름밖에 모르세요?"

"그 이름도 지금 대충 지었어요."

야이치가 대답했다.

"있지, 노리쓰네. 너 사실 이름 없지?"

노리쓰네가 야이치를 올려다보고 천천히 꼬리를 흔들었다.

* * *

말랐다는 것 외에 노리쓰네의 건강 상태는 문제없었다. 진드기도 이 시기엔 활동이 뜸해서 그런지 발견되지 않았다.

노리쓰네의 체내에는 마이크로칩이 내장되어 있었다. 칩 정보에 따르면 주인은 이와테에 있는 것 같다. 개의 이름은 다몬이었다.

"이와테에서 시마네로?"

가마타는 계속 의아해했다.

노리쓰네가 목욕하는 동안 야이치는 장을 보러 나갔다.

슈퍼에서 채소와 소주를 샀다. 단백질은 냉동고에 있는 사슴과 멧돼지 고기로 충분하고 쌀은 직접 농사짓는 논에서 수확한 것이 있다.

아내인 하쓰에가 살아 있을 때는 논밭 일은 하쓰에 혼자 다 했다. 4년 전, 하쓰에가 병으로 쓰러지면서 야이치가 밭일을 떠맡게 되었다.

사냥꾼으로 얻는 수입은 매년 줄어들었고 은퇴라는 두 글자도 머릿속을 오락가락하던 때라 망설임은 없었다.

하쓰에가 죽은 후에도 논밭 일을 대충 하지 않았다. 하쓰에가 정성을 다해 키운 논밭인 것이다. 작물 농사를 계속 하는 일이 명복을 비는 일이라고 생각했다.

생활용품점으로 이동해 애완견 코너에서 새 목걸이와 목줄을 샀다. 마지막으로 대형 봉지에 든 개 사료를 카트에 집어넣고 계산대로 향했다.

"어머, 또 개를 키우시는 거예요?"

친숙한 계산대 여자 점원이 말했다.

"아니, 떠돌이 개야."

그렇게 대답하면서 떠돌이 개이니 언젠가 주인 곁으로 돌아갈 거라면 이런 대용량 개 사료는 필요 없는데, 라며 자신을 힐책했다.

자신은 노리쓰네와 함께 살고 싶은 것이다.

계산대 점원이 사료의 바코드를 찍는 것을 바라보며 야이치는 깨달았다.

* * *

드러그스토어에서 진통제를 사서 가마타 동물병원으로 돌아갔다.

목욕을 마친 노리쓰네가 자랑스럽다는 듯 가슴을 폈다.

"지저분한 게 싫었던 거구나. 똑똑하기만 한 게 아니라 넌 품위까지 있구나."

야이치는 방금 새로 산 목걸이와 목줄을 노리쓰네에게 달았다.

"주인과 연락이 닿지 않아요. 길 잃은 개 정보는 오늘 중으로 인터넷에 업데이트해 놓을게요."

결제를 마치자 접수처 간호사가 말했다.

"잘 부탁합니다."

야이치는 꺼림칙했다. 이대로 주인을 찾지 못하면 좋겠다. 그런 생각을 하는 자신이 느껴졌기 때문이다.

하츠에가 죽은 지 3년, 마사카도가 죽은 지 6개월, 외로움에 익숙해졌다고 생각했는데 사실은 버티고 있었는지 모른다. 어젯밤, 노리쓰네가 나타난 후 파트너와 함께 사는 알찬 하루하루의 추억들이 되살아났다.

집으로 돌아와 사슴 고기를 섞은 사료를 주고 노리쓰네를 정원으로 내보냈다. 맘껏 돌아다닌 후에도 왠지 다시 이 집으로 돌아올 거라는 확신이 있었다.

정원 구석구석 냄새를 맡으며 돌아다니던 노리쓰네가 별안간 고개를 들었다. 허벅지 안쪽으로 얼굴을 돌리고 코를 벌름거린다. 귀가 서고 꼬리가 올라갔다.

자신감에 찬 그 모습이 아름다웠다.

노리쓰네가 낮은 소리로 짖었다. 마을 쪽에서 승차 한 대가 이쪽을 향해 언덕을 올라온다.

다무라 이사오의 차량이었다.

"괜찮아, 노리쓰네. 적이 아니야."

야이치가 노리쓰네에게 말했다. 노리쓰네의 긴장이 풀렸다.

야이치의 집은 마을 근처 산 중턱에 있다. 논밭은 비탈길 밑 한편에 있다.

다무라의 차가 집 마당으로 들어와 멈췄다. 노리쓰네는 낮게 짖었으나 다무라가 차에서 내려도 가까이 다가가지 않았다.

"뭐야, 야이치 씨, 개를 또 키워?"

다무라가 벗겨진 머리에 손을 얹으며 노리쓰네를 쳐다봤다.

"떠돌이 개야. 주인을 찾을 때까지 돌봐 주고 있어."

"떠돌이 개? 이런 곳에? 아랫마을에도 집이 많은데 왜 굳이 야이치 씨 집까지 왔을까?"

다무라는 노리쓰네에게 신기하다는 듯 눈길을 보냈다.

"아마, 산속을 걸어왔겠지. 그러다 보니 마을보다 우리 집으로 들어올 확률이 높았을 테고."

"왜 또 산속을……."

"그걸 알면 고생을 안 하지. 얘네는 말을 못하니까. 그것보다 무슨 용건이야?"

"아, 다음 달 반상회 선거 있는 거 알지? 이번에도 텟페이 씨한테 투표 좀 해 줬으면 해서."

다무라는 나카무라 텟페이 후원회라고 적힌 전단지를 손에 쥐고 있었다. 나카무라는 20년 가까이 반상회 위원을 맡고 있었다. 지역 사냥 교우회 회장이기도 했다. 사냥꾼으로서의 기량도 총 쏘는 기술도 형편없는데 위원이라는 이유로 사냥 교우회를 사유화했다.

"돌아가. 선거엔 다른 놈한테 투표할 거야."

"그러지 말고, 야이치 씨. 사냥 교우회원이잖아."

"이미 훨씬 전에 난 사냥 교우회 탈퇴했어."

"아직 소속은 되어 있다고. 텟페이 씨가 동네 제일의 사냥꾼을 못 그만두게 할 거라던데. 그런 텟페이 씨를 위해서라도, 응?"

"내가 그 녀석을 싫어하는 건 알고 있지?"

야이치가 언성을 높였다. 그러자 노리쓰네도 다무라에게 송곳니를 내보이며 짖기 시작했다.

"아, 무서워라. 떠돌이 개라면 훈련이 잘 안 됐을 수도 있잖아? 목줄 좀 묶어."

다무라의 얼굴이 새파랗게 질렸다.

"이 녀석은 괜찮아. 너희 집 멍청한 개들보다 몇 배 이상 똑똑해."

야이치가 비웃었다. 다무라의 표정이 경직되었다.

"깐죽거리지 말고 동료를 위해서 조금만 도와주면 어때? 우리 사냥 교우회가 얼마나 텟페이 씨 도움을 받고 있는데—."

"안 돌아가면 개한테 짖으라고 한다."

야이치가 낮은 목소리로 말했다.

"야이치 씨……."

"그 녀석이, 산골 헤집고 다니는 늑대랑 곰 없애겠다고 노인들에게 친절하게 접근해서 돈 갈취하는 거 내가 모를 줄 알고?"

다무라가 입술을 깨물었다.

"너희들도 그 떡고물 먹고 있는 거잖아. 뭔 놈의 사냥 교우회야. 총도 못 쏘고 개 훈련도 제대로 시키지 못하는 놈들이."

"정말 답답하네. 원래도 고집이 대단했는데 하쓰에 씨 죽은 후에는 더하네."

다무라는 발밑에 침을 뱉고 경차에 올라탔다.

노리쓰네가 차에 대고 짖었다.

"이제 됐어, 노리쓰네."

야이치가 노리쓰네에게 손바닥을 보였다. 처음 하는 동작이었는데 노리쓰네는 그 의미를 바로 알아차렸다. 짖는 걸 멈추고 야이치 옆에 서서 떠나가는 경차를 노려본다.

"내가 고집불통이라고……."

야이치는 입술을 일그러뜨렸다. 순간 얼굴마저 일그러졌다. 등 쪽에서 참기 힘든 통증이 밀려왔다.

방금 산 진통제의 포장을 뜯고 물도 없이 약을 삼켰다.

식은땀이 흘렀다.

약 기운이 돌려면 아직 멀었다.

야이치는 등을 구부려 고통을 참으며 집 안으로 들어갔다. 현관에서 신발을 벗고 기어가듯 거실로 가 베개 대신 방석을 베고 누웠다.

노리쓰네가 현관에서 야이치의 모습을 살폈다.

"이쪽으로 와."

야이치는 다다미를 두드렸다. 노리쓰네가 갸웃했다.

"괜찮아. 이리로 와."

다시 한 번 바닥을 친다. 노리쓰네가 현관에서 집으로 올라왔다. 조심스런 발걸음으로 거실로 와서 야이치 옆에 웅크렸다.

지금까지 기른 사냥개들은 절대 집으로 들이지 않았다. 훌륭한 사냥견으로 키우기 위해선 자립심을 기르는 것이 중요했고, 그러려면 집 밖에 두고 키우는 것이 가장 좋다고 생각했기 때문이다.

그러나 노리쓰네는 사냥견이 아니다. 사냥견으로 키울 생각도 없고 자신도 곧 사냥꾼을 그만둔다.

지금의 자신에게는 따스함이 필요하다.

야이치는 노리쓰네의 등에 손을 얹었다. 노리쓰네는 따뜻했다. 그 따스함이 통증을 완화시켰다.

3

노리쓰네가 나타난 후 눈 깜짝할 새 한 달이 지났다. 가을은 깊어지고 마을 산은 울긋불긋 물들어 갔다.

노리쓰네의 주인과는 여전히 연락이 안 됐다.

함께 살면서 알게 됐지만 노리쓰네는 오랜 시간 긴 거리를 이동하는 도중에 야이치 집에 들른 게 분명했다.

극도의 굶주림이 이곳으로 이끈 것이라는 생각이 들었다.

봄에서 여름까지 일본의 산은 식량의 보고다. 먹잇감이 될 작은 동물과 과일이 부족할 일이 없다.

그러나 가을이 되면 산의 모습이 확 변한다. 과일이 사라지고 작은 동물들도 모습을 감춘다. 원래 개의 조상인 늑대는 무리를 지어 사냥을 하는 동물이다. 개도 마찬가지다. 아무리 뛰어난 몸과 두뇌를 가진 개라도 홀로 사냥할 수 있는 먹이에는 한계가 있다.

몇 주 동안 먹이를 찾지 못한 노리쓰네는 결국 사람 손을 빌리기로 한 것이다.

그건 그렇다 쳐도 왜 하필 자기였던 것일까.

다무라가 했던 말이 가끔 야이치 뇌리에 스친다.

"아랫마을에도 집이 많은데 왜 굳이 야이치 씨 집에……."

그때는 노리쓰네가 산속을 이동했기 때문이라고 답했지만 노리쓰네의 여정 도중에 인가(人家)는 얼마든지 있었을 것이다. 어떻게 이 집에 온 것일까.

고독한 냄새, 죽음의 냄새를 맡았기 때문은 아닐까, 하고 야이치는 생각했다.

노리쓰네에게는 그런 생각을 하게 만드는 무언가가 있다.

노리쓰네를 경트럭 조수석에 태우고 야이치는 마을로 향했다. 집 안에서 함께 자는 것처럼 경트럭으로 이동하는 것도 짐칸에서 조수석으로 격상시켰다.

노리쓰네는 조수석 시트 위에 앉아 창밖으로 시선을 돌린다. 그 옆모습에서 차에 타는 익숙함이 묻어난다.

"네 주인은 어떤 사람이었어? 왜 놓쳐 버린 거야?"

야이치는 가끔 노리쓰네에게 말을 건넨다. 답이 돌아오지 않는다는 것을 알아도 안 물을 수 없었다.

노리쓰네가 바라보는 각도는 항상 정해져 있다. 남서쪽이다. 남서쪽에 노리쓰네에게 소중한 무언가가 있다. 노리쓰네는 그곳을 향한 여정 중인 것일까.

"규슈인가…… 가족이 규슈에 있니?"

노리쓰네는 귀를 세운 채 남서쪽을 바라보고 있었다.

최근 한 달간 유대감은 꽤 깊어졌지만 남서쪽을 바라볼 때의 노리쓰네는 다른 개처럼 느껴진다. 그러면 야이치의 가슴 속에 시린 초겨울 찬바람이 분다.

노리쓰네는 자신의 개이면서 자신의 개가 아니다.

그만큼 애타게 그리워하고 있는 것이다. 어떡하든지 규슈에 있을 주인을 찾아서 노리쓰네가 있어야 할 곳으로 돌려보내는 것이 맞다.

그런 생각을 하면서도 좀처럼 행동에 나서지 않는 것은 늙은이의 집착이었다. 다시 혼자 잠드는 밤이 너무 싫었다.

젊을 때는 그렇지 않았다. 사냥감을 쫓아 며칠이나 산속에서 야숙을 해도 아무렇지 않았다. 사람이 그리웠던 적도 없었다.

야이치는 경트럭의 속도를 낮췄다. 눈앞의 교차로에서 좌회전한 후 다시 그 앞에서 좌회전한다.

동네 병원 주차장 입구에서 주차권을 받아 경트럭을 세웠다.

"여기서 기다려."

창문을 조금 열고 문을 잠갔다. 늦가을이라고는 해도 햇살이 비치면 차 안의 기온이 올라간다. 위험하지만 안에 개가 있는 걸 알면 차량 털이범도 접근하지 않을 것이다.

접수처에서 진찰카드를 제시하고 내과 대기실에서 신문을 펼쳤다. TV와 마찬가지로 제대로 된 뉴스가 없다. 야이치는 기사를 그만 읽고 신문에 실린 가로세로 낱말퀴즈로 시간을 때웠다.

"가타노 씨, 가타노 야이치 씨, 2번 진찰실로 들어오세요."

야이치가 일어섰다.

진찰실로 들어가사 시바야마 내과의가 컴퓨터 화면을 노려보고 있었다. 야이치는 시바야마 앞 의자에 앉았다.

"가타노 씨, 지난번 검사 결과가 나왔는데, 좋지 않습니다. 암이 진행되고 있어요."

시바야마가 말했다. 야이치는 고개를 끄덕였다. 치료를 하고 있지 않으니 병이 진행되고 있으리라 짐작했다.

"화학요법을 받으시겠어요? 그게 싫으시면 입원이라도 하세요."

야이치는 고개를 저었다.

"진통제만 처방해 주세요."

"가타노 씨―."

"몇 번이나 말씀 드렸지만, 치료는 안 받아요. 때가 되면 죽으면 돼요."

시바야마가 한숨을 내쉬었다. 췌장에 암이 발견된 후 치료에 관해서는 이골이 날 정도로 여러 차례 이야기를 해 왔다.

"따님께는 말씀 드렸어요?"

야이치는 고개를 저었다.

"가타노 씨, 지난번 진찰 때도 말씀 드렸는데, 가족 분과 상의하셔야 해요."

"선생님께는 죄송하게 생각해요. 이런 고집불통 늙은이 때문에 마음 졸이게 해서."

"그런 문제가 아닙니다."

시바야마가 얼굴을 찡그렸다.

"다음 달에 또 올게요."

야이치는 일어섰다.

"정말 이대로 괜찮으세요?"

시바야마가 손으로 안경테를 추어올리며 야이치를 올려다봤다.

"잘 생각해서 이렇게 하기로 정한 거예요, 선생님. 오늘 수고 많으셨어요."

머리를 깊숙이 숙여 인사한 뒤 야이치는 진찰실을 나왔다.

하쓰에도 같은 췌장암이었다. 꽤 오래전부터 몸이 안 좋다고 말했었는데 좀처럼 병원에 가려 하지 않았고 극심한 통증에 쓰러져 구급차로 병원에 실려 갔을 때는 이미 암이 4기까지 진행돼 있었다.

교토로 시집간 외동딸 미사코가 한걸음에 달려와서 이것저것 결정을 했다. 그중에는 강한 약을 사용한 항암치료도 포함되었다.

미사코는 마치 야이치가 없는 듯 행동했다. 야이치 의견에는 일절 귀를 기울이지 않고 불평 한마디라도 할라치면 "아빠는 그런 말할 자격 없어"라고 일축했다.

야이치는 좋은 남편이 아니었고 좋은 아빠도 아니었다. 산에서 사냥감을 쫓고 있거나 어딘가에서 술을 마시고 있거나 둘 중 하나였다.

그런 인생이었던 것이다.

집에 가고 싶어—입원 중이던 하쓰에가 입버릇처럼 하던 말이다. 집에 가고 싶어. 마사카도가 보고 싶어. 밭에서 딴 고구마를 쪄서 일본차를 마시며 툇마루에서 햇볕을 쬐는 일. 단지 그것만이라도 했으면.

그러나 암세포가 갉아먹은 몸은 생각대로 움직이지 않고 항암제의 부작용도 하쓰에를 괴롭혔다.

1년 가까운 투병 생활 끝에 하쓰에는 말라비틀어진 몸으로 돌아오지 않는 사람이 되었다. 집으로 돌아가는 건 물론 마사카도를 만나지도 못했다.

야이치는 임종 직전에 하쓰에가 했던 말과 자신을 바라보던 눈을 잊을 수 없다.

"집에서 죽고 싶었어."

하쓰에는 그렇게 말했다. 야이치를 바라보는 눈은 왜 미사코를 반대하지 않았냐고 호소하고 있었다.

마지막 정도는 남편다운 걸 해 줘도 좋았잖아.

실망하고 낙심한 눈빛이 역력했다. 긴강할 때도 계속해서 실망시키고 낙심하게 만들었는데, 죽을 때도 마찬가지였다.

자신은 처음부터 끝까지 철저히 하쓰에라는 여자를 힘들게 했다.

그런 생각이 들자 하쓰에가 너무나 가엾게 느껴졌다.

그래서 하쓰에와 같은 암에 걸렸다는 걸 알았을 때 그 자리에서 결심했다.

치료는 안 받는다.

하쓰에가 그렇게 원했던 것처럼 집에서 지내다 집에서 죽는 것이다. 하쓰에가 평생을 바쳐 가꿔 온 논과 밭을 지키며 마지막까지 잘 돌보다가 죽을 것이다. 하쓰에도 그걸 바랄 것이다.

미사코에게 병을 알려도 하쓰에 때와는 다를 것이다.

아빠가 하고 싶은 대로 해요—그런 말을 던질 미사코의 모습이 쉽게 상상이 됐다.

하쓰에도 미사코도 야이치를 용서하지는 않을 것이다.

용서해 주는 것은 개들뿐이었다.

처방전을 받아 결제를 마치고 병원을 나왔다. 주차장으로 향하던 도중에 경트럭의 조수석에 앉아 있는 노리쓰네가 보였다.

역시, 남서쪽으로 얼굴을 향한 채 미동도 하지 않는다. 모르는 사람이 보면 물건으로 오해할지도 모를 정도로.

야이치가 다가가자 노리쓰네가 얼굴을 돌려 바라본다. 입꼬리가 올라간다. 웃고 있는 것이다. 여기서는 보이지 않는데 꼬리도 흔들고 있을 것이다.

"많이 기다렸지? 돌아가자."

야이치는 운전석에 올라타면서 노리쓰네의 등을 쓰다듬었다.

"오늘도 산속을 걸을까? 그전에 약국에 들러야 해. 진통제가 떨어지기 직전이야."

야이치는 경트럭 시동을 걸었다. 추위가 심해지는 만큼 자주 등이 아프다.

겨울을 넘기기 전에 자신은 죽을 게 틀림없다는 예감이 들었다.

그렇게 되기 전에 노리쓰네의 앞날을 생각해야 한다.

"그건 알고 있지만, 내일 당장 죽는 것도 아니고……."

야이치는 혼잣말을 하며 액셀을 밟았다.

* * *

나뭇가지에 손을 얹고 야이치는 반복해서 심호흡을 했다. 노리쓰네와 산으로 들어온 지 아직 한 시간도 지나지 않았다. 그런데도 숨이 차고 무릎에서 힘이 빠졌다.

"한심하네."

자기도 모르게 목소리가 새어 나왔다.

작년까지는 매주 마사카도와 같이 산을 달리고 사냥감을 찾아 돌아다녔다. 마사카도가 죽은 후에는 산에 들어갈 일이 없었지만 불과 6개월 만에 이렇게까지 육체가 쇠약해지리라고는 생각도 못했다.

젊을 때는 산에 들어가면 들어가는 만큼 체력이 붙었다. 그러나 오십 언저리부터는 산에 안 들어가면 안 들어가는 만큼 체력이 떨어지는 것을 느꼈다.

오늘 숨이 차는 것은 나이 탓만은 아니다. 병마가 체력을 갉아먹고 있는 것이다.

짐승이 다니는 길 건너편에서 노리쓰네가 멈춰 서서 이쪽을 내려다보고 있었다.

다가오지도 않고 더 나아가지도 않았다. 그저 야이치가 오기만을 기다린다.

야이치는 짊어진 배낭 옆 주머니에서 페트병을 꺼내 물을 마셨다. 수분이 세포 구석구석까지 퍼지는 것을 느끼자 왠지 모르게 호흡도 진정됐다.

"기다려. 바로 갈게."

페트병을 주머니에 다시 넣고 야이치는 발밑 주위를 살폈다. 적당히 마른 나뭇가지를 찾아 지팡이 대신 짚고 걷기 시작했다.

이런 것을 사용하게 되다니 비참한 것도 정도가 있지. 그러나 달리 방도가 없었다.

마른 나뭇가지로 땅을 짚으며 짐승이 다니는 길을 올랐다. 이 산에서 가장 경사가 가파른 곳이다. 그러나 이 경사로를 다 오르면 길은 평탄해진다. 이를 악물고 코로 숨을 쉬면서 앞으로 나아간다. 땀에 젖은 셔츠가 불쾌하다.

평소보다 두 배 이상 시간을 들여 노리쓰네가 기다리는 곳에 도착했다. 노리쓰네는 계속 주변 나무들의 냄새를 맡고 있었다.

야이치도 흔적을 알아차렸다. 최근 이 부근을 멧돼지 어미와 새끼가 지나간 게 분명했다.

"쫓아가면 안 된다."

야이치가 말했다. 노리쓰네가 더 이상 냄새를 맡지 않고 야이치에게 얼굴을 돌리고 야이치의 말에 귀를 기울인다.

"새끼랑 있는 멧돼지는 만만치 않아. 네가 아무리 강인해도 자식을 지키려는 어미는 못 당해. 가만히 놔두는 게 상책이야."

노리쓰네는 코를 킁킁거렸지만 그 이상 멧돼지 냄새를 쫓지 않았다.

"넌 정말 똑똑하구나. 어떤 주인에게 훈련받았니?"

야이치가 물었다. 물론 대답은 돌아오지 않는다. 그래도 개에게 말을 계속 거는 것이 야이치의 방식이었다.

개는 말은 못 알아들어도 사람의 의사를 알아차리기 위해 노력한다. 그래서 말을 걸면 유대관계가 깊어진다.

만일의 사태에 무엇보다도 도움이 되는 것이 사람과 개의 강한 유대관계다.

"가자."

야이치가 노리쓰네를 재촉하며 앞장섰다. 한 10분 정도 걸으면 산 정상이 나온다. 그다지 높은 산은 아니지만 정상 부근 나무들을 야이치가 베어 놓은 터라 나름의 전망을 즐길 수 있다.

완만한 경사로를 걷는 동안 호흡도 안정되었고 무릎이 아픈 것도 사라졌다. 이제 지팡이는 필요 없지만 야이치는 마른 나뭇가지를 꽉 쥐고 있었다. 내려갈 때는 반드시 필요할 것이다. 산에서 근육을 혹사하는 것은 오르막길이 아니라 내리막길이니까.

갑자기 시야가 확 트였다. 산 정상에 도착한 것이다. 야이치는 나무 그루터기에 앉아 다시 물을 마셨다. 배낭에서 냄비를 꺼내 물을 붓고 노리쓰네에게 주었다.

노리쓰네는 물을 다 마시고 정상 한가운데에 서서 남서쪽으로 얼굴을 돌렸다.

산을 따라 10킬로미터 정도 남쪽으로 내려가면 야마구치 현이 나온다. 야마구치 현을 가로질러 바다를 건너면 규슈다. 남서쪽으로 직선을 그으면 처음 맞닥뜨리는 곳은 오이타 부근일 것이다.

"주인하고 왜 헤어졌니?"

야이치가 노리쓰네에게 물었다. 노리쓰네는 귀를 올리기만 할 뿐 움직이지 않는다.

"오랫동안 주인을 찾아 헤맸지?"

노리쓰네가 드디어 얼굴을 돌렸다. 담갈색 눈동자 깊숙이 외로움과 비슷한 감정이 깃들어 있는 듯했다.

"꽤 소중한 상대였나 보구나. 난 괜찮으니 이만 가도 돼."

노리쓰네가 갸웃했다.

"네 진짜 가족 말이야. 가족 곁에 있는 것이 자연스럽지. 왜 내 곁에 머무는 거니?"

노리쓰네에게 이야기하며 야이치는 스스로 대답을 찾았다.

노리쓰네는 자신의 죽음을 마지막까지 지켜보고 싶은 것이 아닐까.

노리쓰네는 몇몇 인가 속에서 자신의 집을 선택했다.

고독과 죽음의 냄새를 알아챈 것이라고 야이치는 믿었다.

그렇다면 고독을 치유할 수도 죽음을 피할 수도 없는 그때를 위해 노리쓰네는 가족 찾기를 중단하고 자신 곁에 있는 것이 아닐까.

바보 같은 소리다. 개는 개다. 사람이 아니다.

중얼거려 보지만 그래도 야이치는 사람에게 개는 특별한 존재라는 것을 알고 있다.

사람이라는 어리석은 종을 위해 하느님 또는 부처님이 보내 준 생명체인 것이다.

사람의 마음을 이해하고 사람에게 다가와 준다. 이런 동물은 또 없다.

"노리쓰네, 이리로 와."

야이치의 손짓에 노리쓰네가 다가온다. 야이치가 자신의 허벅지를 가볍게 치자 거기에 턱을 얹는다.

"고마워."

야이치는 노리쓰네의 머리를 쓰다듬었다.

"정말 고맙다."

야이치는 질리지도 않고 노리쓰네를 계속 쓰다듬었다.

4

산기슭 마을에 곰이 나타났다.

스기시타 이치로 집 정원에 있는 감나무에 올라가 감을 먹어 치운 후 근처 밭을 어질러 놓았다.

겨울잠을 자기 전 배를 불리기 위해 온 것이다.

예전에는 산과 마을 사이에 보이지 않는 경계선이 그어져 있어 동물들이 마을까지 내려오는 일이 드물었다. 그러나 언제부턴가 마을에 인구 감소와 고령화 물결이 밀려오면서 산을 돌보고 가꾸는 일에 소홀해졌다. 동시에 경계선도 소멸되면서 산에 사는 동물들이 빈번하게 마을에 출몰하기 시작했다.

멧돼지와 사슴이면 그래도 나은데 곰이 나타나면 불온한 공기가 마을을 감싼다. 곰과 마주치면 부상을 입거나 죽는 것은 사람이기 때문이다.

마당에서 노리쓰네가 짖었다.

손님이 왔다는 것을 알리는 것이다.

야이치는 고통을 참으며 몸을 일으켰다. 며칠 전부터 등의 통증이 가라앉지 않고 있다. 의사에게 처방받은 진통제를 먹어도 효과가 지속되는 시간은 짧았고, 두 시간 정도 지나면 재발했다.

처방받은 진통제는 이미 다 먹었고 시판용 진통제로 버티고는 있는데 그것도 한계에 다다랐다. 그래도 좀처럼 병원에 가지 않는 이유는 입원하라는 소리를 들을 것이 빤하기 때문이었다.

야이치가 마당에 나간 것과 동시에 다무라의 경차가 집 마당으로 들어왔다.

"야이치 씨, 출근 요청이야."

다무라가 차에서 내리며 입을 열었다.

"난 이미 사냥꾼이 아니야."

야이치가 말했다.

"그런 말 하지 마. 이 동네에서 제일가는 사냥꾼은 야이치 씨잖아. 야이치 씨가 사냥 교우회를 이끌어야지."

"이제, 산을 돌아다닐 체력이 안 돼."

야이치의 말에 다무라는 눈을 계속 깜박였다.

"야이치 씨, 살 빠진 거야?"

"이제야 안 거야?"

"설마……."

야이치는 끄덕였다.

"어딘데?"

"췌장이야."

"췌장이라면 하쓰에 씨랑 같은 곳이잖아!"

"하쓰에는 날 원망하며 죽었으니까. 죽은 후 선물로 남겨 두고 갔나 봐."

"농담이라도 그런 말 하지 마, 야이치 씨. 병원은?"

"한 달에 한 번 다니고 있어."

야이치는 집 안으로 들어가 현관에 둔 의자에 앉았다. 그저 서 있는 것뿐인데도 힘들었다.

다무라와 노리쓰네도 집 안으로 들어왔다.

"항암제? 아니면 방사선이야?"

야이치가 고개를 저었다.

"치료는 안 받아. 진통제만 처방받았어."

"그럼 죽잖아."

"이사오, 너도 알잖아, 하쓰에가 어떻게 죽었는지. 병원에서 늘 집에 가고 싶다고 말했어. 죽을 때도 집에서 죽고 싶다고……."

다무라가 고개를 숙였다. 야이치가 밭일과 사냥 일로 정말 바쁠 때 이것저것 하쓰에를 돌봐 준 이가 다무라의 아내 구미였다.

"몸 상태가 많이 안 좋아?"

잠시 후에 다무라가 입을 열었다.

"얼마 전, 노리쓰네와 산에 갔는데 산 정상까지 한 시간 이상 걸렸어."

다무라의 얼굴에서 핏기가 가셨다. 건강했을 때의 야이치는 단순히 산 정상에 가는 것쯤이야 30분도 안 걸렸다.

"그렇게 안 좋아?"

"그러니까 곰 사냥은 나 빼고 해."

"그래 봤자 우리 사냥 교우회는 사슴이나 멧돼지 쏘는 게 전부지. 곰을 사냥한 적 있는 녀석은 없잖아."

"멧돼지랑 마찬가지야. 흔적을 발견하고 내몰아서 쏘면 돼. 어쨌든 난 이제 못 움직이니까 어쩔 수 없어."

"정말 치료 안 받을 생각이야?"

야이치는 고개를 끄덕였다.

"때가 되면 죽으면 돼."

"이 개는 어떻게 되는 거야. 야이치 씨가 죽으면 혼자 남잖아."

다무라가 노리쓰네를 쳐다봤다.

"그 녀석 일로 부탁이 있어, 이사오."

야이치가 말했다.

"부탁이라니?"

"내가 죽으면 이 녀석을 규슈에 데려다줬으면 좋겠어."

"규슈?"

다무라의 눈이 동그래졌다.

"어디든 괜찮아. 규슈 산속에 이 녀석을 놓아줘. 그렇게 하면 자기가 알아서 목적지로 향할 거야."

"목적지라니 무슨 말이야?"

"이 녀석은 자기 가족을 찾고 있어. 도중에 우연히 나한테 들른 것뿐이야."

"가족을 찾는다고? 개가?"

"이 녀석은 그런 녀석이야. 이사오, 부탁해. 내가 너한테 부탁 같은 거 한 적 없잖아. 부탁 들어줘."

"그거야 상관없는데……."

"고마워, 이사오."

야이치는 다무라의 손을 잡았다. 다무라가 당혹감을 감추지 못했다. 당연하다. 알고 지낸 지 30년이 넘었지만 이런 태도를 보인 적은 없었다.

"들어주겠는데 되도록 오래 살아, 야이치 씨. 이제 막 일흔 됐잖아?"

"이미 충분히 살았어. 그리고 내 병에 대해선 주변에 비밀로 해 줘."

"그것도 염려하지 마. 어차피 속세 떠난 사람처럼 살아왔으면서 뭐. 야이치 씨가 갑자기 죽어도 아무도 신경 안 쓸 거야."

야이치가 웃었다.

"그렇네."

"미사코짱한테는 말했지?"

"아니……."

야이치가 말끝을 흐렸다.

"안 돼, 얘기해야지. 아버지랑 딸, 딱 둘뿐인데."

"그 녀석은 날 싫어하잖아. 내가 죽으면 속 시원할걸."

"안 된다니까. 미사코짱한테 제대로 이야기 안 하면 개 부탁도 안 들어줄 거야. 야이치 씨가 말하기 그러면 내가 말할게."

"이사오—."

"이것만큼은 양보 못 해. 제대로 이야기해야지. 약속해."

"알겠어. 오늘 밤에라도 전화할게."

야이치가 고개를 끄덕였다.

"내가 안 왔으면 미사코짱한테도 말하지 않고 정말 저세상 혼자 갈 뻔한 거네."

"혼자 뒈지고 싶었어."

노리쓰네가 없었다면 다무라에게 병 이야기를 하지 않았을 것이다. 노리쓰네가 곁에 있어서 야이치의 운명도 바뀌고 있는지 모른다.

그래도 이제 난 곧 죽는다—통증에 얼굴을 찡그리며 야이치는 생각했다.

"그럼, 난 이만 가 볼게. 무슨 일 생기면 편하게 연락해. 내가 할 수 있는 건 뭐든 할 테니까."

"응. 이제 사양은 안 해."

다무라는 안도의 웃음을 흘리며 밖으로 나갔다. 노리쓰네가 다가와서 야이치의 허벅지에 몸을 기댔다. 야이치는 그 등을 어루만졌다.

"신기하기도 하지, 널 쓰다듬으면 통증이 줄어들어."

야이치는 노리쓰네를 어루만지며 눈을 감았다.

* * *

휴대폰 전화벨이 울렸다.

지도 앱이라든가 GPS라든가를 사용하기 위해 요즘 대부분의 사냥꾼은 스마트폰을 갖고 있다.

야이치는 그런 것에 의지하지 않아도 자유자재로 산속을 활보할 수 있다. 날씨도 최신 일기예보보다 잘 맞힌다. 오랜 세월 쌓아 온 경험이 판단을 도와주는 것이다.

스마트폰에 의지하는 것은 자신의 능력에 자신감이 없기 때문이다.

그래서 갖고 다니는 전화는 휴대폰이면 충분했고 그마저 사용하는 일은 거의 없었다.

"여보세요?"

"아빠?"

미사코 목소리가 귓가를 울렸다. 다무라가 야이치의 병을 바로 알려 준 것 같았다.

"무슨 일이야?"

"아까 다무라 아저씨한테 전화가 와서."

"그래."

"치료 안 받고 있다는 얘기 들었어요."

"그렇구나."

야이치는 한숨을 참아 냈다. 노리쓰네가 다가와 야이치의 허벅지에 턱을 얹었다. 야이치는 노리쓰네의 머리를 쓰다듬었다.

"엄마가 괴로워하며 돌아가신 거 내 탓이라고 생각하죠?"

미사코의 어조는 단호했다. 늘 그렇다. 미사코가 고등학생이 됐을 무렵부터 상냥한 말투를 들어 본 기억이 없다. 그것도 자업자득이라고 생각했다.

"아니야."

"내가 엄마 의사를 무시하고 화학요법을 계속했기 때문이라고 생각하잖아요."

"아니라고 했잖아."

"그러면 왜, 치료도 안 받고 나한테도 안 알리고 혼자서 죽으려고 하는 거예요!"

미사코가 소리치며 말했다.

"너한테 폐 끼치고 싶지 않으니까."

야이치는 대답했다.

"폐라니, 부모 자식 사이에. 아빠랑 나 우리 둘뿐인 부모 자식인데."

생각지도 못한 말에 야이치는 말문이 막혔다.

"계속 아빠를 원망했고 지금도 안 좋아해요. 그래도 죽었으면 좋겠다고 생각한 적은 없어요. 알아요? 만나지는 않아도 오늘도 사냥총 메고 산속을 걷고 있으려니 생각하면 안심이 된다고요. 다무라 아저씨가 안 알려 줬으면 난 아무것도 모르고 아빠를 혼자 죽게 만들 뻔했잖아."

"너한테 폐 끼치고 싶지 않았어."

야이치는 꺼질 듯한 목소리로 말했다.

"엄마랑 날 그렇게 힘들게 했으면서 이제 와서 무슨 말이에요."

"미안하다."

야이치는 아무도 없는 공간을 향해 머리를 숙였다. 노리쓰네가 이상하단 듯이 야이치를 바라봤다.

"나도 엄마 일은 반성하고 있어요. 그렇게 집에 가고 싶어하셨는데 집에도 못 보내 드리고. 그러니까 아빠가 결정한 일에 반대는 안 할게요. 그래도 모른 척할 수도 없어요. 다음 주 토요일에 기누 데리고 갈게요."

손자 이름을 오랜만에 들었다. 기누는 올해 대학생이 되었을 것이다. 오사카에 있는 대학에 다니고 있다고 들었다.

"기누는 잘 지내냐?"

"너무 잘 지내서 탈이에요. 괜찮죠? 우리 갈 때까지 잘 살고 있어요. 맘대로 죽거나 하면 그거야말로 절대 용서 안 할 거예요."

"알겠어. 차로 오는 거냐?"

"지하철은 시간이 걸리고 제일 가까운 역도 좀 멀죠? 기누보고 운전하라고 해서 갈게요."

"기누가 차를?"

"대학 들어가서 바로 면허를 땄어요. 주말엔 제 아빠 차를 몰고 돌아다녀요."

"그렇구나."

야이치는 머리를 긁적였다. 자신은 가족 일을 아무것도 모른다. 알려고 하지 않았으니 당연했다.

"몸은 좀 어때요?"

미사코의 말투가 바뀌었다.

"아직 전혀 문제없어."

야이치는 거짓말을 했다.

"그래요. 그럼, 주말에 갈게요. 시댁 울외장아찌 갖고 갈게요. 엄마가 제일 좋아하셨던 거니까 불전에 올리고 그러고 나서 아버지가 드세요."

"어어. 그 울외장아찌 맛있지."

미사코 남편은 나라 출신으로 사부인께서 매년 직접 절임 음식을 만드신다. 그 맛이 일품이라고 하쓰에는 늘 기뻐하며 먹었다.

"그럼 이만 끊을게요."

"응."

전화가 끊겼지만 야이치는 손에 든 휴대폰을 어디에 사로잡힌 것처럼 계속 바라봤다.

곧 휴대폰을 서츠 주머니에 넣었다.

"사람은 정말 어리석어."

노리쓰네에게 말을 건넸다.

"그중에서도 난 특히 더 어리석어. 너희 개들은 똑똑하니까 어이없지?"

노리쓰네는 코로 숨을 내쉬며 야이치에게서 멀어졌다.

정말 어처구니가 없었을 것이다.

야이치가 웃으며 일어서다 몸을 웅크렸다. 별안간 등에 극심한 통증이 밀려왔다. 바닥에 엎드려 계속 거친 숨을 내쉬었다.

노리쓰네가 걱정스러운 듯 야이치 주변을 서성거린다.

"괜찮아."

야이치는 고개를 들었다. 노리쓰네가 걸음을 멈추고 코를 야이치 얼굴에 갖다 댄다. 계속 냄새를 맡는다.

"미사코와 기누가 오기 전까지 난 안 죽어. 그러니까 괜찮아."

잠시 엎드려 있자 통증이 옅어졌다. 야이치는 하늘을 보고 누워 양팔을 벌렸다.

"다음 주 토요일이다. 앞으로 열흘 남았어. 그 정도는 아무것도 아니야. 노리쓰네, 너도 하느님께 기도해 줘. 앞으로 열흘, 어떻게든 평소처럼 살 수 있게 해 주길. 너희들은 하느님의 심부름꾼이잖아. 그 정도는 부탁해 줄 수 있지?"

노리쓰네가 야이치의 옷소매를 물고 당겼다.

여기가 아니라 이불 위에서 자라고 말하는 것이다.

"알았어."

야이치는 천천히 몸을 일으켰다.

"거실에서 자지 마라, 과음은 안 된다. 너, 마치 하쓰에 같구나."

야이치는 노리쓰네를 내려다봤다.

"하쓰에 영혼이 들어갔는지도 모르겠다."

그렇게 중얼거리며 이를 닦기 위해 세면대로 향했다.

5

사냥 교우회가 곰을 쏘아 죽이지 못했다. 상처 입은 곰에 온 마을이 불안에 떨었다.

나카무라 텟페이는 효고의 단바에서 곰을 잘 쏘기로 유명한 사냥꾼을 불렀다고 했다.

그러나 이 사람이 의외로 허방인 게 너무 긴장한 나머지 총을 잘못 쏴 총알이 곰 옆구리를 스쳐 지나갔다. 곰은 놀라 달아났고 사냥꾼들은 흔적을 놓쳤다.

"정말 한심하네."

야이치는 물과 함께 진통제를 삼키면서 한숨을 내쉬었다.

병원으로 가서 진통제를 다시 처방받았다. 입원하는 게 좋다며, 이제부터 치료를 시작해도 늦지 않는다는 둥, 귀에 못이 박힐 정도로 들었던 의사의 말을 또 들어야 한다는 게 귀찮았지만 나날이 심해지는 통증 앞에서는 고집을 피울 수도 없는 노릇이었다.

통증이 더해질 때마다 약효가 떨어지는 시간도 짧아졌다. 바빠서 진찰받을 시간을 만들 수 없다고 거짓말을 하고 진통제를 많이 처방받았지만 그것도 언제까지 통할지는 모르겠다.

시판되는 약은 이제 전혀 듣지 않는다. 수중에 있는 약이 떨어지면 다음엔 의사와 향후 거취에 대해 제대로 이야기해야 한다.

입원은 안 할 것이다. 암 치료도 안 받을 생각이다. 의사는 야이치가 나아가야 할 길을 알려 주면 되는 것이다.

노리쓰네가 밖을 향해서 짖었다. 한 번 짖은 후 그 다음엔 현관 쪽을 바라보고 있다. 차의 엔진 소리가 점점 가까워진다. 아마도 다무라일 것이다. 노리쓰네는 우편 배달 오토바이와 택배 트럭, 그리고 다무라의 경차 소리를 잘 구분해서 듣는다.

"야이치 씨, 잠깐 들어갈게."

다무라가 맘대로 문을 열고 현관으로 들어왔다.

"올 줄 알았어."

야이치가 말했다. 야이치의 모습을 보고 다무라가 그 자리에 멈춰 섰다.

"안색이 안 좋아, 야이치 씨."

"아픈 사람이니까."

"병원은 갔어?"

"엊그제 갔어."

"정말로 걱정이야."

다무라는 현관 의자에 앉았다.

"들었지? 어제 곰을 못 쏘고 놓쳤어."

"단바에서 솜씨 좋은 사람 데려왔다며?"

"그 새끼, 완전 허당이었어. 어젯밤 단바 사냥 교우회에 문의해 봤는데 입만 산 놈이라고 비웃더라고."

"그런 놈의 감언에 넘어가다니 텟페이도 감 죽었구먼."

야이치가 입술을 내밀었다.

"선거가 가까우니까 이때 곰을 쏘아 죽여서 이름을 올리려고 안달이 났던 거지. 야이치 씨가 도움을 줬더라면 이런 일은 안 생겼을 텐데."

"내 탓이라고 말하는 거야?"

다무라는 당황해서 고개를 저었다.

"그런 게 아니고. 그것보다 이번에야말로 도움을 좀 주겠나? 부상 입으면 골치 아파, 야이치 씨는 잘 알고 있잖아?"

부상 입은 곰은 공포와 분노에 휩싸여 눈에 들어오는 모든 것에 달려든다. 그래서 곰을 쏜다면 한 방에 쏴 죽여야 하는 것이다.

"이미 마을 할아버지, 할머니들은 패닉 상태야. 텟페이 씨한테 투표하지 않겠다고 말하는 사람도 있다니까."

"도와주고 싶은데, 무리야."

야이치는 자조했다.

"산을 걷기는커녕 총을 제대로 겨눌 수 있을지조차 모르겠어."

"그렇게 심각해? 입원하는 게 나은 거 아니야?"

"일상생활 하는 데는 문제없어. 근데 산에 들어가면 내가 바보같이 느껴져."

"힘들겠나?"

"미안해."

"아픈 거니 어쩔 수 없지. 그럼 곰은 우리가 어떻게 해 볼 테니, 건강 잘 돌보고."

다무라가 머리를 꾸벅 숙이고 나갔다.

노리쓰네가 가만히 야이치를 보고 있었다. 정말 그래도 되겠어, 라고 묻는 느낌이었다.

"어쩔 수 없지. 내가 가도 걸리적거리기만 할 거야."

야이치는 노리쓰네에게서 얼굴을 돌렸다.

* * *

총 보관함을 열고 M1500을 집어 들었다. 사용하지 않은 지 오래지만 손질을 게을리한 적은 없다.

분해해서 청소하고 다시 조립한다.

총을 겨누고 방아쇠를 당긴다. 문제는 없었다.

야이치는 폐 속 깊이 숨을 들이쉬고 다시 내쉬었다.

이제 두 번 다시 사용할 일이 없다고 생각했는데 이 총이 나설 때가 온 것이다.

어제, 나카무라 텟페이가 이끄는 사냥 교우회가 부상당한 곰을 없애기 위해 산으로 들어갔다. 그러나 곰의 반격을 받아 회원인 스즈키라는 남자가 중상을 입었다.

"그러니까 확실히 쏴 죽여야 했는데."

야이치는 옷을 갈아입었다. 등산용 바지에 플란넬 셔츠와 후리스를 입고 그 위에 주머니가 많이 달린 사냥용 조끼를 걸친다. 주머니에는 예비 총알과 칼, 피리 같은 것을 집어넣었다.

트레킹화를 신고 오래 착용한 장갑을 끼며 만반의 준비를 했다.

"노리쓰네."

말을 걸자 노리쓰네가 달려왔다.

"사냥에 대해선 알려 준 적 없지만 넌 똑똑하니까 괜찮을 거 같아. 내 지시에 따르면 돼. 알겠지?"

노리쓰네가 야이치를 올려다봤다. 그 눈은 무서우리만큼 투명했다.

"곰을 죽이고 돌아오면 널 자유롭게 해 줄게. 나랑 같이 있을 필요 없어. 네 주인을 찾아가거라."

야이치는 노리쓰네의 머리를 가볍게 두드리고 밖으로 나섰다. 경트럭에 올라타 산기슭 마을로 내려갔다.

약속 장소인 신사 주차장에는 이미 사냥 교우회 회원들이 모여 있었다.

야이치가 경트럭에서 내리자 모두 모여들었다.

"잘 부탁해, 야이치 씨."

나카무라 텟페이가 초조한 표정으로 말했다. 부상자가 나와서 사냥 교우회 면목이 완전 구겨졌다. 선거에도 영향이 있을 것이다.

"이사오한테 말했듯이 다들 산 정상 쪽에서 쓰루다마리 쪽으로 곰을 몰아 줘."

야이치가 말했다. 쓰루다마리는 산 중턱의 확 트인 일대에 있는 작은 연못을 말한다. 예전에는 이 연못에 이동 중이던 학들이 찾아왔다고 한다.

"야이치 씨 혼자서 괜찮겠어?"

다무라가 입을 열었다.

"응. 혼자가 좋아."

야이치가 말했다. 사냥 교우회는 이름뿐인 실력 없는 사냥꾼들의 집합체다. 데리고 가면 거치적거리기만 하다는 건 너무 잘 알고 있다.

"단바에서 온 사냥꾼이 부상 입힌 걸 책임지겠다며 혼자서 산에 들어갔어."

나카무라 텟페이가 말했다.

"왜 말리지 않았어?"

야이치가 날카롭게 말했다. 나카무라 텟페이의 얼굴이 일그러졌다.

"말렸어. 근데, 말을 들어 먹어야지."

"그런 놈을 조력자로 데려오다니 너도 한물갔구나."

야이치는 총을 어깨에 짊어졌다.

"경험 없는 산에 혼자 들어간들 아무것도 안 돼. 알고 있겠지만 신호는 피리뿐이야. 개도 풀지 말고 있어."

야이치의 말에 전원이 고개를 끄덕였다.

"그럼, 가자. 난 쓰루다마리 쪽에서 기다릴게."

남자들이 신사 옆에서 산으로 무리를 나눠 올라갔다. 사냥견들이 흥분해 발광하고 있었다.

"정말, 개 훈련까지 완벽하다니……."

야이치는 탄식하며 남자들과는 다른 방향을 통해 산으로 들어갔다.

길이 없는 길을 나아간다. 별다른 지시를 내리지도 않았는데 노리쓰네는 야이치의 등 뒤를 잘 따라온다.

걷기 시작한 지 5분도 안 되었는데 나뭇가지를 가지고 올걸, 하고 후회했다.

쓰루다마리까지는 20분 정도 되는 거리다. 그 정도라면 지팡이가 없어도 괜찮을 거라고 자만했다.

야이치가 생각했던 것보다 체력이 너무 많이 빠져 있었다.

짊어진 배낭과 어깨에 멘 총이 묵직하다. 경사면을 따라 발을 내디딜 때마다 허벅지 근육이 떨리고 숨이 찼다.

"쇠약해졌구나."

야이치가 혼잣말을 했다.

"이렇게 사람은 죽어가는구나." 뒤돌아 노리쓰네에게 말을 건넨다. "1년 전까지만 해도 눈에 뒤덮인 이 산을 뛰어다녔어, 내가. 그런데 지금 이 꼴이야."

노리쓰네는 야이치의 말에는 반응하지 않고 자꾸 공기 냄새를 맡고 있었다.

"그래. 불평 늘어놓을 시간 있으면 걷기나 하라는 거지."

야이치는 이마의 땀을 닦고 물을 마셨다. 이 상태로는 쓰루다마리에 도착하는 데 한 시간은 걸린다. 사냥 교우회 회원들이 산 정상에 도착하는 것이 30분 후라 해도 시간이 아슬아슬하다.

속도를 올릴 필요가 있었다.

이를 악물고 발걸음을 서둘렀다. 숨이 차고 땀이 비 오듯 흘러내렸다. 다리가 납처럼 무겁다. 가슴이 타들어 가는 듯했다.

연못이 보였을 때는 기진맥진한 상태였다.

야이치는 큰 바위에 무너지듯이 기대앉아 호흡을 가다듬었다. 손목시계를 들여다보니 예정보다 15분이나 늦은 뒤였다.

이미 사냥 교우회 사람들은 산 정상에 도착해 곰을 산기슭 쪽으로 몰기 위해 준비하고 있을 것이다.

호흡이 안정되자 야이치는 천천히 걸으며 연못 주변을 살폈다. 이 연못은 산에 사는 동물들이 물을 마시는 곳이었다. 연못가에는 사슴과 멧돼지, 여우와 너구리의 흔적이 여기저기 남아 있었다. 그중에 새로운 곰의 발자국도 있었다.

부상당한 곰도 여기에서 물을 마신 것이다.

아직 동물의 기척은 느껴지지 않는다. 살기를 풍기는 사냥 교우회에 두려움을 느끼고 모두들 어딘가에 숨죽이며 숨어 있을 것이다.

산 정상 쪽에서 18리터짜리 캔을 두들기는 소리가 들려왔다.

사냥 교우회 사람들이 사방으로 퍼져 일부러 소리를 내며 곰을 쓰루다마리 쪽으로 내모는 소리였다.

야이치는 바위 뒤로 몸을 숨기고 사냥총에 총알을 장전했다.

"노리쓰네, 절대로 움직이지 마."

곁에 있는 노리쓰네에게 단단히 일러두고 땅에 배를 대고 엎드렸다. 총을 쏠 준비를 하고 숨을 고르며 머릿속을 하얗게 비운다.

산과 하나가 되는 것. 그것이 야이치가 내세우는 사냥의 기본이다. 사냥감이 이상한 기운을 느끼지 못하게 하고 안심할 때 쏴 죽이는 것이다.

잠시 후 연못 저편 덤불이 흔들리는 것이 눈에 들어왔다.

방아쇠에 건 손가락에 힘을 주었다.

그러나 야이치의 손가락에서 힘이 빠졌다. 덤불이 흔들리는 게 이상하다. 덤불 속에 있는 게 야생 동물이 아닌 듯했다.

"단바에서 온 놈인가?"

야이치는 혀를 차며 몸을 일으켜 세웠다.

얼른 외지 사람을 내쫓지 않으면 곰이 이변을 알아차리고 이 부근에는 나타나지 않을 것이다.

일어서려는데 머리가 어질어질했다. 균형을 잃고 바위에 손을 짚으며 몸을 지탱했다.

연못 맞은편 덤불에서 사람 그림자가 튀어나왔다. 단바에서 온 사냥꾼이었다.

빨리 여기에서 벗어나—손을 크게 흔들려는 순간, 가슴에 충격을 받았다. 쓰러지면서 총성을 들었다.

사냥꾼이 곰으로 착각해 자신을 쏜 것이다.

"망할 자식—."

야이치는 소리를 쥐어짜며 피를 토했다.

노리쓰네가 짖었다. 날 선, 힘 있는 소리였다.

통증은 느껴지지 않았다. 그러나 추웠다. 손발 끝이 순식간에 차가워졌다.

이런 식으로 죽다니.

야이치는 눈을 떴다. 겨울 하늘이 눈에 들어온다. 투명한 푸른 하늘이다. 노리쓰네의 눈과 닮았다.

지금까지 셀 수 없이 많은 생명을 사냥총으로 뺏어왔다. 그리고 지금, 어리석은 자의 사냥총에 본인의 생명이 빼앗기는 것이다.

"인과응보라는 거구나"라고 말할 생각이었지만 목소리가 나왔는지 알 수 없다.

부드러운 것이 뺨에 닿았다.

노리쓰네의 혀였다. 노리쓰네가 야이치의 얼굴을 핥았다.

"이제 괜찮아. 난 죽어. 넌 주인을 찾으러 가."

야이치는 무거운 손을 들어 흔들었다. 노리쓰네는 움직이지 않았다.

뺨을 핥다가 멈추고 가만히 야이치를 내려다본다.

"그래. 네가 그래서 내 곁에 왔구나. 나를 돌봐 주기 위해서였구나."

노리쓰네의 눈이 파란 겨울 하늘 같았다. 담흑색의 투명한 빛깔이다.

"혼자서 죽을 줄 알았어. 그게 나한테는 맞아. 그런데 노리쓰네, 네가 있어 줬네."

야이치가 미소 지었다.

"고마워, 노리쓰네."

야이치는 숨을 거두었다.

소년과
개

1

오른쪽 앞 숲에서 무언가가 비틀거리며 튀어나왔다.

우치무라 도오루는 경트럭의 브레이크를 밟았다. 멧돼지 새끼인가. 그렇다면 근처에 어미가 있을지도 모른다. 얼른 지나가야 했다.

그러나 길은 좁고 새끼 멧돼지는 그 중앙에 딱 버티고 있었다.

경적을 울렸다. 새끼 멧돼지만이 아닌, 근처에 있을 어미도 내쫓을 기세로.

소리에 놀랐는지 새끼 멧돼지가 오히려 몸을 웅크렸다.

우치무라는 혀를 차며 헤드라이트를 켰다. 해질 무렵이라 안 그래도 어두컴컴한데 산속이라 시야가 더 나빴다.

"어?"

헤드라이트 불빛이 비춘 것은 멧돼지 새끼가 아니었다. 개였다. 꾀죄죄하고 빼빼 마른. 어딘가 부상을 입은 것 같기도 했다.

우치무라는 경트럭에서 내렸다.

"왜 그래? 어디 다쳤니?"

부드러운 어투로 말을 건네며 개에게 다가갔다.

잡종인 것 같다. 셰퍼드에 토종견이 섞인 모습이다. 뼈와 살 가죽밖에 없는데 건강 상태가 좋다면 체중이 20, 30킬로 정도는 나갈 듯하다.

개가 위로 눈을 치뜨며 우치무라를 본다. 꼬리를 살랑살랑 흔든다. 사람에게 익숙한 행동이다.

"빼빼 말랐구나."

우치무라는 허리를 숙여 개의 콧등 앞으로 살짝 손을 내밀었다. 개가 손가락을 날름 핥았다.

"어딘가 부상을 입었니? 잠깐 보여 줄래?"

개는 도로에 엎드린 채 움직이지 않았다. 우치무라는 몸을 만져 보았다. 까칠한 털이 군데군데 뭉쳐 있다. 굳은 피에 떡이 진 곳도 보인다. 산속을 헤매다 멧돼지에게 공격을 당했는지도 모른다. 중상은 아니지만 상처를 입어 지치고 굶주린 상태다.

"잠깐 기다려."

우치무라는 경트럭으로 돌아왔다. 차 안에 물이 든 페트병과 간식으로 산 바나나가 있었다.

우선 물을 마시게 하는 게 좋을 듯했다. 페트병을 기울이자 개가 혀로 물을 받아 꿀꺽꿀꺽 마셨다. 바나나를 작게 떼어 주었다. 개는 꼬리를 흔들며 바나나를 다 먹었다.

"동물병원에 데리고 가려는데 괜찮니?"

우치무라가 물었다. 개는 눈을 감았다.

그것을 알겠다는 신호로 받아들이고 우치무라는 개를 안아 올렸다.

개는 슬플 정도로 가벼웠다.

* * *

"영양실조네요."

마에다 수의사가 말했다. 지인인 목장 주인에게 소개받은 수의사였다. 개는 진찰대 위에 배를 대고 누운 채 눈을 감고 있었다.

"생명에 지장은 없는 것 같습니다. 수액 맞힐 테니 상태를 봅시다. 그리고 이 아이, 마이크로칩이 내장돼 있더라고요."

"마이크로칩이요?"

"개의 체내 식별표 같은 거예요. 칩을 기계로 읽으면 이 아이의 주인에 관한 정보 같은 것을 알 수 있어요."

"확인해 주세요. 가능하면 집으로 돌려보내고 싶어요."

"알겠습니다. 그럼, 잠시 대기실에서 기다려 주세요."

우치무라는 진찰실을 나왔다. 병원 밖으로 나가 스마트폰으로 전화를 걸었다.

"어어, 나야."

"무슨 일이야? 사고라도 난 줄 알고 걱정했어."

말과 달리 아내인 히사코의 목소리는 차분했다.

"집에 돌아가는 길에 개를 발견했어."

"개?"

"빼빼 말라서 혼자서 걷지도 못 하는 거야. 그래서 동물병원에 데리고 왔어. 지금 수액 맞고 있는 중이야."

"동물병원이면 보험 안 되잖아? 진찰비 비싸지 않아?"

가계는 쪼들리고 있었다. 히사코가 잔소리를 하는 심정도 잘 안다.

"어쩔 수 없잖아. 그냥 지나칠 수 없었어."

"그렇지. 그냥 와 버리면 잠자리도 뒤숭숭해질 테니까."

"일단 오늘은 이대로 입원해야 할 것 같아. 진료가 끝나면 돌아갈게. 저녁은 먼저 먹어."

"알겠어."

"히카루는 뭐 해?"

아들의 상태를 물었다.

"똑같지 뭐. 크레파스로 그림 그리고 있어. 기분 좋아."

"그래. 그럼 이따 봐."

전화를 끊고 대기실로 갔다.

"우치무라 씨, 진찰실로 들어오세요."

접수처에 있던 여직원의 말에 우치무라는 진찰실 문을 열었다.

"마이크로칩 정보에 따르면 이 아이 이와테에 살았던 것 같네요."

마에다가 PC 모니터를 보면서 말했다.

"이와테, 라고요?"

"가마이(釜石) 시, 주인은 데구치 하루코라는 분이에요. 이 아이는 올해 여섯 살이고요. 이름은 다몬. 다몬천에서 따온 것 같네요."

마에다가 키보드를 치자 프린터가 움직였다. 마에다는 출력된 용지를 우치무라에게 건넸다.

"이와테에서 어떻게 구마모토까지 왔을까…… 주인에게 연락해 보겠습니까?"

"네. 그럴 생각이에요."

프린트 용지에는 가마이 시의 주소와 전화번호가 적혀 있었다.

* * *

"가마이 시에서?"

설거지를 하던 히사코의 손이 멈췄다. 수도꼭지가 잠기자 거실에서 히카루가 도화지 위에 크레파스를 휘갈기는 소리밖에 안 들렸다.

히카루는 하루에 몇 장이나 그림을 그린다. 보통은 동물 그림이다. 개나 고양이, 아니면 다른 것을 그리는데 뭔지는 잘 모른다. 그저 동물이라는 것만 짐작할 수 있는 그림이다.

"그래서 주인하고는 연락이 안 되는 거야?"

"어어. 마이크로칩이란 거에 등록된 전화번호가 현재는 사용 안 하는 번호래."

"가마이 시에서 여기까지 어떻게 온 걸까?"

"몰라."

"그나저나 신기한 인연이네."

우치무라는 히사코의 말에 고개를 끄덕였다. 그들 역시 대지진이 일어나기 전까지 가마이 시에서 살았다. 그러나 쓰나미로 집도 배도 모두 잃었다. 어떻게든 고향에서 재기하려고 애썼지만 히카루가 바닷가를 극도로 무서워하게 되면서 포기했다. 먼 인연에 기대어 이곳 구마모토로 이사한 것이 4년 전이다.

어부에서 농부로 전업하는 건 힘든 일이었다. 이제 겨우 안정된 수입을 얻게 된 참이었다.

"야스시에게 연락해서 마이크로칩에 기재된 주소에 사람이 사는지 확인해 달라고 부탁해 놨어."

예전의 동료 어부에게 연락하는 것도 오랜만이었다.

“그립네, 가마이 시. 지금은 어떻게 됐을까?”

이사한 후론 한 번도 가마이 시를 방문한 적이 없다. 아니, 의식적으로 가마이 시를 머릿속에서 지웠다.

“만일, 주인을 못 찾으면 어떻게 되는 거야?”

“신기한 인연이라고 했잖아.”

우치무라가 대답했다.

“응. 그래도 저 아이는 어떻게 생각할까?”

히사코의 시선이 거실로 옮겨갔다. 히카루는 여전히 그림 그리는 일에 몰두하고 있었다.

2

데구치 하루코는 재해가 발생했을 때 죽었다. 쓰나미에 휩쓸렸다고 야스시가 말했다. 가마이 시에 친척이 있는데 다몬을 데리고 갈 생각은 없다고 했다.

아침 밭일을 마치고 병원으로 갔다. 다몬은 진찰실의 안쪽 방에 있는 케이지에 들어가 있었다. 우치무라를 알아보고 고개를 들어 꼬리를 흔들었다. 수액 덕분인지 어제보다는 상태가 좋아 보였다. 꾀죄죄했던 털도 직원 분이 닦아 주었는지 윤기가 흘렀다.

"순조롭게 회복되고 있어요. 하루 상태를 보고 내일쯤엔 퇴원해도 좋을 것 같아요." 마에다가 말했다. "여러 검사를 해 봤는데 영양실조 외에 문제는 없는 것 같아요. 여기저기 상처가 있는데 그것도 대부분 아물었어요. 혹시 모르니 광견병과 다른 병 백신을 맞혔어요."

"감사합니다. 가마이 시 주인 말인데요, 대지진 때 돌아가신 것 같아요."

우치무라의 말에 마에다가 의아해했다.

"그 얘기는, 이 아이가 가마이 시에서 구마모토까지 5년에 걸쳐 이동했다는 얘기네요."

"바다를 어떻게 건넜을까요?"

"개는 수영 달인이에요."

마에다가 웃으며 말했다.

"그럼, 이 아이를 제가 데려가고 싶은데 무슨 문제는 없을까요?"

"괜찮아요. 주인이 돌아가셨으니 이 아이는 사실상 들개예요. 등록만 마치면 우치무라 씨가 주인이 되셔도 아무런 문제가 없어요."

"다행이다."

"등록 절차는 여기에서 하시면 되고, 다몬한테 인사하고 가시겠어요? 저랑 간호사에게는 퉁명스러운데 당신이 오면 꼬리를 흔들어요. 당신을 신뢰하고 있어요."

우치무라는 끄덕였다. 다몬이 들어간 케이지 옆으로 다가가 웅크리고 앉았다.

"오, 다몬. 내가 네 새로운 주인이야. 잘 부탁해."

케이지의 틈새로 손가락을 넣었다. 다몬이 손가락을 핥으며 꼬리를 세차게 흔들었다.

* * *

목걸이를 달려고 하자 다몬이 뒤로 물러섰다. 싫어하는 게 확실하다.

"이걸 안 달면 나랑 같이 못 살아."

우치무라는 부드러운 어투로 말했다. 다몬이 우치무라를 보았다. 입에서 침이 흘렀다.

"안 좋은 기억 만들지 않아. 약속해. 날 믿어. 난 생명의 은인이잖아."

다몬이 뒷걸음질을 멈췄다. 우치무라는 조심히 목줄을 달았다.

"봐봐. 괜찮지?"

금속으로 목줄을 연결한 뒤 일어섰다. 다몬이 조심스레 케이지 밖으로 나왔다.

"갈까?"

마에다에게 인사하고 다몬과 함께 진찰실을 나왔다. 결제 등 필요한 모든 작업은 이미 끝마쳤다.

아직 피골이 상접했지만 다몬의 발걸음에는 힘이 있었다. 원래대로 돌아오면 체중은 20에서 30킬로그램 사이가 될 거라고 마에다가 말했다.

다몬을 안아 올려 경트럭 조수석에 태웠다.

"지금뿐이야. 건강해지면 짐칸이 네 자리야."

다몬의 머리를 쓰다듬으며 운전석에 올라탔다. 다몬은 코를 킁킁거리며 차 안의 냄새를 확인했다.

"얼른 건강해져서 산책 가자."

다시 한 번 다몬의 머리를 쓰다듬고 우치무라는 경트럭을 출발시켰다. 다몬이 창밖으로 시선을 돌렸다.

다몬이 경치를 볼 수 있도록 천천히 차를 몰았다. 집에 도착하자 경트럭의 엔진 소리를 들은 히사코가 밖으로 나왔다.

"히카루, 다몬이 왔어."

집 안을 향해 소리쳤지만 히카루는 얼굴을 보이지 않았다. 다시 그림 그리는 데 정신이 팔린 모양이다.

다몬을 안아 바닥에 내렸다. 다몬은 한참 땅 냄새를 맡은 후 히사코에게 다가갔다.

히사코는 쪼그려 앉아 다몬이 하고픈 대로 하게 뒀다. 다몬이 히사코의 냄새를 맡고 뺨을 핥았다.

"내가 맘에 드는 거야?"

다몬의 꼬리가 흔들렸다.

"정말 깡말랐네. 많이 먹고 체중 원래대로 만들어서 건강해지자. 알겠지?"

히사코는 다몬의 머리를 쓰다듬으며 일어섰다.

"하지만, 그 전에 몸을 깨끗이 해야지."

집 앞에는 이미 양동이와 수건이 준비되어 있었다. 샴푸까지는 아직 체력적으로 힘들 것 같아서 젖은 수건으로 몸을 닦기로 했다.

현관 쪽에서 무슨 소리가 났다. 다몬이 그쪽으로 얼굴을 돌렸다. 그리고 이제껏 보지 못한 기세로 꼬리를 흔들었다.

히카루가 맨발로 밖으로 나왔다.

"히카루, 신발 안 신으면……."

히사코가 말을 삼켰다. 히카루가 다몬을 바라보고 있었다. 다몬의 꼬리가 더 세차게 흔들렸다.

히카루가 환하게 웃었다. 웃으며 다몬에게 다가와 몸을 어루만졌다.

우치무라는 입안에 고인 침을 삼켰다.

히카루의 미소를 보는 것은 대지진 이후 처음이었다.

* * *

히사코가 히카루의 상태가 이상하다고 느낀 것은 대피소 생활이 시작된 지 3일째 되는 날이었다.

"말 한마디도 안 하고 웃지도 않아. 울지도 않고 화도 안 내."

처음에는 그저 충격을 받은 것이라고 생각했다. 어른조차 정신을 못 차릴 정도로 공포를 느꼈으니까. 세 살 아이에겐 더 했을 것이다.

우치무라는 시간이 해결해 주리라 자신을 설득했다.

게다가 대피소 안의 혼란 속에서 히카루를 데리고 의사에게 진료를 받으러 갈 여유조차 없었다.

대피소 생활이 계속되면서 자주 말을 걸고 놀자고 권유하고 생각할 수 있는 모든 방법을 다 써 봤지만 히카루는 입을 열지 않았다. 감정이 얼굴에 드러나는 일도 없었다.

히카루가 유일하게 흥미를 보인 것은 종이와 연필이었다. 연필로 우치무라 부부는 알 수 없는 그림을 종이에 거침없이 그리기만 했다.

히카루를 의사에게 보인 것은 재해가 발생하고 한 달이 지났을 때였다. 다른 사람에게 빌린 차로 센다이까지 가서 소아 전문 심리내과를 방문했다.

진단은 비전문가인 우치무라가 내린 것과 같았다. 재해 때의 충격으로 히카루의 마음속에서 무언가가 발생했고, 시간이 해결해 줄 때까지 기다릴 수밖에 없다는 것이었다.

그러나 한 달이 지나도 석 달이 지나도 히카루는 말을 하지 않았다. 그저 그림만 계속 그렸다.

의사가 권유한 치료에 도움이 될 만한 방법들도 시도해 봤지만 효과는 없었다.

어느 날, 우치무라와 히사코는 히카루를 안고 항구로 향했다. 항구의 참혹한 모습은 들었지만 두 눈으로 직접 보고 싶었다.

거리에는 불에 탄 목재 냄새가 여전히 남아 있었다. 여기저기에 잔해 더미가 쌓여 있었고, 육지에 처박힌 어선이 길을 막고 있었다.

우치무라에게 안긴 히카루는 눈을 꼭 감고 있었다. 재해 때도 히카루를 안고 쓰나미에서 벗어나기 위해 오로지 고지대를 향해 달렸다. 그때의 일을 떠올리고 싶지 않다는 것일까.

바다에 다가가자 파도 소리가 들려오기 시작했다. 목재 타는 냄새가, 바다 냄새에 지워졌다.

그리고 품속에서 히카루가 난리를 치기 시작했다. 벌어진 입에서 새된 비명이 새어 나왔다. 귀청이 찢어질 듯한 비명이었다.

당황해서 발걸음을 돌려 바다에서 멀어졌다. 히카루의 비명은 좀처럼 진정되지 않았다.

그날 밤, 히카루는 가위에 눌렸다. 주위의 이재민들이 보내는 무언의 질책에 우치무라와 히사코는 히카루를 안고 밖으로 나와 날이 밝을 때까지 기다렸다.

그때 이후 바다에 가까이 갈 때마다 히카루는 비명을 질렀고 밤이 되면 가위에 눌렸다.

우치무라와 히사코가 바다에서 멀리 떨어진 지역으로 이사를 결심하기까지는 오랜 시간이 걸리지 않았다.

3

히카루는 다몬 옆에 꼭 붙어 있었다. 잠을 잘 때도 다몬과 함께 자고 싶어 했다.

젖은 수건으로 몸을 닦았지만 다몬은 아직 꾀죄죄했다. 평소의 히사코라면 그런 개가 히카루와 같은 이불에서 자는 것을 허락하지 않았을 것이다.

그러나 히카루의 미소가 모든 것을 날려 버렸다.

다몬도 예의가 발랐다. 집 안에서 실수하는 일도 없었다. 마치 원래부터 집에서 살았던 것처럼 행동했다.

재해 당시는 아직 강아지라고 해도 될 연령이었을 것이다. 데구치 하루코라는 주인을 잃은 후에 누군가에게 키워진 적이 있을까—우치무라는 의아했다.

낮에는 정원이 히카루와 다몬의 놀이터였다. 둘은 사이좋게 나란히 햇볕을 쬐거나 그다지 넓지 않은 정원을 돌아다니며 걷거나 한시도 떨어지지 않았다.

다몬이 온 후로 히카루는 더 이상 그림을 그리지 않았다.

다몬은 나날이 체중이 늘었다. 마에다가 추천한 요법식이라는 영양가 높은 사료 덕분이라기보다 히카루의 애정을 영양분으로 하는 듯했다.

히카루는 여전히 말을 하지 않았다. 그러나 웃었다. 정말 잘 웃었다.

그 웃음은 늘 다몬에게만 향했다. 다몬도 히카루를 향해 웃어 주었다.

이사한 이후 늘 어두운 분위기만 감돌던 오래된 집이 밝아졌다. 마치 하룻밤 사이에 빛이 잘 들게 된 것처럼 말이다.

그 중심에는 히카루와 다몬이 있었다.

우치무라와 히사코는 다몬에게 웃어 주는 히카루와 그 웃음을 받아 주는 다몬을 지켜보며 가슴에 퍼지는 따스함을 곱씹었다.

"다몬은 하나님의 선물이야."

히사코가 말했다.

"우리에게는 천사야."

우치무라는 끄덕였다.

정원에서는 히카루가 다몬과 공 던지기 놀이를 하고 있었다. 히카루가 던진 공을 다몬이 쫓아가 입으로 물어서 갖고 온다.

다몬이 돌아올 때마다 히카루는 따스한 눈으로 다몬의 머리와 등을 쓰다듬었다. 다몬은 다몬 나름대로 자랑스럽게 가슴을 폈다.

히카루와 다몬은 전생에서부터 인연이 있는 게 아닐까—우치무라는 문득 그런 생각이 들었다.

그 정도로 사이가 너무 좋았다. 처음 만난 순간부터 운명적인 사랑에 빠진 남녀처럼 말이다. 히카루와 다몬 사이의 연결고리는 그만큼 강했고 신뢰는 조금도 흐트러짐이 없었다.

어느 한쪽이 죽으면 남은 한쪽도 살아갈 수 없을 만큼.

우치무라는 머리를 저었다.

쓸데없는 생각은 할 필요 없다. 지금은 히카루와 다몬의 행복한 시간을 지켜보면 되는 것이다.

"당신……."

히사코가 우치무라에게 말을 건넸다. 히카루와 다몬을 바라보며 두 손으로 입을 틀어막고 있었다.

"왜 그래?"

우치무라는 히사코의 시선을 좇았다. 어느새 공 던지기 놀이는 끝난 뒤였다. 히카루는 툇마루에 걸터앉아 있고, 다몬은 히카루의 허벅지에 턱을 얹고 있었다. 히카루가 눈을 가늘게 뜨고 다몬의 머리를 쓰다듬으며 입을 떼고 있었다.

"다, 몬."

들렸다. 확실히 들렸다. 히카루의 입이 움직였다.

우치무라는 입으로 가져가던 찻잔을 꽉 움켜쥐었다.

"히카루가 말했어."

히사코가 신음하듯이 말했다.

"조용히."

우치무라는 히사코를 제지하고 귀를 기울였다.

"다, 몬."

히카루가 다몬의 이름을 불렀다. 히카루의 입에서 소리가 터져 나왔다.

"히카루, 지금 뭐라고 했니?"

우치무라는 가만히 히카루에게 다가갔다. 히카루가 뒤돌아 봤다.

"다몬."

히카루의 입이 움직였다.

"그래. 다몬이야. 그 아이는 다몬이야."

"다몬. 다몬. 다몬."

"그래. 다몬이야. 다몬 이름 부를 수 있구나, 히카루?"

히카루가 끄덕였다. 우치무라는 히사코에게로 얼굴을 돌렸다.

"히카루가 말했어."

히사코가 끄덕였다. 그 얼굴은 눈물로 범벅이 되어 있었다.

* * *

다몬과 살게 되고 일주일이 지난 밤, 아키타 야스시에게서 전화가 걸려왔다.

"저번엔 미안해. 골치 아픈 걸 부탁해서."

"그 정도는 아무것도 아니야. 그것보다 어때. 개랑 사는 건?"

"히카루가 말을 했어."

우치무라가 대답했다. 야스시는 어느 정도 사정을 알고 있었다.

"히카루가? 정말?"

"개 이름만 부른 거지만. 그래도 굉장한 발전이야. 다몬에게 감사해."

"오. 개 이름을 말이지……."

"벌써 딱 붙어서 떨어지지 않아. 다몬한테는 웃어도 줘."

"잘됐네."

"응. 이대로 상태가 호전되면 학교도 다닐 수 있게 될지 몰라."

"너 기쁜 목소리 들으니까 나까지 기분 좋다. 근데, 좀 다른 얘기인데 말이야, 그 다몬이라는 개, 사진 찍어서 내 메일 주소로 보내 줄래?"

"다몬 사진? 왜 또?"

"좀 이상한 얘기를 들었는데, 확인하고 싶어서."

"어떤 얘기인데?"

"확인한 후에 말할게. 일단, 사진 보내 줘."

"그건 상관없는데……."

"가끔은 이쪽에도 들러. 예전 사람들끼리 모여서 한잔하자고."

"그래. 생각해 볼게. 그럼."

우치무라는 전화를 끊었다. 히카루의 침실로 갔다. 히카루는 자고 있었다. 요새는 잘 잔다. 그림만 그리다가 다몬과 놀게 되면서 몸을 자주 움직인 덕분일 것이다.

다몬은 히카루 옆에 누워 있었다. 우치무라가 방에 들어오자 고개를 들었다. 함께 잔다기보다 히카루를 지키고 있는 것 같았다.

"잠깐, 괜찮니?"

우치무라는 방의 불을 켜고 스마트폰의 카메라 앱으로 다몬을 찍었다.

"이거면 될까?"

사진을 확인하고 불을 껐다. 방을 나와 사진을 야스시에게 보냈다.

"근데 이상한 얘기라는 게 뭐야?"

의아했지만 짚이는 게 없었다.

4

이제 괜찮다는 마에다의 말을 듣고 다몬을 산책에 데리고 가기로 했다. 물론 히카루도 함께였다.

히카루가 집 밖으로 나가는 것은 병원을 다니는 때를 제외하면 오랜만이었다.

집 앞으로 나 있는 마을 앞길을 왼쪽으로 돌아 10분 정도 걷자 논이 펼쳐지는 농지가 나온다. 농촌 길로 들어서자 교통량도 줄어들었다.

다몬은 목걸이와 목줄을 싫어하는 티도 안 내고 우치무라의 왼쪽에서 걸었다.

길을 잠시 걷는데 히카루가 앞으로 나서더니 뒤를 돌아봤다. 우치무라에게 오른손을 내밀었다.

"목줄 잡고 싶어?"

우치무라가 물었다. 대답은 돌아오지 않았지만 기대에 찬 눈을 깜박이지도 않고 우치무라를 바라봤다.

"괜찮겠니, 다몬?"

우치무라는 다몬을 내려다봤다. 다몬의 눈도 히카루의 그것과 마찬가지로 빛나고 있었다.

쭈그리고 앉아 히카루의 눈을 들여다본다.

"절대로 목줄에서 손을 떼면 안 된다. 알겠지?"

그렇게 말하고 목줄 끝을 히카루에게 쥐어 주었다. 히카루의 얼굴이 잔뜩 일그러졌다. 기쁨을 주체하지 못해 환하게 웃고 있는 것이다.

"다몬."

히카루가 다몬의 이름을 불렀다. 다몬이 히카루 옆으로 다가왔다. 꼬리를 심하게 흔들었다.

"다몬."

히카루가 걷기 시작했다. 다몬은 걷는 속도를 히카루에게 맞췄다. 이미 훨씬 전부터 그렇게 산책한 듯이.

우치무라는 조금 떨어진 뒤에서 산책하는 히카루와 다몬을 지켜봤다.

다몬은 체중이 돌아와 걸음걸이도 늠름해졌다. 만일 무슨 일이 생겨도 다몬이 히카루를 지켜 줄 거란 확신이 들었다.

우치무라는 폐 속 깊숙이 공기를 들이마셨다.

머리 위에는 봄 하늘이 푸르게 펼쳐져 있고 물이 채워진 논 위로 구름이 비쳤다. 산골짜기를 타고 흐르는 시냇물 소리가 들린다. 가마이 시는 아직 늦은 겨울이겠지만 구마모토의 3월은 쾌적하다. 한창 봄 한가운데를 지나고 있다는 실감이 든다.

봄의 빛깔과 냄새와 소리가 가득한 세상을, 히카루와 다몬이 걷고 있다.

이런 풍경을 볼 수 있는 날이 오리라고는 생각도 못했다. 히카루를 위해서 노력했지만 언젠가부터 거의 포기에 가까운 감정이 싹튼 것은 부정할 수 없다.

이대로 히카루는 그림을 그리는 것밖에 할 수 있는 게 없겠지. 학교는커녕 집 밖으로 나설 일도 없으니까. 자신과 히사코가 그런 히카루를 어떻게든 지지하고 세 식구만이라도 행복하게 살아가려고 노력할 수밖에 없겠지.

막연히 그렇게 생각했다.

그런데, 히카루가 밖에서 걷고 있다. 봄의 햇살을 맞으며 미소 짓고 있다. 옆을 걷는 다몬을 사랑스러운 눈으로 바라보며.

꿈이 아닐까 생각한 적이 있다.

지금 눈으로 보고 있는 풍경도, 자신이 다몬을 구한 일도, 모든 것이 꿈속에서 일어난 일은 아닐까.

깨어나면 모든 게 이전으로 돌아가는 것은 아닐까.

그런 생각이 들 때마다 고개를 세차게 저으며 자신을 다독였다.

괴로운 나날을 버텨 준 히카루에게 하느님이 손을 내밀어 주신 것이다. 다몬이야말로 신의 사자다. 그러니 히카루가 다몬과 서로 장난치며 웃는 것에 그저 감사하면 된다.

“히카루.”

우치무라는 히카루의 등에 대고 말을 걸었다. 히카루가 뒤돌아봤다. 이전에는 우치무라와 히사코가 불러도 반응하지 않았었다.

“이리로 오렴. 이게 우리 논이야.”

지역조합의 논을 600평 빌려서 벼를 농사짓고 있었다. 세 식구가 먹기에 600평 논에서 재배하는 쌀은 너무 많지만 남은 쌀은 가마이 시의 지인에게 보낼 수 있어 기뻤다. 히카루의 입에 들어간다는 생각에 자연농법을 고수한 쌀농사다. 이 부근은 대부분이 직접 농사를 지어 먹기에 농약을 사용하는 곳은 적었다.

히카루의 손을 잡고 논두렁길을 걸었다. 다른 사람 논이라면 좀 뭐하지만 자기 논에서 아이와 개를 놀리는 것이니 문제없다. 논 안쪽은 조그만 계곡처럼 되어 있고 그쪽의 논두렁길은 경트럭이 들어갈 만한 폭이었다.

넓은 논두렁길로 히카루와 다몬을 불러 목줄을 풀었다.

“맘대로 걸어도 좋아, 다몬. 히카루도.”

다몬이 뛰었다. 몇 미터 앞에서 멈춰 서더니 뒤돌아본다. 히카루도 같이 뛰자는 몸짓이다.

히카루는 다몬의 몸짓을 이해했다. 다몬의 권유에 응해 달리기 시작한다. 다몬이 몸을 돌려 도망쳤다. 가끔 뒤돌아보고 히카루의 모습을 확인하며 달리는 속도를 조절한다.

"똑똑한 애구나, 다몬은."

히카루는 목소리를 높여 다몬을 쫓고 있었다. 논의 수면에 다몬과 히카루의 모습이 비쳤다.

행복해—갑작스럽게 우치무라는 생각했다.

우리는 행복하다. 그 대지진으로부터 5년, 우리는 이제 겨우 행복을 찾은 것이다.

계속 서로를 쫓는 히카루와 다몬을 지켜보면서 우치무라는 논 주변을 걸었다.

5월이 되면 모내기가 시작된다. 모내기가 끝나면 잡초와의 전쟁이 시작된다. 매년 질리는 작업인데 올해는 즐겁게 할 수 있을 것 같았다.

히카루가 다몬을 쫓아가더니 등 뒤에 쪼그리고 앉았다. 다몬이 일부러 달리는 속도를 늦췄던 것이다. 히카루는 즐거워 보였다. 다몬도 또한, 즐거워 보였다.

히카루가 우치무라를 돌아봤다. 손을 들어 흔들었다.

"이쪽."

히카루가 소리를 냈다.

"이쪽…… 와."

갑자기 눈물이 복받쳤다.

"아빠한테 말하는 거야? 아빠한테 이쪽으로 오라고 말하는 거야, 히카루?"

"이쪽…… 와."

"지금, 갈게."

우치무라는 눈물을 흘리며 히카루가 있는 쪽으로 달려갔다.

* * *

"엄마라고 했어."

히사코가 식탁에 턱을 괴고 말했다. 꿈을 꾸는 표정으로.

"당신도 들었지?"

식사 중에 히카루가 히사코에게 "엄마"라고 말을 한 것이다. 딱 한 번뿐이었지만 틀림없이 히사코에게 한 말이었다.

"이런 날이 오다니 꿈만 같아."

히사코의 표정은 평온했다. 우치무라가 캔맥주를 또 마셔도 평소처럼 눈에 쌍심지를 켜지도 않는다.

다몬이 혼자 거실로 나온다. 히카루는 이를 닦은 후 잠들었을 것이다. 요즘 다몬은 이렇게 히카루가 잠든 것을 확인하고 거실로 온다.

"히카루는 잠들었니?"

우치무라가 말을 건넸다. 다몬은 대답 대신 우치무라의 허벅지에 턱을 얹었다.

"그래. 응석 부리러 왔구나."

다몬은 마치 히카루의 형처럼 굴었다. 히카루가 깨어 있는 동안에는 보호자처럼 행동하는데, 히카루가 잠들면 그 역할을 잠시 접고 우치무라와 히사코에게 응석을 부리러 온다.

우치무라는 다몬의 머리를 부드럽게 쓰다듬었다.

"있지, 다몬아, 다음에 스테이크 구워 줄게. 히카루에게 해 준 것에 대한 포상이야."

히사코가 말했다. 다몬이 꼬리를 크게 흔들었다.

"뭐야, 그게. 다몬을 데려온 건 나야. 나한테도 스테이크 구워 줘."

"당신은 맥주 마시니까 괜찮잖아."

"맥주랑 스테이크는 비교가 안 되지."

스마트폰이 울렸다. 우치무라는 미소를 지으며 손을 뻗었다. 야스시의 전화였다.

"여보세요. 무슨 일이야? 다몬 사진으로 뭐 좀 알아냈어?"

"놀라지 마, 도오루."

야스시의 목소리는 상기돼 있었다.

"무슨 일인데?"

"히카루랑 다몬이란 개, 너희들이 여기에 있을 때부터 인연이었어."

"무슨 말이야, 그게?"

우치무라는 자세를 가다듬었다.

"재해 전에, 사다 씨가 히카루 데리고 항만 근처 공원에 자주 가셨잖아?"

"어어."

우치무라가 끄덕였다. 사다는 우치무라의 어머니 사다코를 말했다. 가마이 시에 살 때 가계를 돕기 위해 히사코는 근처 슈퍼에서 파트타임으로 일했다. 그래서 낮에는 어머니가 히카루를 돌봐 주셨다.

"데구치 하루코라는 사람도 그 공원에 자주 갔었나 봐. 사다 씨가 다몬이랑 산책할 때 말이야."

"그게 정말이야?"

스마트폰을 쥔 손이 떨렸다. 히사코가 의아하다는 얼굴로 우치무라를 바라보았다. 다몬은 우치무라의 허벅지에 턱을 얹은 채였다.

"아는 할아버지가 있는데. 재해 전에 그 공원에서 자주 시간을 보내셨어. 사다 씨하고도 이야기를 나누셨고. 너한테 다몬이라는 개 이야기를 듣고 생각이 났어. 예전에 그 할아버지가 그랬거든. 어느 날, 중년 여자가 강아지를 데리고 산책 나왔는데 사다 씨가 데려온 아이랑 금세 친해졌다고. 아이랑 개는 순수하니까 금세 친해지는 모양이라고."

"설마, 그 강아지 이름도……."

"다몬이라는 이름이었어. 특이한 이름이라고 할아버지가 자주 말씀하셨거든."

맥주로 축축하던 입안이 어느새 말라 있었다.

"그래서 다몬 사진 보내 달라고 한 거야. 할아버지에게 사진 보여 드렸더니 아마 같은 개일 거라고 하시네. 할아버지가 셰퍼드냐고 물으니 주인이 셰퍼드랑 토종견이 섞인 잡종이라고 말했었대."

"그러니까 다몬이 5년 전에 친했던 히카루와 다시 만나기 위해 가마이 시에서 구마모토까지 왔다고 말하는 거야?"

그럴 리가 없다. 우치무라네가 구마모토로 이주한 것을 개가 알 리가 없다. 냄새를 쫓아왔다고 해도 무리였다.

"신기하지? 쓰나미로 주인을 잃은 개가, 주인 빼고 가장 좋아했던 히카루를 찾아 방랑길에 나선 게 아닐까, 난 그렇게 생각하는데."

"아무리 그래도 그건 아니겠지."

"그래도, 그 개, 마이크로칩이라는 게 내장돼 있었지? 그 칩에 가마이 시의 다몬이라는 정보가 들어가 있고? 히카루와 만난 때가 한 살 정도라고 치면 나이도 맞아. 셰퍼드랑 토종견 잡종인 것도. 다몬도 셰퍼드 피가 섞여 있는 거 맞잖아?"

"그건 그런데……."

우치무라는 다몬을 내려다봤다. 지금은 완전히 살이 붙어 체중도 30킬로그램에 육박할 정도였다. 그러나 우치무라와 처음 만났을 때는 체중이 반도 안 됐고 여기저기 상처의 흔적도 많았다.

정말로 히카루를 찾아 일본 전역을 방랑한 것일까. 그리고 우연히 우치무라의 경트럭 앞에서 쓰러진 것일까.

"그 할아버지 연락처 알려 줄 테니 직접 물어보는 게 어때?"

야스시가 말했다.

"부탁할게."

우치무라가 대답했다.

* * *

야스시가 말한 지인은 다나카 시게오라는 노인이었다. 은퇴한 어부로 우치무라도 어렴풋이 기억하고 있었다. 쓰나미로 집을 잃고 지금은 센다이에 사는 아들 부부 집에 신세를 지는 중이라고 했다.

야스시에게서 이야기를 들어서인지 우치무라가 전화를 걸자 친절한 목소리로 맞아 주었다.

다나카에 따르면 히카루와 다몬이 처음 만난 날은 2010년 초가을이라고 한다.

저녁 무렵, 평소처럼 히카루를 데리고 온 어머니는 벤치에서 담배를 피우던 다나카에게 인사하고 히카루를 안고 그네에 탔다. 히카루는 그네를 아주 좋아했다.

어머니는 그네를 적당히 흔들어 주면서 히카루에게 말을 건네고 가끔 다나카와도 이야기를 나누었다. 그때 강아지를 데리고 걷던 데구치 하루코가 공원 근처를 지나갔다. 평상시라면 공원에는 들르지 않고 지나치기만 했다고 한다. 그런데 갑자기 강아지가 목줄을 잡아당겨 공원 안으로 들어왔다는 것이다.

"히카루짱을 향해 직진해 오는 느낌이었어."

다나카는 그런 식으로 말했다.

주인인 데구치 하루코는 개의 행동에 당황했지만 히카루는 가까이 다가온 강아지를 보고 웃어 주었다고 한다.

"멍멍, 멍멍."

그렇게 소리 내며 히카루는 어머니 무릎에서 뛰어내려 강아지에게 가까이 다가갔다.

"뭐라고 해야 할까, 그건 마치 생이별했던 연인이 오랜만에 재회한 느낌이었어. 저런 일도 있구나, 라고 나랑 사다코 씨, 하루코 씨가 나중에 이야기까지 했다니까."

그날부터 데구치 하루코는 눈이 오고, 비가 오는 날을 제외하고는 강아지를 데리고 공원에 오게 되었다. 히카루와 다몬은 공원 모래사장에서 형제처럼 딱 붙어서 장난을 치고 놀았다고 한다.

"난 사람과 개 이름은 잘 기억 못하는데 그 개 이름은 바로 기억했어. 다몬천의 다몬. 막 태어났을 때의 얼굴이 하루코 씨의 집에 모셔 놓은 비샤몬천상하고 닮았었다고 하더라고. 비샤몬은 좀 그래서 다몬이라고 이름을 지었다고 해."

비샤몬천, 사천왕 중에서 다몬천으로 불린다는 것을 우치무라는 기억해 냈다.

"사다코 씨도 히카루짱하고 다몬이 잘 지내는 모습을 흐뭇하게 보셨어. 자네는 들은 적 없어?"

"아니, 자세한 건 전혀요."

히카루가 강아지와 친해졌다는 이야기는 들었던 기억이 어렴풋이 있다. 그런데 그 이상도 그 이하도 아니었다. 야스시의 전화를 끊은 뒤 확인해 봤는데 히사코도 마찬가지였다.

둘 다 하루하루 먹고사는 데 바빠 어머니 이야기에 귀를 기울일 여유가 없었던 것이다.

가을이 깊어지고 겨울이 되자 어머니는 히카루를 매일 공원에 데려가지 못했다. 그래도 날씨가 좋거나 비교적 따뜻한 날에는 공원을 찾았다. 다몬을 보고 싶다고 히카루가 계속 떼를 썼던 것 같다.

공원에 가면 반드시 데구치 하루코와 다몬이 히카루를 기다리고 있었다고 한다.

히카루짱은 안 와, 라고 데구치 하루코가 타일러도 다몬이 목줄을 잡아당겨 공원으로 향할 수밖에 없었다는 것이다.

평소엔 절대 안 그러는 아이인데 히카루짱 일이면 눈빛이 달라져요.

데구치 하루코는 그런 말을 다나카에게 하며 한숨을 내쉬었다고 한다.

"왜 히카루짱을 그렇게 좋아할까, 라고 하루코 씨가 말하는 거야. 그래서 좋아지는 데 이유가 있을까. 첫눈에 반한 거지. 서로 첫눈에 딱 마음이 맞은 거지. 그렇게 말해 줬었어."

다나카는 그렇게 말했다.

"하루코 씨랑 다몬도 무척 강한 유대감으로 묶여 있었어. 느낌이 좋았거든. 재해가 없었다면……."

다나카는 한숨을 내쉬며 잠시 아무 말도 하지 않았다. 우치무라는 다음 말이 나오기를 조용히 기다렸다.

"대피소에서 지냈을 때 우연히 다몬을 본 적이 있어. 재해가 일어나고 한 달 정도 지났을 때였나? 이름을 불렀는데 안 들렸는지 그대로 어딘가로 가 버리더라고. 하루코 씨를 찾아다니는 줄 알았어. 그때는 풍문으로 하루코 씨가 죽었다는 것을 알았으니까 불쌍한 생각이 들었지. 그래서 다음 날, 공원에 가 봤거든. 뭐, 공원이라고 해도 쓰나미 때문에 엉망진창이 돼 버렸지만 말이야. 아무튼 그랬더니 생각대로 다몬이 있었어."

다몬은 원래 공원 모래사장이었던 주변을 가만히 바라보고 있었다고 다나카는 말했다. 분명 히카루를 걱정했던 게 틀림없다고 말이다.

다나카는 다몬에게 데구치 하루코는 하늘나라에 갔다고 말해 주었다. 하지만 다몬은 미동도 안 했다. 그 모습이 의연해 보이면서도 가엾어 다나카는 다몬을 데려갈까 생각했지만 대피소 생활은 그마저도 허락지 않았다.

그래서 데려가는 대신에 먹을 것을 마련해 공원에 가져가서 다몬에게 먹였다.

"배가 아주 고팠던지 주먹밥 같은 것밖에 가져가지 못했지만 우걱우걱 잘 먹더라고."

다나카는 친척과 지인에게 어머니를 보면 알려 달라고 부탁했다.

어쨌든, 데구치 하루코가 이 세상에 없으니 다몬이 누구보다도 좋아했던 히카루와 만나게 해 주고 싶었던 것이다.

"그런데 설마 사다코 씨까지 돌아가셨을 줄은 몰랐지. 아들인 자네 소식은 어떻게 알고는 있었는데 이름도 모르지, 얼굴도 가물가물하지. 사다코 씨 이름을 대고 찾을 수밖에 없었어."

데구치 하루코를 잃고 히카루를 만날 수도 없는데, 다몬은 매일 공원에 모습을 나타냈다.

"처음 공원에 먹을거리를 가지고 온 이후 두 달 정도 지났을 무렵이었나. 벚꽃도 다 떨어졌으니 5월말쯤 됐나 봐. 다몬이 돌연 모습을 감췄어."

그 뒤로 비가 오나 눈이 오나 다나카는 공원을 찾았지만 다몬은 다시는 나타나지 않았다.

똘똘해 보이긴 해도 아직 한 살도 안 된 강아지였다. 그러니 불의의 사고 같은 걸로 죽었을지도 몰랐다.

그런 생각이 든 다나카는 눈물을 참기 위해 하늘을 올려다보았다. 그러나 다음 순간 다른 생각이 뇌리에 스쳤다.

대지진에서조차 살아남은 개가 그렇게 쉽게 죽진 않을 것이다. 분명 히카루를 찾으러 간 것이다. 틀림없다.

다몬은 살아 있다.

그런 확신을 하며 다나카는 공원을 나섰다.

"그때 이후 다몬이 안 보였으니 까맣게 잊었지. 그런데 설마, 히카루짱을 찾아 구마모토까지 갔을 줄이야."

다나카는 탄식했다.

"놀라긴 했지만 그래도 생각지도 못한 건 아니야. 역시라는 마음이 더 컸어. 다몬은 그런 생각이 들게 만드는 개니까. 그리고 무엇보다, 히카루짱을 너무 좋아하니까."

우치무라는 정중히 감사 인사를 전하고 전화를 끊었다.

* * *

"정말로 그 다몬이 이 다몬이야?"

다나카의 이야기를 들려주자 히사코가 눈을 동그랗게 떴다.

"응."

우치무라는 끄덕였다.

"어떤 아이일까?"

히사코는 다다미 위에 앉아 다몬에게 손짓했다. 곁으로 온 다몬을 가만히 안아 주었다.

"가마이 시에서 구마모토까지 어떤 일이 있었니? 어떤 심정으로 계속 걸어왔던 거야? 히카루를 보고 싶다는 마음 하나로? 어떻게 그렇게 히카루를 좋아해 줄 수 있니?"

다몬은 고개를 갸웃거리고 나서 히사코의 뺨을 핥았다.

"생각한 게 있는데……."

우치무라는 생각을 정리하며 말했다.

"뭘?"

"인터넷 SNS에 올려 볼까 싶어. 다몬 사진이랑 다몬이 가마이 시에서 구마모토로 오게 된 경위를 적으면 누군가 그동안의 다몬에 대해 아는 사람이 있지 않을까 해서. 널리 퍼질 수 있잖아."

"SNS에? 왜 그런 걸 해?"

"다몬이 쭉 혼자서 여기까지 왔을 거란 생각이 안 들어. 여기에 오기까지 5년이나 걸렸잖아. 한때라도 누군가의 집에서 키웠거나 누군가와 함께 이동했거나 그런 일도 있지 않았을까 싶어. 개나 늑대는 무리 지어 사는 동물이니까, 혼자서는 먹이를 얻는 것도 힘들고. 5년이란 시간 동안 쭉 혼자서 굶주림을 견뎠을 것 같지 않아. 사람이 먹이를 줬던 적도 있을 것 같아."

"반응이 있을까? 다몬이란 이름도 마이크로칩 정보를 읽어야 알 수 있는데."

"해 보지 않으면 모르지. 알고 싶지 않아? 5년이란 시간 동안 다몬이 어디에서 뭘 했는지. 어떻게 구마모토까지…… 히카루에게 왔는지. 만약 알게 된다면 히카루에게 그걸 알려 주고 싶어."

"그렇네. 만약 뭔가 알 수 있다면 히카루도 알고 싶어 할 거야."

히사코는 다시 한 번, 다몬을 꼭 끌어안았다.

5

SNS에 올렸지만 반응은 없었다. 가끔 있어도 장난 아니면 다몬을 다른 개로 착각한 사람에게서 온 글이었다.

처음부터 밑져야 본전이라 생각하며 올린 글이다. 너무 기대하지 말라고 자신을 다독였지만 반응이 너무 없어 허탕을 친 기분이었다.

SNS 포스팅은 아무런 소득이 없었지만 다몬이 나타난 후의 하루하루 일상은 알찼다.

무엇보다도 우치무라와 히사코가 기뻤던 것은 히카루의 말문이 트인 것이다. 또래 아이들에 비해 적었지만, 하루하루 어휘도 풍부해지고 있다.

"이거, 뭐라고 해?"

요즘 히카루가 입버릇처럼 하는 말이다. 먹는 것부터 길가에 핀 잡초에 이르기까지 눈에 띄는 것들의 이름을 열심히 외우고 있다.

우치무라와 히사코와의 일상 대화에서도 문법적으로는 이상해도 자신의 의사를 명확히 전달할 수 있게 되었다.

다몬과 살게 되면서 그만두었던 그림 그리기도 다시 시작했다.

그리는 대상은 정해져 있다.

다몬이다.

지금까지 히카루가 그렸던 그림은 모두 다몬이 아니었을까.

개인지 고양이인지, 아니면 다른 동물인지 잘 몰랐던 무수히 많은 그림들. 그건 다몬이었던 것이다.

그 무서운 대지진이 일어나기 전, 아무 대가 없는 사랑을 보내 주었던 다몬을, 히카루는 계속해서 그려왔던 것이다.

우치무라와 히사코는 그런 확신이 들었다.

공포로 얼어붙었던 마음에, 유일하게 비추던 한 줄기 빛. 그건 다몬과의 추억이었음에 틀림없다.

잠자리에 들기 전, 우치무라와 히사코는 번갈아 다몬을 안아 주는 것이 일과가 되었다.

히카루를 어둠의 나락에서 끌어올려 준 구세주에 대한 감사의 의식이었다.

다몬은 싫지 않은 표정으로 품에 안겨 꼬리를 흔들었고, 일련의 의식이 끝나면 히카루의 침실로 돌아가 히카루와 함께

잠을 잔다.

사람 한 명과 동물 한 마리가 나란히 자고 있는 모습은 종교화(宗教畵) 같기도 했다. 우치무라는 잠에서 깨지 않도록 조심하며 히카루와 다몬이 자는 모습을 몇 번이나 사진에 담았다.

언젠가, 히카루가 이 사진을 보고 그림으로 그려 주길 바라며.

* * *

집이 흔들렸다. 히카루의 비명 소리가 들렸다. 진동이 점점 더 심해졌다. 우치무라는 균형을 유지하며 히카루의 침실을 향해 달렸다.

큰 지진이었다. 입이 금세 바짝 말랐는데 트라우마 때문이다. 동일본 대지진의 기억은 아직도 생생했다.

"히카루!"

이름을 부르며 침실로 들어가자 복도에서 새어나온 빛에 흐느껴 우는 히카루가 보였다. 그 앞에서 다몬이 장승처럼 우뚝 서 있었다. 히카루를 지키려는 듯이.

"괜찮아, 히카루. 그냥 지진이야. 바다랑 머니까 쓰나미는 안 와."

말을 하며 히카루를 끌어안았다. 히카루는 심하게 떨고 있었다.

"괜찮아. 괜찮아. 아빠랑 엄마가 있잖아. 다몬도 히카루를 지켜 주고 있어."

"다몬?"

히카루의 울음이 멈췄다.

"맞아, 봐봐, 다몬이 여기 있어. 여기에서 히카루를 지켜 주고 있어. 다몬이 함께라면 아무것도 무섭지 않아. 그치?"

히카루가 끄덕였다. 바로 그 순간, 불이 꺼졌다. 정전이다. 히카루가 다시 새된 비명을 지르기 시작했다.

"히사코, 손전등 갖고 와 줘."

히사코에게 외치며 히카루를 꽉 끌어안았다.

"괜찮아. 그냥 정전된 거야."

히카루를 위로해 주려고 했지만 우치무라 자신도 반쯤 공황 상태에 빠졌다.

지진과 쓰나미에서 도망쳐 여기 구마모토까지 왔는데 그때에 뒤지지 않는 지진이 닥칠 줄이야. 자신들은 저주라도 받고 있는 것일까.

불길한 생각이 뇌리를 스칠 때 따뜻한 온기가 몸에 닿았다. 다몬이었다. 다몬이 몸을 밀착해 왔다.

듬직한 근육에 둘러싸인 몸이, 그 따뜻한 체온과 함께 두려워할 필요는 없다고 말해 주는 듯했다.

다몬의 메시지는 분명했다.

너는 이 집의 보스니까 보스답게 굴어.

우치무라는 고개를 끄덕였다. 히사코를, 히카루를, 그리고 다몬을 지키는 것이 내 역할이다. 공황에 빠질 때가 아니다.

빛이 다가왔다. 손전등을 쥔 히사코가 온 것이다.

"당신……."

"얼른 이리로 와."

히카루의 침실에는 침대 외에 아무것도 없었다. 이 방에선 가구가 넘어져 부상당할 두려움도 없다.

그래도, 만일을 대비해 히사코와 히카루에게 이불을 덮어줬다.

"가만히 있어. 내가 돌아올 때까지 움직이지 마. 알겠지, 히사코?"

진동이 점점 줄어들었다. 그러나 방심은 금물이다. 동일본 대지진의 교훈이다. 지진은 한 번에 끝나지 않는다.

밖은 깜깜했다. 마을 전체가 정전된 것이다. 우치무라는 구마모토 시가지 쪽으로 눈을 돌렸다. 그쪽도 어둡다. 무의식적으로 찾는 것은 불길이다. 그때도 여기저기 불길이 일었다.

그러나 아직 화재가 일어날 낌새는 없었다.

경트럭에 올라타 시동을 걸었다. 라디오를 켜고 NHK에 전파를 맞췄다.

구마모토는 진도 6약. 마시키마치에서는 진도 7이라고 아나운서가 이야기하고 있었다.

아무튼 지진이 구마모토 전 지역을 덮친 것 같았다.

지진으로 인한 쓰나미 가능성은 없다—그렇게 전하는 아나운서의 목소리를 듣는 순간, 온몸을 옥죄던 힘이 풀렸다. 만일 거대 지진이 일어난다 해도 지리적으로 여기까지 쓰나미가 오지 않으리란 것은 알고 있었다. 그래도 본능적인 두려움을 떨칠 수 없는 것이다.

경트럭을 현관 앞으로 붙인 뒤, 다시 집 안으로 들어왔다. 진동은 거의 잠잠해졌다.

"밖으로 나가. 구민회관으로 가자."

집에서 가장 가까운 대피소로 지정된 곳이 구민회관이었다. 철골 건물이라 적어도 우치무라의 집보다는 지진에 강할 거였다.

"서둘러."

히사코가 이불을 걷어차고는 히카루를 안고 침실을 나왔다. 다몬이 그 뒤를 따라왔다. 우치무라는 거실로 가서 지갑과 통장, 인감을 챙겨 집을 나섰다. 히사코와 히카루는 조수석에, 다몬은 트렁크에 태웠다.

"가자."

통장과 인감을 히사코에게 건네고 경트럭을 출발시켰다. 이웃 주민들이 밖에 나와 있었다. 모두들 하나같이 파랗게 질려 있었지만 긴박감은 없어 보였다. 대피할 필요성을 못 느끼는 것이다.

"다나하시 씨."

우치무라는 차를 출발시키며 이웃에 사는 노인에게 말을 건넸다.

"대피하시는 게 좋아요. 여진이 반드시 와요. 지금은 집이 괜찮지만 여진이 몇 번이나 계속되면 못 버틸 거예요. 뒷산이 무너질 수도 있어요."

"그런 정도는 아닌 것 같아."

다나하시는 그의 말을 따르지 않았다.

"충고는 해 드렸어요."

우치무라는 액셀을 밟았다. 거대 지진을 경험한 적 없는 사람은 진정한 두려움을 모르는 것이다.

"왜 안 도망쳐?"

조수석에서 히사코가 혀를 찼다. 마을 사람들이 손에 쥔 손전등 불빛이 백미러에서 멀어져 간다.

* * *

한밤중이 지나 다시 큰 진동이 발생했다. 우치무라네와 마찬가지로 구민회관으로 대피한 주민이 가져온 전지식 라디오를 통해 여진의 진도도 6 전후였다는 것을 알았다.

오래된 목조 주택은 한 번의 지진에는 버텨도 계속되는 큰 지진이 덮치면 무너질 가능성이 커진다.

다나하시와 다른 마을 사람들은 괜찮을까.

히카루는 계속 떨고 있었다. 히사코와 다몬이 그런 히카루를 달래고 있었다. 구민회관에 개를 데려오는 것은 규칙 위반이지만 사정을 이야기하자 대피자가 아직 적으니 함께 체류해도 된다고 허락해 주었다. 단, 다몬과 함께 구민회관 안에 있는 것은 아침까지만 가능했다.

우치무라는 한숨도 못 자고 아침을 맞았다.

가끔 작은 진동을 느끼긴 했지만 큰 여진이 발생하지는 않았다.

앞으로도 여진은 몇 번이나 발생할 것이다. 그러나 다행히 규모도 빈도도 점차 작아지고 있다.

아침이 되자 히카루도 안정을 되찾았다. 라디오 뉴스에서 이번 지진의 피해가 계속 나오고 있었다.

역시 막대한 피해를 입은 곳은 마시키마치인 것 같다.

구민회관 직원이 조식으로 준비해 준 컵라면과 주먹밥으로 배를 채우고 우치무라는 집으로 돌아갈 결심을 했다.

여진은 잦아들 테고 쓰나미는 오지 않을 것이다. 지진과 쓰나미와 화재, 이 셋의 향연. 이렇게 무서운 대재해가 5년간 두 번이나 덮칠 리 없었다.

다행히 마을에서 무너진 가옥은 찾아볼 수 없었다. 모두 바쁘게 뒷정리를 하고 있었다.

집 안은 예상대로 엉망진창이었다. 책장과 장롱이 넘어졌고, 거실과 주방은 깨진 찻잔과 식기들로 발 디딜 틈도 없다.

여전히 정전이 지속되었고 수도도 끊긴 상태였다.

그래도 집은 건재했다. 쓰나미에 휩쓸리지도 않았고 화재로 불타지도 않았다. 비바람을 견딜 지붕과 벽이 있는 것만으로도 감지덕지였다.

히사코와 분담해서 집 정리를 시작했다. 히카루도 히사코를 도왔다. 가끔 약한 진동이 오면 얼어붙듯 멈춰 섰지만 진동이 멈추면 이를 악물고 작업을 도왔다.

우물이 있는 집에서 나눠 받은 물과 휴대용 버너로 파스타를 데치고 인스턴트 소스를 곁들여 저녁을 먹었다.

소박하지만 맛있었다. 히카루는 웃음을 되찾았다.

날이 저물고 손전등 불빛을 켰다. 동일본대지진으로 피해를 입은 사람은 누구나 집에 방재 물품을 갖추고 있을 것이다.

유비무환이다. 그러나 그때 당시, 완벽하게 대비한 사람은 손에 꼽을 만큼 얼마 없었을 것이다.

"무서웠지만, 그때만큼은 아니었어."

식사 후 뒷정리를 하며 히사코가 말했다.

"집이 남아 있는 것만으로도 훨씬 낫지."

"맞아. 대피소에서 엎치락뒤치락 자는 것보다 훨씬 쾌적하고. 논밭에도 피해는 없는 것 같고…… 내일, 잘 살펴보고 올게."

"정전, 내일쯤엔 복구될 것 같다고 요시자와 씨가 그러더라."

히사코는 마을에서 최고령자인 어른의 이름을 말했다.

"전기랑 수도가 원상 복구되면 다시 일상생활로 돌아갈 거야. 그러니까 오늘은 일찍 자자."

"그래. 오늘 밤은 거실에 요 깔고 다 같이 자자. 다몬도 같이."

"정말?"

히카루가 목소리를 높였다.

"응. 다몬도 우리 가족이잖아. 다 같이 함께 자자. 그러면 히카루도 무섭지 않겠지?"

"나, 지진 같은 거 안 무서워."

"그렇구나. 히카루는 남자잖아. 지진 같은 거 별거 아니지."

"별거 아닌 게 뭐야?"

히카루의 물음에 우치무라와 히사코는 소리를 내며 웃었다.

'별것 아니다'의 의미를 가르쳐 주며 요를 깔고 누웠다.

지진 직후에 웃으며 잠드는 것, 예전에는 생각할 수도 없었다.

우치무라는 웃으며 눈을 감았다. 금세 잠이 들었다.

* * *

바닥이 심하게 흔들렸다. 꿈인 줄 알았다.

히카루의 비명을 들으며 벌떡 일어났다.

지진이었다. 어제보다 더 심하게 흔들렸다. 기둥과 벽이 삐걱삐걱 소리를 냈다. 머리맡에 두었던 랜턴을 찾으려 손을 뻗었지만 손끝에 닿는 게 없었다. 바닥이 심하게 흔들려 어딘가로 굴러간 것이다.

"여보!"

히사코가 외쳤다. 일어서던 우치무라는 요 위에 엉덩방아를 찧었다. 일어설 수 없을 정도로 집이 강하게 흔들렸다.

"히사코, 손전등 어딨어? 랜턴이 안 보여."

다음 순간, 불빛이 켜졌다. 히사코가 쥐고 있던 손전등 스위치를 누른 것이다.

천장에서 먼지가 떨어져 내린다. 기둥이 물결치듯 흔들린다.

목재에서 심하게 삐걱거리는 소리가 났다.

"여보!"

히사코의 목소리에 이어 천장이 무너졌다.

우치무라는 그 자리에 웅크렸다. 꺾여 넘어진 기둥이 손끝을 스쳤다. 히사코와 히카루가 동시에 비명을 질렀다.

우치무라는 먼지에 숨이 턱 막혔다. 히사코가 우치무라의 오른팔을 잡아 당겼다. 모든 게 흔들렸다. 머리 위로 계속해서 무언가가 떨어졌다.

히사코가 우치무라의 한쪽 팔을 잡아당겼고 우치무라는 히카루를 찾았다.

히카루는 머리를 감싸고 웅크리고 있었다. 다몬이 히카루 바로 옆에 버티고 있었다. 개에게도 이 상황은 상당히 무서울 것이다. 그러나 다몬의 눈에 두려운 기색은 보이지 않았다. 히카루를 지키겠다는 강한 의지를 띠고 있을 뿐이었다.

우치무라는 몸을 일으켰다. 엄청난 소리와 함께 바닥이 기울었다. 지은 지 80년 된 오래된 민가가 연거푸 덮친 지진을 못 버티고 무너지기 시작했다.

"히카루!"

다다미에 엉덩방아를 찧으면서 우치무라는 팔을 뻗었다. 거실 중앙에는 천장에서 떨어져 내린 잔해가 쌓여 있었다. 마치 앞이 꽉 막힌 듯했다. 잔해 더미 쪽으로 바닥이 기우는 것을 어떻게든 막아야 한다.

진동이 잠잠해졌다. 집은 삐걱삐걱 불쾌한 소리를 냈다.

"거기서 움직이지 마, 히카루. 다몬, 히카루를 부탁해."

우치무라는 일어서서 히카루와 다몬을 향해 발을 내딛기 시작했다.

"히카루!"

히사코가 외쳤다. 남쪽 벽이 안쪽으로 무너지고 있었다. 그와 동시에 무너진 지붕이 떨어져 내렸다.

"히카루!"

우치무라가 외쳤다. 벽이 히카루와 다몬을 향해 무너져 내리고 붕괴된 지붕의 일부가 떨어졌다.

그 순간 다몬이 히카루를 온몸으로 감쌌다. 그것이 우치무라가 본 다몬의 마지막 모습이었다.

6

“정말 큰일 날 뻔했어, 우치무라.”

얼마 전까지 우리 집이었던 오래된 민가의 모습을 멍하니 바라보는데 등 뒤로 목소리가 들려왔다.

다나하시였다. 작업복에 장화 차림의 그는 목에 수건을 두르고 있었다. 다나하시의 집도 거의 붕괴되었다. 뒷정리를 바쁘게 하고 있는 중이다.

“다나하시 씨도…….”

“동일본대지진에서도 피해를 입었었지? 거기서 여기 구마모토로 이사 왔는데 비슷한 일을 당하다니…….”

“자연을 원망해도 소용없는 일이죠.”

우치무라가 대답했다. 신기하게도 자신들에게 내린 재앙을 원망할 마음이 생기지 않는 것이다.

“그건 그 개 유골인가?”

다나하시가 우치무라가 안고 있는 유골함을 턱으로 가리켰다.

"네."

영업을 다시 시작한 화장터에서 시신을 태웠다. 유골을 담고 바로 이곳으로 왔다.

"히카루를 지켜 줬다고. 훌륭한 개야."

"정말 훌륭한 개였어요."

우치무라는 미소 지었다.

소방대가 온 것은 지진이 잠잠해지고 한 시간 정도 지났을 무렵이었다. 우치무라와 히사코는 무너진 집 밖에서 히카루에게 끊임없이 말을 건넸다.

히카루는 살아 있었고 우치무라 부부가 부르는 소리에 반응했다. 무언가가 몸을 누르고 있어 움직일 수 없다. 다몬이 함께여서 무섭지 않다. 그런 뜻의 말을 했다.

다몬도 살아 있었다. 다몬이 히카루를 지켜 준 것이다.

달려온 구급대가 한밤중에 잔해 더미를 철거하기 시작했다. 작업이 시작된 지 한 시간 만에 히카루와 다몬은 잔해 더미 속에서 구출되었다.

히카루는 기적적으로 아무런 부상도 입지 않았다. 그러나 다몬의 몸에는 나무가 박혀 있었다. 천장 대들보의 일부였다.

구급차로 병원에 실려 가는 히카루를 히사코에게 맡기고 우치무라는 다몬을 트렁크에 태워 동물병원으로 향했다. 도로는 여기저기 끊겨 있어 계속 길을 우회해 마에다 동물병원에 도착했지만 정전 때문에 수술을 진행할 수 없다는 말을 들었다.

"아마, 장기도 다쳤을 거예요. 괴로울 겁니다. 편안하게 해 줄까 해요."

마에다가 무슨 말을 하는지 잘 이해할 수 없었다.

"안락사 말입니다. 지금, 이 아이에게 해 줄 수 있는 최선의 방법이라고 생각합니다."

"그게 무슨……."

우치무라는 진찰대 위에 누워 있는 다몬을 어루만졌다. 평소라면 힘이 넘쳐야 할 육체가 힘없이 떨고 있었다.

"다몬, 괴롭니?"

우치무라가 말을 건네자 다몬은 눈을 뜨고 우치무라를 보았다.

"히카루는 괜찮아. 네가 지켜 줘서 하나도 안 다쳤어."

다몬이 그제야 눈을 감았다. 다치면서도 히카루를 신경 쓴 것이다.

어쩜 이런 개가 있을까.

우치무라는 다몬의 머리를 가만히 어루만졌다.

"부탁드립니다."

마에다에게 그렇게 말하는데 극한 슬픔이 가슴속에서 치밀었다.

우치무라는 울었다. 오열하며 마에다가 다몬을 천국으로 보내는 모습을 지켜보았다.

"고마워, 다몬. 미안해, 다몬."

다몬이 다시 눈을 떠 우치무라를 보았다. 그러나 눈은 금세 닫혔고 두 번 다시 열리지 않았다.

더 이상 움직이지 않는 다몬을 경트럭 조수석에 눕혔다. 다몬은 깨끗한 하얀 시트 위에 웅크리고 있었다. 마에다가 적어도 이건 해 줘야 한다고 건넨 것이다.

다몬과 함께 경트럭에 올라탄 우치무라는 한숨을 몇 번이나 내쉬었다. 다몬의 죽음을, 히카루에게 알려야 할까 말아야 할까. 이제 겨우 순조롭게 회복 중인데 다몬의 죽음을 알면 큰 충격을 받을 것이다. 다시 자신만의 세계에 틀어박힐지도 모른다.

그러나 언제까지 숨길 일이 아니다. 다몬은 어디에 있냐고 물으면 사실을 이야기할 수밖에 없다.

히카루에게 거짓말은 안 할 것이다.

히카루가 태어났을 때부터 그렇게 결심했다.

병실에서 선잠을 자고 있던 히사코를 깨워 복도로 데리고 나왔다. 다몬의 죽음을 알렸다.

히사코는 그 자리에 주저앉아 소리 죽여 울었다.

하염없이 눈물을 쏟은 히사코는 다몬에게 작별 인사를 하고 싶다고 했다. 건물을 나와 주차장으로 향하며 히사코는 우치무라의 손을 잡았다. 우치무라는 그 손을 가만히 꼭 움켜쥐었다.

히사코는 다몬을 어루만지며 "고마워"라고 조용히 말했다.

"다몬은 마지막까지 히카루를 위해 노력했어."

우치무라는 말했다.

"특별한 인연이었던 거야. 가마이 시에서 만나서 구마모토에서 재회했고 히카루를 지켜 줬어. 정말로 하나님이 보내 준 히카루의 수호천사 같았어."

"히카루에게 뭐라 말하지?"

"사실대로 이야기하자. 히카루에게 거짓말 안 하겠다고 결심했잖아."

"그래도 충격 받아서 다시 원래대로 돌아가면 어떡해?"

"다몬이 있어 줄 테니 괜찮아."

히사코의 목소리에 깊은 확신이 깔려 있었다.

"히사코……."

"어떤 다몬인데. 죽었다고 히카루를 돌보지 않을 리 없잖아."

그 말을 듣고 가슴에 답답한 것이 내려가는 기분이었다.

"맞아. 어떤 다몬인데. 죽어도 히카루 곁에 있겠지. 히카루를 계속 지켜 줄 거야."

"맞아. 다몬이잖아."

히사코는 다시 한 번 다몬을 어루만지며 코를 훌쩍였다.

* * *

히카루는 왕성한 식욕을 보이며 아침 식사를 말끔히 다 먹었다. 그 상황에서 긁힌 상처 하나 없는 것은 기적이라고 의사가 말했다.

다몬 덕분이라고는 말하지 않았다. 다몬의 헌신과 희생은 가족만 알고 있으면 된다.

"히카루, 할 얘기가 있어."

식사를 마치고 침대에서 나가고 싶다고 떼를 쓰기 시작한 히카루에게 우치무라가 말했다.

"뭔데요?"

"다몬 일이야."

침대 옆에 서 있던 히사코의 어깨에 힘이 들어가는 것이 보였다.

히사코는 기도하고 있었다. 다몬에게 기도하고 있었다.

부디, 히카루를 지켜 줘, 다몬.

"다몬, 어떻게 됐어?"

우치무라도 기도했다.

다몬, 부탁해. 히카루를 지켜 줘.

"다몬은 히카루를 지켰어. 알지?"

히카루가 고개를 끄덕였다.

"넘어진 벽에 깔렸을 때 다몬은 큰 상처를 입었어. 그리고 죽었어."

히카루는 계속 눈을 깜박였다.

"그러니까 다몬은 이제 없어."

"아니야, 아빠."

히카루가 말했다. 말은 명료했다.

"뭐라고?"

"다몬, 있다고. 여기에."

히카루는 자신의 가슴을 손가락으로 가리켰다.

"있잖아, 그때, 나 다몬의 목소리 들었어. 괜찮아, 히카루, 난 계속 히카루랑 함께 있으니까, 그러니까 아무 걱정하지 마."

우치무라는 히사코를 돌아보았다. 히사코의 눈에서 눈물이 넘쳐흘렀다.

히카루가 이 정도로 길게 말하는 건 이번이 처음이었다.

"죽었다고 다몬이 없어진 게 아니야, 아빠."

"그, 그래."

"다몬을 안을 수 없는 건 쓸쓸한데 괜찮아. 나는 다몬을 느낄 수 있으니까. 지금도 바로 옆에 있어. 아빠는 못 느껴? 엄마는?"

히카루가 히사코를 보았다.

"엄마도 느껴. 다몬, 여기에 있잖아."

"응."

히카루가 웃었다. 히사코도 울면서 미소 지었다.

바닥에 앉은 다몬이 기쁘다는 듯 히카루와 히사코를 올려다보고 있다. 그런 기분이 들었다.

"나, 다몬이 정말 좋아."

"다몬도 히카루를 정말 좋아한대."

우치무라는 아들의 손을 잡고 힘차게 고개를 끄덕였다.

* * *

"그래서, 이제 어쩔 셈이야?"

우치무라는 다나하시의 목소리에 제정신으로 돌아왔다.

"현에서 어느 정도 돈을 지원해 줄지 모르지만, 여기에서 다시 시작해 볼 생각입니다."

"그런가? 고마워. 이 부근도 노인들뿐이라서 어린아이들이 있는 집은 눈에 띄게 줄었어. 히카루가 건강해진다면 우리 노인들도 힘이 날 거 같아."

마을 노인들이 히카루에게 마음 써 주는 것은 알고 있었다. 히카루가 보통 아이랑 다르다는 것을 알면서도, 이를 말하지도 않았다.

"그 개가 와서 히카루가 건강해졌지. 말하게 되었고 건강하게 뛰어 다닐 수 있게 됐어."

"네."

"히카루의 그런 모습을 보는 게 정말 즐거웠어. 그 개는 히카루뿐만 아니라 우리 노인네들도 힘이 나게 해 주었어. 죽어서 안타까워. 히카루는 괜찮지?"

"걱정하지 마세요. 다몬은 죽어서도 히카루의 마음속에 계속 산다고 하더라고요."

"그래. 그건 잘됐네."

다나하시가 미소 지었다. 바람이 살랑거렸고 논에 물결이 일었다.

물 위를 달리는 다몬이 보이는 듯했다.

7

장마가 끝난 어느 날, 우치무라의 SNS 계정으로 모르는 사람이 메시지를 보내왔다.

우치무라 님 안녕하세요. 갑작스런 메시지, 양해 바랍니다. 지난번 우치무라 님께서 올리신 포스팅을 우연히 보게 되었습니다. 다몬이라는 개에 관한 포스팅입니다. 제 남동생이 잠시 그 개와 살았어요. 사진으로만 봤지만 틀림없다고 생각합니다. 눈이 똑같더군요. 강한 의지가 느껴지는 그 눈……. 셰퍼드와 토종견의 잡종인 것 같았어요. 남동생도 그 개를 '다몬'이라고 불렀습니다. 동생은 불의의 사고로 죽었고 다몬 또한 모습을 감췄습니다. 5년 전쯤의 일이에요. 혹시 더 자세한 이야기가 궁금하시다면 이 메시지로 답장 부탁드립니다.

메시지를 보낸 이의 이름은 나카가키 마유미라고 적혀 있었다. 센다이에 살고 있는 듯했다.

소년과 개

초판 1쇄 발행 2021년 2월 8일
초판 9쇄 발행 2021년 3월 30일

지은이 | 하세 세이슈
옮긴이 | 손예리
펴낸이 | 안숙녀
편집 | 신현대
디자인 | 김윤남

펴낸곳 | 창심소
등록번호 | 제2017-000039호
주소 | 영등포구 영등포로 106, 대우메종 101동 1301호
전화 | 02-2636-1777
팩스 | 02-2636-2777
메일 | changsimso@naver.com
블로그 | https://blog.naver.com/changsimso19

ISBN 979-11-968564-8-9 03830